车子启动，风从下摆灌入，吹得雨衣扑棱棱翻飞，密集的雨点滴滴答答地砸落，没一会儿，二人的鞋子和小腿都被打湿了。

潮湿的空气裹着泥土与植物清冽的味道，隐约看不见外面的景象。电闪雷鸣，风雨如晦，她困在方寸之地，心里却莫名沉静，任由狂风骤雨拍打，将额头贴在邵廷温热的背上。希望这条路没有尽头，车子一直驶下去。

僵尸嬷嬷

刻骨

Kegu

僵尸嬷嬷 —— 著

江苏凤凰文艺出版社
JIANGSU PHOENIX LITERATURE AND
ART PUBLISHING

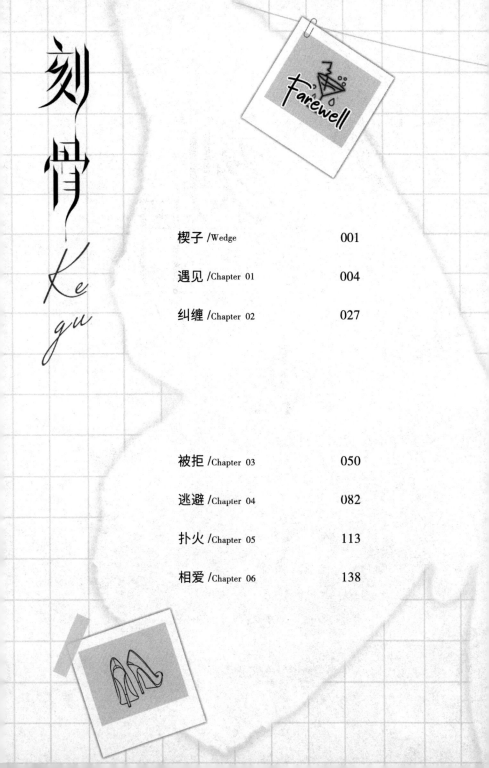

刻骨 Ke gu

Farewell

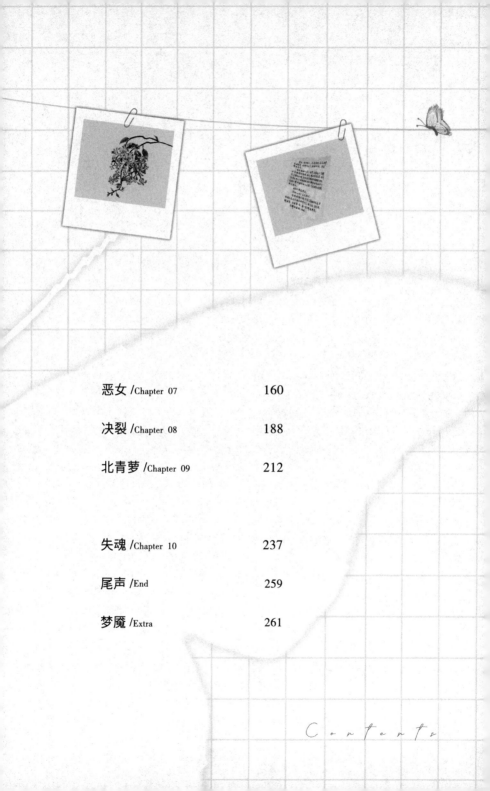

Contents

Wedge
楔子

失去音讯近一年后，明微终于回来了。

我接到她的电话，向师父告假，下山与她见面。

地点约在一家环境清幽的餐厅，明微瞧着瘦了点儿，也晒黑了些。但无所谓，她是天生的美人坯子，怎么折腾都无损美貌。

此时她的身边已有新伴侣，一个家境优渥的斯文青年。对方戴着眼镜，端端正正，是她父母属意的良婿人选。

在外游荡许久，她眉眼间隐含疲惫，但仍精力旺盛，滔滔不绝地讲述在各地游历的见闻和趣事，性格比从前开朗不少。

我想，她叛逆了这么多年，如今终于变得成熟了，脱胎换骨，走上长辈们期待的正轨，和他们满意的男性交往，从此踏实地过日子，她的父母总算可以安心了。

趁着那位男士去洗手间的空当，我问明微，是否已经放下邵臣。

大概我说话太直接，明微愣了一下："邵臣？"接着她眨了眨眼，笑靥如花，"我和他当初就说好，只不过相互做个伴，排遣孤独而已，有什么放不下的？"

听到这熟悉的、随意的言辞，我心情复杂，没再多问。

几天后明微独自上山，要在观中歇一宿。

自我大学毕业正式出家修行，至今已有七年。我从小性情冷淡，不喜世俗规则，完成学业后决心拜师成为俗家弟子。父母膝下只有我一女，很长一段时间都不能谅解我的决定。

道观并非避世之所，虽有清风朗月的疏阔，却也有人情世故、柴米油盐的琐碎。师父说，我们修身养性，不是为了修成一个石头人。

我知道自己没多少悟性，朽木一块，自幼不太能感受到喜怒哀乐，在很多事情上都显得凉薄，对表妹明微也缺乏了解。

从前她时不时从城里跑来善水宫小住，我当她贪玩，后来才隐约发现，她似乎只有在伤心难过、无从排解之时，才会上山透透气。

我问她有什么心事，她笑了笑，说："没什么，就是想来看看你。"

她跪在三清殿祈愿，白生生的一张脸，眼帘低垂，沉默地注视着铜盆里燃烧的疏文。火光微微摇曳，照映在她毫无表情的脸上，偌大的殿堂里忽然起了一阵风。

傍晚，明微在庭院里看几个师兄晒草药，黑糖绕着板凳在她脚边蹭了蹭。

黑糖是她收养的猫，只有三条腿，去年离家之前她送来道观寄养。

我问："要把黑糖领回去吗？"

明微抚摸着小猫的脑袋："它已经习惯了这里的生活，留下吧。"

晚课诵经结束，我们在山里散步，偶然间聊起邵臣。我难免有些感叹，如果明微不来善水宫，或许也不会和他纠缠在一起，而是早就断个干净。

明微低头沉默了一会儿，淡淡地笑着说："为什么你们都觉得……我不该和他认识？算了，连他自己也说他只是我人生的过客，还有什么大不了的。"

她说得如此轻巧平静，看不出任何情绪，早已不见从前喜怒都在脸上的模样。

夜里我们住一个房间。冬天山上很冷，北风凛冽，阁楼的廊灯熄灭。她聊了许多和邵臣的往事，似乎将我当作听众，唯一的听众。

子夜时分我被雷声惊醒，旁边床铺上不见明微的身影。我下床寻人，打开房门，见她抱着黑糖坐在走廊尽头的栏杆前，身上披着我的道袍，定定地眺望远处的山峦。

这么黑，这么冷，她几乎要融化在茫茫夜色中。我不知道她在想什么。

第二天下起大雨，明微执意要下山。

我给她拿了把伞，送到善水官外。

"姐，我走了。"

她朝我挥了挥手，转身沿石阶下去，身影渐渐消失在雨雾中。

Chapter 01
遇见

一年前，明微和邵臣初见那天也下了很大的雨。

夜里，"Farewell"（再会）酒吧的灯牌在潮湿的街道上发着红光。周六不眠夜，正是都市男女自由的好时光。

酒吧里听不到雨声，女歌手在台上唱着歌。玻璃吧台前，明微托着下巴慢慢地扭动身体，她换了个姿势，修长的双腿从高脚凳垂下，纤细扎眼。

她有一头乌黑柔软的长发，几乎到腰，像是可以缠人的水草。一对轻盈的小绿蛇耳饰趴在耳垂处，涂着蔻丹的手指若有似无地抚弄，不时掠过那对显得妖气森森的耳钉。

独坐十五分钟，明微几乎收到周遭所有男性的目光，好奇的、玩味的、下作的，她如同橱窗里流光溢彩的观赏物。她厌倦，却习以为常。

只是今晚稍有不同，她的注意力被右方卡座里的一个男人吸引。

那桌客人正在庆生，中间摆着蛋糕。男人坐在最边上，不沾酒，也不和人聊天说笑，只沉默地看着舞台，不知是在听歌还是在想些什么。

明微就着幽暗的光线打量，见他穿着一件极普通的深色冲锋衣，脸部轮廓清瘦，五官利落而端正，在一众光鲜亮丽、打扮精致的年轻人中显得格格不入。

明微接触过形形色色的异性，对那些喷香水、抹发胶的男生早已索然无味，此时倒是觉得这种未经雕琢的"粗石头"有几分意思。

不过她今晚有活儿干，目标不是他。恍惚片刻后，明微将目光转向卡座的另一端，打开手机确认一遍。

嗯，林皓淳，没错。

她端起酒杯，饮尽里面的红酒，假装微醺地走下高脚凳。

美人知道自己长得美，不仅知道，还很会利用外貌耍弄人心。男人什么德行，想要女人纯洁如圣女，又想她们知情识趣，如果两种特质同时存在，没几个男人不癫狂的。

明微步履轻晃，一副不胜酒力的模样。经过沙发时，她自然而然地直接落座，挨着林皓淳闭目养神。

男人们挑眉交换眼神，笑意不言而喻。

唯独"粗石头"置身事外，仿佛什么都没看见，不关心，也不参与。

明微慢慢歪着身子靠向林皓淳，对方转头瞥了一眼，并未拒绝。

"美女喝醉了，让她休息一会儿。"

"皓淳，当心徐遥又跟你闹。"

冷不丁听见雇主的名字，明微睁开眼。

周遭的男人们当即调侃："嘿，你旁边那位有女朋友的，要不换个人作靠枕？"

明微直起身，抬手将头发别到耳后，低眉致歉："不好意思，你不介意吧？"

林皓淳垂眸打量："我的荣幸。"

他自恃英俊，应付艳遇向来游刃有余，只是婚期将近，最好不要徒生事端。

众人邀请美女玩骰子，沙发离桌子有点儿远，她蜷在他腿边，四肢纤长，骨肉匀称，露出肩膀处大片白皙的皮肤。

林皓淳看了一会儿，有点儿心猿意马。

真是个尤物！从外貌到穿衣打扮完全符合他的审美喜好。

徐遥和他恋爱多年，是该正经娶回家做老婆，至于喜好方面，他一向喜欢明艳娇媚的。但是徐遥几个月前抓到他"偷吃"，提出了分手，他好不容易才把她哄回来……

林皓淳犹豫的空当，明微玩骰子输了，被罚酒。她端起杯子，却不小心撞到他的膝盖，酒全洒到了他的裤子上。

"啊！"她小声惊呼，忙抽出纸巾擦拭，"弄脏了，怎么办？"

林皓淳喉咙发紧，凑近问："你故意的？"

她仰起头，眼神显得可怜巴巴的。

他笑了笑："打算怎么赔给我？"

明微扬眉，竟然挑衅地说："脱下来，我给你洗干净呗。"

林皓淳想立刻把她拽到酒店。

旁边的人见他们勾勾搭搭，说不清是嫉妒还是不屑，半开玩笑地警告："他都快结婚了，你这样不太好吧？"

明微做出诧异的表情："真的吗？"

林皓淳嗯了一声。

她思忖片刻，拍了拍林皓淳的腿，笑着说："结婚以后要做个好先生，保持绝对的忠诚，别让你太太伤心。"

林皓淳没吭声。

"所以结婚前得尽情享受自由和快乐,否则以后就没机会了。"她冲林皓淳狡黠地眨了眨眼,"你说对吧?"

林皓淳一下笑起来,凑到明微的耳边哑声低语:"这条街有一家天鹅酒店,步行几分钟就到。"

明微见林皓淳上钩,霎时觉得没劲。她克制着表情,手掌撑住桌角起身,目光落向沙发另一端。

那个"粗石头"依然一副视若无睹的样子,她心里莫名有些不舒服。至于为什么不舒服,她说不上来。不过她一向不在意陌生人的眼光,于是这些微不适也很快消散。

眼看林皓淳带姑娘离开,剩下那群狐朋狗友议论纷纷。

"淳哥真是艳福不浅哪,我们可真羡慕不来。"

"那女的这么漂亮,身材也好,胸大腰细,淳哥心里肯定爽翻了。"

一直置身事外的"粗石头"……哦,不,邵臣,听见旁边的人说的下三烂的话,稍稍蹙眉。他拿出手机查看时间,跟寿星打了声招呼,起身告辞。

今天过生日的王煜是邵臣的远房侄子,两人虽然实际年龄差不了几岁,但毕竟是亲戚,和朋友不太一样。王煜见周围几人口无遮拦,有点儿尴尬,于是也没有挽留他。

邵臣走出酒吧,发现外面在下大雨。

廊檐下站着一个明艳的身影,正是刚才和林皓淳约着去酒店的明微。

明微低头拨弄手机,很快收到一条微信消息:219,过来吧。

明微的唇角勾起一抹很淡的冷笑,意料之中,见惯不怪。明微将自己和林皓淳的聊天记录截图,发给了雇用她试探男友的客户——

徐遥。

半分钟后，徐遥的电话打了过来。

"他现在在酒店？"

"嗯。"明微抱胸低头看自己的高跟鞋，"我让他先去开房，过会儿我再上去。"

电话那头的人静默半晌，问："他喝酒了吗？"

听到这句话，明微内心失笑，但并不打算拆穿雇主的自欺欺人："嗯，喝了吧。"

电话那头没有回应。

明微不管徐遥是要去捉奸还是打算睁一只眼闭一只眼，只说："徐小姐，我的工作结束了，麻烦把尾款结一下。"

"我知道，马上给你转账。"

"谢谢。"

明微挂了电话，将林皓淳的微信拉黑，然后点开软件叫了辆车。等车的空隙，她掏出香烟，却没找到打火机。

明微左右张望，想找个人借火，转头看见"粗石头"站在灯牌下避雨。他个头儿很高，并不壮，瘦瘦的，但看起来很结实，黑色冲锋衣的拉链拉到最上面，稍稍颔首，下巴藏在衣服里边，下身穿着工装裤、黑靴子，笔挺得像隐在夜雾中的路灯。

明微愣了愣，管不住自己的脚，走上前去。

"请问有打火机吗？"

"粗石头"侧头看了一眼，目光疏离，甚至没有开口，只摇了一下头。

"你不抽烟？"

"不抽。"

明微退回原先的位置，心里犯嘀咕，瞧他的外表，明明很会抽烟，也很能喝酒，荤素不忌……竟然这么洁身自好吗？

明微正暗暗腹诽着，余光发现他抬手戴上了帽子，越发与世隔绝起来。

明微怔怔的，心想：什么意思，刚才打扰到他了？

明微从没吃过这种闭门羹，心里有点儿不是滋味。香烟还夹在她的指间，另一边有殷勤的男人捧上打火机为她点烟。她恍惚着道谢，男人借机攀谈起来。她态度冷淡，一言不发。对方见自讨没趣，悻悻地离开。

大雨中，空气里弥漫着清冽的沙土气息，明微深呼吸了一下，吐出薄薄的烟雾。

听到旁边的人轻轻地咳了两声，她又是一愣。确认风没往那边刮，她瞥了那人两眼，突然有点儿不自在。踟蹰片刻，她掐掉了香烟。

真见鬼。

网约车到了，明微用手包遮挡住头，闯入滂沱大雨中，小腿被溅上污水。她躲进车里，望向灯牌下沉默的人影，隔着车窗上破碎断裂的雨柱，这画面悄无声息地印刻进她的记忆。

回到家，明微疲惫地倒在沙发上，就这么瘫着，像蛇蜕皮般脱下上衣和半身裙，撕掉胸贴丢在一边，接着捞起地毯上的夏凉被盖住肚皮。然后她点开手机，查看今天店里的营业额。

明微有一间小小的便利店，请了两个员工轮班看店。她懒，平时不怎么管理，能过得去就行。她开店主要是为了让自己显得不那么像无业游民，免得父母面子上过不去。

明微顺便扫了一眼监控，然后给小红发信息，提醒她关门前把外面的迎宾地毯拿进去。先前有一次将地毯放外边一夜，就被人给偷走了。

这年头儿地毯都有人偷。

黑糖跳上沙发，踩着她的肋骨爬到里侧，窝在她的臂弯里缩成一团。

这只奶牛猫在三个月大的时候被明微收养，当时它血肉模糊，伤口严重感染，做了截肢手术，剩下三条腿，漏尿，也不会用猫砂，调养了大半年才逐渐恢复。

黑糖很安静，从来不叫，但兽医说它的声带没有问题。明微猜测这大概跟它亲眼看着猫妈妈被打死有关。

一人一猫静静地待了一会儿，屋子里静悄悄的。

明微起身去浴室放洗澡水，这时手机铃声响了。她躺进浴缸，喝了一口冰啤酒，接起电话。

"喂？"

"明小姐，最近好吗？"电话里传来一个男人的声音，"我是廖东贤。"

明微思索了好几秒才记起这个名字，干巴巴地笑了笑："是你呀。"

"我和左莉准备离婚了。"

"啊？"

"我知道是她安排你来接近我的。"

明微装傻说："不至于离婚吧？你们替孩子想想……"

"她这个人脾气大，眼里容不得沙子，对人的品性要求很高。"廖东贤停顿片刻，"说来也可笑，我见异思迁分明是被你们算计的，她指责我精神出轨，却一点儿也不认为自己试探丈夫有错，你觉得呢？"

明微懒懒地抚摸着手指甲："你是想找我兴师问罪？"

他笑了一声："不，我想和你坦诚地聊一聊。如果你感兴趣，也许我们可以认真地发展一段关系。"

"抱歉哪，不感兴趣。"

"为什么？我们在三亚聊得很投机。"

明微心想这人真烦，忍不住嗤笑："假的。跟你坐同一班飞机、住同一家酒店，以及拥有相同的兴趣爱好，都是因为提前拿到了资料。我压根儿不喜欢攀岩，更不喜欢潜水，只是拿钱投你所好而已。"

廖东贤沉默了一会儿，声音冷了几分："左莉给了你多少钱，我出双倍。"

闻言，明微忍不住失笑："我不跟客户的男人纠缠。"

"真的？"

"当然。这不符合我的职业操守。"说到"操守"两个字，明微被自个儿逗笑了。

廖东贤索性直接说："要不你来开价，怎么样？"

"想让我做你的情妇？"

"女朋友。"

"你以为我很缺钱？"

"不然怎么做这种工作？凭你的条件，根本不用赚这种辛苦钱。"

"可是我觉得很好玩哪。"明微的语气天真而邪恶，"就像现实版的乙女游戏，而且剧本由自己掌控创作，多有趣，多有成就感哪！"

廖东贤缓缓地重复她的用词："好玩？"

明微挑眉，嗯了一声："在合法合理的范围内，破坏一段亲密关系，试探人性的幽微，戳破那些虚情假意，你不觉得很刺激吗？"

廖东贤对她的认知几乎幻灭了："你就这么践踏别人的真心，把人耍着玩？"

听见这话，明微越发觉得好笑起来："廖先生，我们只在两个月前接触过三天，连手都没牵过，你就对我动真心了呀？好感动哦。"

是真心还是见色起意，男人骗骗自己就算了。

她阴阳怪气的语调与当初风趣得体的谈吐大相径庭，说话也不捧着人了，听着刺耳，廖东贤颇感失望。

"明小姐，我建议你去看看精神科医生。"

瞧，得不到就诋毁，男人无一例外，都这副德行。

明微说："廖先生，我建议你赶紧找个好律师，毕竟靠老婆上位的，离婚可能会倾家荡产，到时候被人扫地出门，连条底裤都不剩，还在这儿跟我装大款呢。"

她突然撕破脸，不留余地，打得人措手不及。廖东贤二话不说挂了电话。

明微嗤笑一声，大口喝啤酒，喝得晕晕乎乎，险些在浴缸里睡着。

第二天明微被闹钟吵醒，想起中午得去母亲家吃饭，不得不爬起来洗漱。今天她同母异父的弟弟过八岁生日，姨妈和姨父也会到场。

许芳仪再婚后，以四十二岁高龄又生下一个儿子，一家三口常常在社交软件上晒幸福，就怕别人不知道他们有多幸福。

明微不喜欢去继父家，但许芳仪为了展现自己圆满的婚姻和人生，在有需要的时候就会让女儿配合她上演其乐融融的温馨场景，似乎女儿越是和继父一家相处融洽，就越能证明她有能耐。

这不，早在一周前许芳仪就提醒明微记得给弟弟准备生日礼物，刚才在电话里又询问了一遍。明微随口应付，然后出门在路边的文具店里花三十八块钱买了个篮球。

明微到了继父家，许芳仪笑盈盈地前来开门，看见她手里的东西，脸色霎时垮下，表情不太好看。但当着亲戚朋友的面，她也没说什么。

"微微，你最近和楚媛联系过吗？"姨父貌似无意地问起他女儿，也就是明微的表姐。

"上个月通过电话，她们宫观挺忙的。"

"是忙，春节、中秋都不回家。"姨妈轻笑一声，说，"她奶奶身体不太好，可能要住院手术，你跟她说一声，有空下山看看老人。小时候她奶奶那么疼她，难道出家以后她连孝心都没了吗？"

明微琢磨了一下："其实和出家没什么关系，她的那些师兄弟每天都和家里通电话，不妨碍修行。"

话音落下，明微发现姨妈和姨父的脸色更差了，转过弯儿来，知道自己失言，但她挑眉笑了笑，并没打算补救，还说："她小时候就这样，跟你们不亲。"

姨父摇头："也不知道像谁，家里个个都很正常，偏出了个没心没肺的。"

明微嘀咕："我觉得她挺正常啊。"

吃饭时，继父坐在主位，客气地招呼："微微，以后可以多来我们家玩，弟弟很高兴的。"

"是呀。"许芳仪笑着附和，同时拿起手机指挥，"来，姐弟俩拍个照，亲亲热热的。"

明微内心抗拒，装聋作哑不动弹。

"别害羞嘛，快点儿，快点儿！"

弟弟也不情愿，对着他妈发脾气："你烦不烦哪？"

继父轻拍了他一下："没礼貌。"

姐弟俩在许芳仪的安排下凑在一块儿强颜欢笑，扯起嘴角，如提线木偶。

拍完照，许芳仪立刻发到朋友圈，接着招呼明微一起去厨房端汤。

避开客人，明微终于忍不住表达不满："你能不能别突然拿个手机对着我？经过我同意了吗？"

许芳仪的脸色比她还臭："你怎么回事？拍个照不情不愿的，还买个破皮球给你弟弟当礼物，故意给我丢人是吧？让你妈高兴一回就那么不愿意？要你有什么用！"

明微冷冷地说："那你叫我干什么？我根本就不想来！"

"是，像楚媛一样六亲不认，和父母老死不相往来，对吧？真不知道你们这些年轻人怎么搞的，一个个比冷血动物还冷血！"

明微嗤笑："整天说人家楚媛冷血，姨妈、姨父当初拼命想生二胎、生儿子的时候怎么没想到今天？把人家的心伤透了，现在反过来怪她，可不可笑？"

许芳仪赶忙拽了她一把："小声点儿，外面该听见了！"

明微撇了撇嘴，满是讥讽地上下打量母亲。

吃完饭，她端着一块小蛋糕坐在沙发上看电视，心里计算着离开的时间。

她弟弟手里握着一把玩具步枪，像警惕外来者一样盯了她半晌，忽然开口说："这是我家。"

明微置若罔闻。

"别以为我喜欢你，少来我家，听到没有？"

明微放下遥控器，掏出手机刷新闻，当他是透明人。

弟弟把玩步枪，装弹匣，架在沙发靠背上，对着明微射击，把子弹全部射在她身上。

明微收起手机，抿了抿塑料叉子上的奶油，懒懒地起身，居高临下地看着他，莞尔浅笑，然后啪的一声，将整块蛋糕盖到他憨胖的脸上，还转了两下，压实。

弟弟愣了两秒，突然开始号啕大哭。

"怎么了？"大人们听见动静，纷纷围了过来。

明微抽出纸巾擦了擦手，拎起小包，娉娉婷婷地走向玄关换鞋。

"微微，是不是你欺负弟弟了？"许芳仪问。

"就是她！就是她！"弟弟哭喊着告状。

姨妈打圆场："没事，小孩儿生日闹着玩嘛。"

"二十五岁的人了，不知道让着弟弟，玩也不是这么胡闹哇！"

砸完蛋糕，明微心里舒坦，哼着小曲儿回家了。许芳仪发来好几条微信消息，她看也不看，把人给拉黑了。晚上她父亲明崇晖打来电话询问下午的情况。

"你去别人家里做客，基本的礼貌还是要讲的。"

"跟小孩子斗气，你也是小孩儿吗？"

"长辈发信息，不理睬就算了，为什么要拉黑呢？"

"越来越不像话，没人管得住你了。"

……

明微觉得胸口堵，想找个地方透透气。她上网预订房间，第二天一早出城，坐车到了竹青山。

善水宫建在半山腰，没有行车的路，只能徒步上去。明微爬了近四十分钟，双腿虚软，总算看见隐在古树间的巍峨道观。

此地云烟缭绕，香火旺盛，一早就有不少游客和居士往来其中。

明微轻车熟路地走进宫观，气喘吁吁，身上出了一层湿汗。

今天似乎有法事，楚媛和师兄们正在大殿外忙着摆坛场。

明微走过去喊人："楚道长。"

对方没听见，明微又喊她法名："楚信元。"

楚媛回过头来，手中拿着引魂幡，目露诧异，匆匆地和明微打了声招呼。明微也不妨碍她做事，自个儿到观中闲游。

老君殿的院子里有一棵玉兰树，树下有一口深缸，种着睡莲和菖蒲，水中红的、白的金鱼在水草间欢快畅游，可爱得很。

明微低头看了一会儿，忽然听见有人说话，转头望向堂前。

飞檐下是繁复精美的木雕，神殿幽深，每扇格子门上都雕刻着八仙过海和仙草瑞兽，石阶上生满青苔。

廊间站着两人，其中那个高大的男子也正随意地望向庭院，与树下的明微四目相对，目光交错。眼神短暂地一顿，随后二人若无其事地移开了视线。

明微今天的样子和酒吧那晚的形象迥异，没化妆也没打扮，素面朝天，穿着宽大的 T 恤、长裤，梳两条鱼骨辫，还戴着一顶草帽，显得清纯无害，哪还有半点儿浮花浪蕊的影子。

也许因为反差太大，邵臣也稍觉讶异。

明微很不自在，失去明艳的装扮，好像一下变得有些弱势。她习惯性地摸了摸耳垂，妖冶的"小绿蛇"今天也没戴。

算了，明微稳了稳心神，不慌不忙地拿起饲料喂鱼。

邵臣正和一位老太太说着话。老人家身材矮小，他弯腰倾听，维持这个迁就的姿势很久。

此刻正值九月中旬，秋分将近，山里的小动物十分活跃，明微忽然觉察小腿不太对劲，低头一看，竟然有一只壁虎爬了上来。

"啊——"她吓得头皮发麻，惊叫一声，忙不迭地拼命跺脚，右腿猛地一甩，将壁虎甩掉的同时，鞋子也飞了出去。

廊下的谈话声骤然消失。

明微心跳如雷，努力平复惊恐，双眼盯着右脚上突兀的袜子，下意识地把脚往左脚跟后面藏了藏，耳根子滚烫。

她知道此刻有两双眼睛在看着自己，好尴尬……

明微垂着头，单腿蹦到石阶旁，捡起鞋子穿上，绑紧鞋带，整张脸烧得绯红。

鞋子穿好，她一眼也没敢看那两人，梗着脖子疾步逃离。

明微一路跑到抄经室外，挠了挠头，真见鬼，有什么好害臊的，又不是没见过世面的小丫头，这点儿洋相都出不起吗？

想到这里，明微冷静下来，脸上的热度也渐渐消散。

待明微回到三清殿，院子里的法事已经开始。今天要给一位病逝的中年人超度，"粗石头"也过来了，站在人群最外围，似乎是逝者的亲友。

楚嫒身穿经衣，跟在师父后面转咒。

远远地，明微隔着半个场子打量"粗石头"。他个头儿高，鹤立鸡群，她一眼就看见了。

前天晚上光线暗，不如现在瞧得真切，果然，他长得一点儿也不精致。一张轮廓锋利的脸，薄薄的皮肉贴着骨头，眉毛浓黑，鼻梁挺拔，未经雕琢，有一种野生粗糙的美感。

可他刚才站在老君殿外，幽静的环境下，身上的气质是不可侵犯的肃穆，仿佛已经修道很多年，才会如此沉稳。

恍惚的当口儿，"粗石头"似乎有所察觉，转头看了过来。

这次明微没有闪避，接住他的目光，并且毫不掩饰自己的好奇、端详和探究，甚至还有一点点挑衅意味——她不爽自己刚才在他面前的狼狈窘迫，还落荒而逃。

有意思的是，"粗石头"也没有回避，在袅袅青烟和密密匝匝的诵经声中看着她，只是眼里什么情绪都没有，冷冷清清的，仿佛什么意图都不存在。

明微有些懊恼，眉心微蹙。她不喜欢被无视的感觉，于是别过脸，偃旗息鼓。

法事结束，已接近中午，楚媛陪明微到餐厅打饭。官观只提供素斋，明微今天又忘了吃早饭，胃不大舒服，没什么食欲。

她们靠窗坐下，桌边摆着一只彩绘花瓶，图案类似老版《西游记》里的仙子。

楚媛打量表妹："你脸色很差，是不是胃炎又犯了？"

明微摇了摇头。

"我房里有胃药，给你拿一颗？"

"不用麻烦，我没事。"

正聊着，坐在斜前方的老奶奶扬手招呼："邵臣，来这里！"

明微看见"粗石头"走过去，将黑色冲锋衣搭在椅背上，露出一件很普通的黑色 T 恤，有骨架撑着，就算穿粗布烂衫也赏心悦目。

明微心里暗自揣测：邵城？邵晨？哪两个字呢？

"你订好房间没有？"楚媛的声音拉回了明微的注意力，"今晚要留下过夜吗？"

她原本是打算住两天的，不过这会儿改了主意，因为她听见"粗石头"对老太太说吃完午饭就要下山了。

"你要不要回去探望你奶奶？"明微想起这件事，"听说老人家身体不好，要住院动手术，姨妈和姨父希望你回家看看。"

楚媛脸上没什么表情："看有什么用，我也不是医生，还不如留在观里给她祈福。再说了，一旦和父母见面，少不了言语争执，奶奶只怕更烦心。"

明微知道表姐的脾气，对家人鲜有留恋，情绪淡薄而稳定。在许多亲戚眼中，她缺乏人情味，甚至没有孝心，但明微可以理解，并且见惯不怪，所以没打算多嘴劝说。

"吃不下就算了吧，"楚媛眼看明微眉头紧锁，嘴唇发白，"不要勉强。"

明微确实毫无食欲，后悔不该打饭。道观里不兴浪费食物，师父们都很珍惜粮食，明微不好意思倒掉，慢慢塞进嘴里。楚媛帮忙吃了一半，总算光盘了。明微去洗了碗，就准备下山。

"粗石头"也动身，远远地走在明微身后。

明微一路琢磨，找个什么由头跟他搭讪呢？两天前初遇，今天又再碰面，难道不算缘分吗？再错过这回，以后大概就见不到了。

她想，要不假装扭伤脚？或者假装低血糖晕倒？会不会太假了？

明微忽然心下自嘲，平时接触那些目标男性的时候可没这么瞻前顾后，她的利落和胆量跑哪儿去了？

踌躇间，几个穿汉服的女孩子与她擦肩而过，后面又上来一位年长的游客，坐着滑竿，明微侧身避让，顺势回头看了一眼，发现"粗石头"离得近了些。他腿长，步子比她大，这会儿他们只隔着四五米的距离。

明微还没决定用哪种方式制造机会，胃部的烧灼感就越来越重，还有些想吐。

完了，急性肠胃炎又犯了。

明微暗叫倒霉，依照过去的经验，这病发作起来必定吐个天昏地暗，丑态百出就不说了，那呕吐物自己都嫌恶心，还搭什么讪呢。

病痛面前，男人不值一提。

明微捂着肚子，将花花心思丢到脑后。此刻她只想赶紧回家，别在外边丢人，于是加快了脚步。就要走到山脚时，她实在难受得厉害，冷汗淋淋，四肢虚浮，胃部一阵阵绞痛，双眼发黑。

明微顶不住，就地坐在石阶上，胳膊交叠放在膝盖上，脸埋下去喘息。

身后的脚步声渐渐靠近，沉着，不紧不慢，像鹅卵石坠入深湖，慢慢下沉。

明微忽然有点儿紧张。

那脚步声来到她身旁，没有停留，错身而过。

她不知是该庆幸还是该失落。好在已经快到山脚，她缓了一会儿，咬牙坚持起身，想着走到景区外就能打车了。

明微走下石阶，又经过一段土路。突然一阵恶心，她冲到垃圾桶旁边呕吐，胃里一抽一抽的，却并没有吐出什么。

不远处是露天停车场。邵臣慢慢开车出来，见垃圾桶后面是一块荒草地，戴着草帽的姑娘蹲在那儿摇摇欲坠，苍白的侧脸上挂着大滴的汗珠，仿佛就要虚脱。他犹豫了一会儿，停下车子走过去。

明微脑子一片空白，不知道该怎么办，实在不行只能打电话向表姐求助，不到万不得已她也不愿意麻烦表姐……

正在苦恼的当口儿，一个高大的身影挡住了刺眼的阳光，接着明微听见有人问："你没事吧？"

她摇了摇头，讲不出话，只觉得天旋地转，这就要往地上栽。

邵臣及时拉住她的胳膊："我送你去医院。"

后来明微觉得自己就像是从垃圾桶旁边被他捡走的流浪狗。

坐上车，她摘下碍事的帽子，汗水已经把刘海儿浸湿，贴着脸颊往颈脖延伸。

邵臣降下车窗让她透气："是胃病吗？"

"嗯。"

他握着方向盘，声音淡淡的："从这儿到医院大概半个小时，坚持一下。"

"好。"

明微后脑勺儿抵住椅座，双眼紧闭，咬着唇，不时屏住呼吸熬过一阵阵的绞痛。

其实疼痛还在其次，最重要的是，她不希望自己吐出来，那样实在太失礼，也太丢人了。

邵臣开车很稳，也很安静，一路没再说话，可见是个沉默寡言的人。

很好，明微最讨厌男人话多。

终于驶入市区，邵臣转头看她脸色惨白，一副忍耐的模样，终于开口问："很难受吗？"

明微发不出声。

"实在难受的话，吐在车上也没关系。"

他竟然这样讲，明微心里更不好意思了。她拼命想忍住，但抵不过病势汹涌，晕眩感越发严重。明微思来想去，帽子是手工草编的，吐在里边会漏，没地方解决，总不能真的弄脏人家的车吧？

正顶不住时，邵臣将一盒纸巾递过来。

明微忙抽出十几张捧在手上，哇的一声，中午没消化的东西都呕了出来，那味道别提多难闻了。

明微一时间想死，美女的形象荡然无存，不明白老天爷为什么要这样安排，偏偏在他面前如此难堪……

明微恍神的数秒，胃部又一阵抽动，呕出不少酸水。

车子忽然停靠在街边。

明微心如死灰地想，他一定是受不了了要下去透气，或者直接将她赶走也有可能，毕竟非亲非故，送到市区已算仁至义尽。

邵臣不知道明微的内心活动，解开安全带，转头看了看："给我吧。"

明微不明所以。

见她茫然，邵臣直接伸手拿过那堆脏兮兮的纸，塞进盒子里，然后推门下车。

明微的心脏重重地跳。只见他把纸盒丢进垃圾桶，接着走进街边一家小商店，没过一会儿出来，手里拎着一个小脸盆。

他没说话，上车将脸盆放在她怀里，跟着发动车子，继续往医院的方向开。

终于到了医院急诊区。

邵臣帮忙挂号，拿到病历本，连同证件一起交给明微，说："给你家人或朋友打电话，让他们过来照看你。"

明微摇头："没有。"

他不解："什么？"

"没人管我。"

邵臣愣了愣，乍听这话，觉得有些意外，但看她茫然、倒霉的模样，似乎是随口说的戏语，并没有讨要怜悯的意思。

明微收起证件，仰头向他道谢："给你添麻烦了，改天我请你吃饭。"

她说着，起身往医生办公室走。

邵臣看明微弯腰捂着胃，一副有气无力、脸色青白、孤零零的样子，感觉很可怜，迟疑片刻，到底还是决定送佛送到西，搀着她去就诊。

邵臣的手掌宽大、温厚有力，只是握住她的胳膊，便足以将她扶稳。

其实明微不是没有独自看病的经验，事实上她每次生病都只有自己一个人。时间久了，习以为常，她也没觉得怎么样，然而今天有人陪着，不用她硬撑，心里倒觉得有几分酸涩。

医生坐在电脑后面询问症状，明微答了两句。她脾气急，且对自己这老毛病了如指掌，于是十分确定地告诉医生："就是急性肠胃炎，我以前犯过，就是这个症状。"

"中午吃了什么？"

"番茄炒蛋，红烧土豆。"

医生头也没抬，专注打字："经期正常吗？"

"啊？"

"确定没有怀孕，是吧？"

明微倏地耳朵滚烫，斩钉截铁地说："没有，不可能。"

医生听见"不可能"三个字，奇怪地瞥向她和邵臣。明微的耳朵更烫了。

"先做个血常规。"

尴尬的气氛铺天盖地，明微没好意思看邵臣的神情，尽管他并没有什么反应。

验完血，等报告出来还得一两个小时。明微喝了点儿温水，揉了揉肚子，身子十分乏力，感觉轻飘飘的，胸口也发闷。

邵臣起身出去。

对面坐着一个小朋友，他母亲接水回来，和明微搭话，问："你男朋友走了？"

明微摇了摇头，心想：他不是我男朋友。

大姐又说："怎么把你一个人留在这儿？"

明微不想承认，这句话多少刺了她一下，即便她觉得，人家怀着人道主义精神帮到这里已经仁至义尽了。

明微身子难受，难免心理脆弱，苦涩在空荡的心口伸出爪牙。她以为自己早已习惯了，谁知吃到一点儿蜜，苦得更明显。她弯起嘴角笑了一下，带着自嘲的意味。

这时，大姐忽然使眼色提醒："哎，他回来了。"

明微转头望去，果然看见邵臣去而复返。他径直走近，放下一个东西在她手中。

明微低头看着粉红色的脸盆，原来他是去拿这个……

明微心想，总该说点儿什么吧？她没见过这种男人，只做事不吭声，似乎没有任何好奇和企图，叫人无从揣度。

明微正欲开口，呕吐感汹涌而至。她抱着脸盆痛苦地干呕起来。

医院冷气开得很足，座椅冰凉。等了半个多小时，明微身上起了厚厚的鸡皮疙瘩，牙齿打战，发出咯咯咯的碰撞声。

邵臣低头看着手机，听见旁边的人不停地吸气，像只可怜的落水狗。他也没说什么，目不斜视，直起身，脱下外套递给了她。

很奇怪，明微也自然而然地接了过来。知道他不讲客套话，大概也不喜欢听客套话，于是默然接过，赶紧穿上。

这是一件黑色连帽冲锋衣，她穿着很大，使劲伸了几下胳膊才把手从袖口里伸出来。

衣服残留着体温和很淡的香气，不是香水，像是常用的消毒液，是那种晒干后的松木香，很干净，很清爽。明微感觉自己被包裹起来，充满安全感。

她不禁侧眸打量他。

这块"粗石头"……无论是外表、性格、气质，还是微妙的体贴和善意，每一处都贴合她的心弦，怎能不让人想入非非呢？

明微已经很久没有心动过了，确切来说，类似这种朴实无华的心动，她从来没有过。

美貌是上天的恩赐吗？或许是恩赐，但也是诅咒。

明微从小就是学校里的焦点，因为发育得早，十三四岁时已经亭亭玉立，过度吸引男同学的目光，初中时还有个老师莫名其妙地当着全班学生的面讽刺她徒有脸蛋，脑袋空空。

从小到大，围绕在她周围的奇怪的声音和目光从没断绝过。既然男人拿她开玩笑，那她也把他们当笑话，招招手，最后再踢开，让他们自食苦果。

她不知道真心是什么玩意儿。

她大学开始谈恋爱，第一任男友是她们学校的校草，虽然相处时间短暂，无聊又无趣，但那时倒也青涩单纯。

第二任男友是隔壁理工学院的校草，优雅精致，人前包袱很重，私下表演欲也重，每天都要来一出戏剧化的桥段。明微不知道他脑子里在酝酿什么剧情，心想也没有镁光灯和摄像机，他演给谁看呢？

之后明微丧失了谈恋爱的兴趣，转而投入一项另类的职业——帮女性试探伴侣，既赚钱又好玩，还能满足一些幽暗的心理需求，何乐而不为？

明微很清楚自己的毛病，厌恶异性的殷勤和凝视，却也享受被追捧和仰慕，这矛盾的想法把她的心撕开巨大的口子，里面满是空虚。她一直在找能够填补裂缝的东西，酒精、娱乐、美食、金钱，都是好东西，都能带来短暂的慰藉，然后稍纵即逝。她从没想过，到头来，竟然是一块"粗石头"给了她一些安慰。

这种感觉很奇怪，明微没法儿形容，但她实实在在感受得到。

此时此刻，邵臣抱胸坐在旁边闭目养神。他时时刻刻的平和笃定，让她也随之放松，抛去杂念，踏实静候。

时间一晃而过，明微拿到血常规报告。医生本要开输液的单子，明微实在不好意思再耽误邵臣的时间，悄悄恳请医生开点儿药，她拿回家吃就行了。

折腾了半天，已将近傍晚，从医院出来，明微抱着脸盆上车，把外套还给他。

"你住哪儿？"

"紫山珺庭。"她补充说，"就是云霞路那边。"

Chapter 02
纠缠

二十分钟后，车子在小区门外停下。

明微慢慢解安全带："真不知道该怎么谢谢你，改天我请你吃饭。"

"不用了。"他说。

明微抿了抿嘴："要的，否则我会很过意不去。"

邵臣转头看她，语气十分平淡："小事而已，真的不用。"

他的表情完全没有客套或欲擒故纵的痕迹，也没有厌倦或不耐烦，就是……没有表情。

明微沉默片刻，笑了笑，固执己见："过几天我找你吃饭。"

邵臣稍感诧异，正想说点儿什么，她却推门下车，抱着脸盆朝他挥挥手，然后转头进小区了。

那画面有点儿匪夷所思，那么漂亮的一个姑娘，却脸色惨白、头发凌乱，怀里还抱个洗脸盆……

邵臣摇摇头，今天一整天都很匪夷所思。

他并不是热心肠的人，也不想做什么良好市民，只是听她说"没人管我"，才动了一点儿恻隐之心。以后应该不会再有交集了，他习惯独来独往，没有交朋友的兴趣，也不爱与陌生人过多接触。

今天只是偶然。

邵臣开车回自己家。老城区环境嘈杂，但烟火气浓厚。他找到停车位，熄了火，去后备厢拿了盒新的纸巾放到扶手箱，这时忽然留意到副驾驶座的缝隙里有一部手机。

邵臣皱眉捡起手机。除了刚才那位明小姐，他想不出还有谁会落下东西。

女孩子的手机，保护壳的样式颇为阴郁，全身素黑的女孩，神情刚毅凝重，怀中护着一只洁白孱弱的羔羊。这图案与她给人的印象相去甚远。

邵臣没有多想，先把手机收起来，然后到街边的小馆子吃了碗牛肉面。往常有时间他会自己下厨做饭，今天累了，便随意将就一顿。

邵臣吃完就上楼回家，换衣服洗澡。他以为晚上会接到失主的电话，但一夜安枕，没有任何打扰。

第二天中午，手机铃声响了，他接通电话，听见那头传来沙哑的声音："你好，我是昨天那个……"

"我知道。"他轻声打断，"你手机落在我车上了。"

"是，不好意思。你看你什么时候有空，我过去拿。"

邵臣思忖片刻："我待会儿送过去吧。"

明微很高兴，正要应下，又听他说："给你放在保安室。"

"啊，不，"明微赶忙扯了个理由，"放保安室不安全，以前快递丢过两次。"

邵臣沉默不语。

明微小心措辞，声音虽然哑，语调却柔柔的："我不太舒服，没法儿出门，你能帮我送上楼吗？"

邵臣正要开口。明微怕被拒绝，立刻报上门牌号，又道了声谢，以迅雷不及掩耳之势挂掉电话。邵臣看着手机屏幕上出现一只猫的照片，数秒后屏幕熄灭。

邵臣驱车来到紫山珺庭。保安大概吃饭去了，门卫室空无一人，他没有门禁卡，刚好有居民出来，他便顺势进去了。找到 D 座，他乘电梯上去，按下 704 室的门铃。

不一会儿，邵臣听见脚步声渐渐靠近，明微打开防盗门，眼睛明亮，望着他浅笑。

邵臣递过手机就准备走。

"一起吃个饭吧。"她说，"正好中午，我叫了几个菜。"

"不了，谢谢。"

大概早已猜到他会拒绝，明微扶着门框笑着说："我是妖怪吗，你这么排斥？"

邵臣稍怔，脸上依旧没什么波澜。

明微眼帘低垂，若有所指，喃喃自嘲："还是说你对我有偏见，因为那天在酒吧的事对我印象不好，认为我不是什么正经人。"

邵臣默然片刻："我没那么想。"

明微相信他的话，点了点头，侧身让出宽敞的空间："我不喜欢欠人情，反正你也要吃午饭的，对吧？"

就在这时，隔壁邻居开门出来，邵臣不想给明微招惹闲话，也不想扭扭捏捏，于是在邻居看见之前抬脚走了进去。

餐桌上已经摆好碗筷，旁边放着外卖包装盒，她多此一举地倒出来，用盘子盛好，这是为了显得像样一点儿吗？

明微从冰箱里拿了两罐冰啤酒，刚打开准备递过去，却听见邵臣说："我不喝酒。"

明微尴尬地愣了愣，收回手，放到自己碗边。

邵臣又说："你要喝吗？"

"嗯？"

"不是急性肠胃炎？"邵臣奇怪地看着她，疑惑怎么会有人对自己的健康如此随意。

明微被瞧得不大自在，像被抓包似的，挠了挠鼻尖，只好将啤酒挪远。

"你是……在家修行的居士吗？"明微说，"除了我姐那种严于律己的道士，我很少见到烟酒不沾的年轻人。"

邵臣摇头："我不是居士，也不算年轻人。"

明微笑了笑："没有任何不良习惯吗？"

他沉默了一会儿："以前也喜欢烟和酒，后来戒掉了。"

明微心想：哪来的毅力呢，竟然说戒就戒。

"昨天你是去参加朋友的超度法会？"

"嗯。"

"我表姐是善水官的道长，矮矮瘦瘦、表情很严肃的那个，你记得吗？"

邵臣显然不记得。

明微拼命搜刮话题，可他只是低头安静吃饭，并无聊天的兴致。明微憋得有点儿难受，他分明早就记起那晚在酒吧见过她，却一个字也不问，仿佛没有一丝好奇。

明微感到挫败和泄气。

黑糖不知什么时候跳上了椅子，歪着脑袋端详客人，还伸出白爪子轻轻地拍他。

邵臣低头看去。

明微说："它喜欢你。"

"是吗？"

"嗯，至少很感兴趣。"

邵臣抬手摸猫，还没碰到，黑糖就自个儿把脑袋顶上去蹭他的掌心，还闭上眼，一副撒娇享受的模样。

邵臣打量着它，问："它的腿怎么了？"

"后肢坏死，做过截肢手术。"

"它叫什么名字？"

"黑糖。"

邵臣点点头，继续专注吃饭。明微则几乎没动筷子，拧眉攥着调羹，感觉呼吸有些不畅。她咬牙忍耐，突然，胃里一阵翻涌，她起身冲向浴室，关上门，趴在盥洗台上吐得天昏地暗。

三分钟后，她洗干净脸出来，捂着肚子，垂头丧气。

餐桌前，一人一猫定定地看着她。

"吃药了吗？"邵臣问。

"吃了，没用。"

"你应该去输液。"

"我也觉得。"

邵臣放下碗筷，脸色平淡地说："自己能行吗？"

明微嘴唇发白，蔫蔫地摇头："我好像有点儿发烧，晕得想吐。"

刚才还想喝冰啤酒呢，这姑娘，真不知该怎么说她。

邵臣起身："走吧，我送你去医院。"

她默默地走向玄关换鞋，突然想到什么，折回浴室，拿出昨天那个脸盆，抱着下楼。

就医过程轻车熟路，挂的还是昨天那位医生。见她病势加重，医生忍不住训了两句："昨天要是输液，早就好了，白白又遭一天罪，既然来看病，怎么就不听话呢？"

明微连连附和："是，是，快给我开药吧。"

输液室供应小被子，但数量有限，都给小朋友用了。明微穿上邵臣的冲锋衣，她怀疑他只有这件外套。

输液两个小时，明微吐了两次，呕吐物溅到衣袖，她懊恼又愧疚地说："不好意思，我回去洗干净再还给你。"说着"哇"的一声埋进脸盆。

邵臣递上纸巾和纯净水，觉得她这个样子倒霉又好笑。

"病愈以后找时间做个胃镜吧。"他说。

闻言明微如临大敌，慌忙摇头："插管子很难受的。"

"全麻应该没什么感觉。"

明微眸子黯淡，五官拧在一起："别的就算了，自己上医院做全麻，我觉得好心酸。"

邵臣说："找个朋友陪护。"

"我没什么朋友。"

他随口问："家里人呢？"说完就有些后悔，他不该问这些，甚至不该挑起这个话题，管人家干吗呢。

但明微并不介意和他聊自己的私事："父母有自己的生活，哪顾得上我。"

邵臣不语。

明微怕他误会，又说："你放心，我没那么厚脸皮，非亲非故，你已经帮我很多了，我说这些不是要继续麻烦你。"

邵臣愣了一下，思忖片刻，还是开口说："我没那么想。"

她信。

明微心情莫名愉悦，转念想起一件事，忙问："今天工作日，会不会妨碍你上班？"

他说不会。

然后呢？一个字都不肯多讲。

他越是这样，明微就越是心痒，对他充满好奇。

输完液，邵臣送明微回家。

黑色冲锋衣穿在她身上显得很大，下摆罩住大腿，衬得她更娇小几分。

这么漂亮的姑娘，连续两天抱着个脸盆回家，想想也是离谱。

邵臣看着她垂头丧气的背影，摇头笑了笑，只觉这两天过得荒谬。

明微在家躺了一个下午，晚上叫了个外卖，喝了一点点粥，仍然没有胃口，但呕吐和疼痛的症状已经缓解了。

邵臣的外套搭在餐桌旁的椅背上。她本来想送去干洗店，但上网搜索后，得知冲锋衣最好手洗，想着反正闲着无聊，就拿到水池边准备手洗。她从没给男人洗过衣服，感觉怪怪的，但转念想到是自己弄脏的，便觉得也没什么好别扭的。

正要放水，这时明微摸到口袋里有东西，掏出来一看，是一个钱夹，里边装着几张卡片和钞票，身份证也在。

明微端详着证件上的信息，喃喃嘀咕，原来他已经三十岁了。

"邵臣。"原来是这两个字，裙下之臣的"臣"。

想到这儿，她不禁一笑，心中泛起涟漪，小小情趣让人心情愉悦。衣服也不洗了，明微找出病历本，之前他帮忙挂号，填的是他自己的手机号。

明微存好邵臣的号码，接着给他打了过去。

嘟嘟几声后，电话接通。

"你好，我是明微。"她说，"你的钱包在衣服里，还有证件。嗯，你急着用吗？"

邵臣沉默了一会儿："不急。"

"那我过两天一起还给你。"

"好。"

闻言，明微忽然轻声笑了一下。

邵臣不解地说："怎么了？"

"没什么，"明微忍俊不禁，"就是觉得你还挺放心的，也不怕我是坏人。"

听见这话，他反倒笑了。

坏人？她能坏到哪儿去？

明微觉察出他的调侃，脸颊烧红，立刻强调："真的，别看我长成这样，其实干过很多坏事，不是什么单纯善良的好人。"

他的笑意更加明显，声音低低的，隔着手机传过来，好像一层薄薄的海水压下，裹着人浮荡。

明微咬唇："不信的话，我可以一件一件慢慢讲给你听，证明我没说大话。"

邵臣并不迟钝，他听出明微想和他聊天，但他没法儿回应。他收了笑意，默然片刻，只说："等你得空，联系我取衣服。"

明微哑着嗓子哦了一声。

明微老实在家休养了两天，身体好转，逐渐痊愈。想起之前在邵臣面前狼狈的模样，她总觉得不甘心，强烈地想要挽回形象。

趁着这天云淡风轻，阳光大好，明微给邵臣打电话。

"衣服洗好了，你过来拿吗？"

"晚点儿再说吧，我今天有事。"

明微笑着说："这样，给个地址，我送过去，刚好今天我没事。"

邵臣却显得有些犹豫："你过来？不太方便。"

"怎么不方便？"明微身体养好后，说话也有了棱角，低笑调侃，"你要是在哪个相好的家里，那我就不去了。"

邵臣否认："不是。"

明微顺杆而上："哦，不在相好家，那你有相好的吗？"

电话那头的人愣了愣，没接话，只说："我这里不太好找。"

"发定位就行。"她不留商量的余地，"果断点儿呗。"

邵臣听她语气轻松明快，不似生病那会儿柔弱乖巧，意想不到的善变，让他措手不及，心里生出一点点无奈。

"好吧，我把地址发给你。"

出门前，明微仔细打扮，誓要一雪前耻。

瞧了瞧镜子里的大美人，长眉入鬓，媚眼如丝，白皙的脸颊细腻透净，乌黑的长发似绸缎，樱桃小嘴点红釉，耳垂处趴着妖冶的绿蛇耳钉，像伺机而动的精灵。

前两天下过雨，天气清凉，但雨后秋老虎的暑热又攀了上来，烈日炎炎，这么要命的天，穿得再少也理所当然。

明微套上吊带和牛仔热裤，露出一截细软纤腰，四肢修长，肩背轻薄，吊带衫贴附身体，胸前的曲线呼之欲出。

明微相信男人都是视觉动物，刚好她什么高尚内涵都没有，只有这身得天独厚的好皮囊。即便批判她肤浅，也会忍不住多看她两眼。

明微对邵臣的喜好一无所知，但她玩惯了攻略游戏，越是未知，挑战就越大，也越是刺激。

明微按照邵臣给的地址打车来到郊区，越开越偏僻，路上不时有大卡车和小货车经过。随后明微看见地磅的招牌，在工业园区一片开阔的厂房前下了车。

她左肩挎包，胳膊处搭着邵臣的外套，茫然地四下张望。

这里应该是废品打包站。

烈日当头，明微踩着碎石路走到第一间厂房，听见里头撕碎机轰鸣，声音嘈杂，运输带上成堆的塑料正源源不断地传送。

门口一个中年男人问："你找谁？"

明微大声地问："请问邵臣在吗？"

对方上下打量了她一眼，抬手一指："往里走，臣哥在第三个车间。"

这人看上去分明比邵臣年长，却称呼他"臣哥"？

明微心下纳罕，继续往前走。她今天穿的是高跟鞋，沙尘几乎在脚背上扑上一层灰。热浪腾腾，她背部冒出细汗。她觉得自己脏兮兮的，沾水也许可以搓下一颗泥丸。

这些厂房分类明确，纸皮、塑料、旧衣、铜铁铝分布在不同的车间处理。

明微又走了一段路，上水泥地，来到一个大仓库。

仓库墙皮剥落，黄的、白的，看不出原本的颜色。大门顶上有一个锈迹斑斑的大灯，门口是一间小小的办公室，窗子用不锈钢栅栏封着，小牢房似的。墙上贴有安全告示——安全生产，人人有责。外面的空地设有大小两台地磅，三辆货车正排队称重。车间另一侧是偌大的彩钢棚，棚里堆砌着压块成型的废品，一方一方，整齐地堆成了山。

明微的外貌过分引人注目。

她往车间里张望，见工人们正在分拣搬运，办公室外有几个男人正谈着什么事情。她转过身，终于在彩钢棚里发现了邵臣的身影。

他驾驶着一辆叉车装货，不远处站着一个年轻女孩儿。那女孩儿正一眼不眨地盯着叉车。

天气热，邵臣穿着一件白色短袖，肩膀平整宽阔，手臂线条结实紧绷，领口清晰的锁骨像优美的波浪。

他动作自如，一只手握方向盘，另一只手按压操作杆，控制货叉升起，对准位置，将压成方块的废品稳当地放上遍布灰尘的大卡车。他做事很专注，丝毫未受外界干扰。

明微也像边上的那个女孩儿一样，看得入神。

她长这么大第一次来到这种车间，机器不停地运转，杂音铺天盖地，尘土飞扬。碎石路不好走，刚才她的脚崴了好几下，身上汗津津的，空气也很糟糕。

所以明微费解，在这么脏乱的环境下，又灰头土脸的，为什么她会觉得邵臣开着叉车的样子很……性感。

更要命的是，他自己一无所知，专注而投入。

明微深吸一口气。

邵臣倒车，终于看见了她，像是看见一道格格不入的明艳风景，突兀得近乎惊艳。

这姑娘竟然真的找来了。

可她应该出现在繁华的市中心，舒服地吹着冷气、喝着咖啡，成为路人注目的焦点，而不是立在郊区偏僻的破厂房外，弄脏鞋和脚。

邵臣熄火下车，向一旁等候的员工交代两句，将叉车还给了她，然后朝明微走去。

烈日炎炎，明微怕晒，将外套遮在头顶，双手撑着。眼见邵臣一边靠近，一边摘下半旧不新的手套，她莫名地心跳加速，胸膛剧烈起伏，忍不住咬唇踮了踮脚。

这个小动作意味明显，他看见了，却垂下眼帘不作细想。

"来多久了？"

"刚到。"

邵臣点点头："怎么不打电话让我出去？"

这里面乌烟瘴气的。

明微又不自觉地踮了一下脚："嗯，没想起来。"

她说着往前靠近，邵臣便往后退了半步。她诧异地望着他。

"我身上都是汗。"他这样说。

明微觉得自己要缺氧了。

他转移话题，问："这里难找吗？"

"还行，问一问就找过来了。"

聊到这里，两人突然语塞词穷，杵在原地，各自往不同的方向张望了一下。

明微忽然想起此行的目的，忙将外套递过去："你的衣服，我洗干净了。"

他接过。

明微抿了抿嘴："你今晚有空吗，我请你吃饭，正式道谢。"

邵臣提醒她："那天已经吃过了。"

"不算。"她神态认真，"吃到一半我又犯病了，又麻烦你跑了一趟医院，应该要请客的。"

邵臣低头沉默了一会儿，并未松口："真的不用，我这边还有事。"

明微锲而不舍，笑眯眯地说："没关系，反正我有空，你忙完总要吃饭的嘛。"

邵臣看着她，缄默数秒，似乎做出了某种决定，无比冷静地开口："明小姐，我们只是萍水相逢，事情了结就没有继续来往的必要了。你回去吧，我不想浪费时间交朋友。"

话音落下，明微就这么望着他，一动不动，嘴边的笑意未减，只是眉眼间的娇俏变得僵硬。

没有男人这么拒绝过她，从来没有。

邵臣转身进车间。他摸了摸外套口袋，一愣，回头问："我的钱包呢？"

明微还沉浸在他刚才的那番话里，震惊和恼怒交织着涌上心头。她眉梢一挑，连装也不想装了，抱胸懒散地说："哦，洗衣服的时候拿出来，刚才出门忘记带来了。"

邵臣不语，面无表情地与她对视。

明微眸子亮晶晶的，毫不掩饰挑衅的意味，脑袋微撇，像她耳垂处轻盈的"小绿蛇"，改不掉的习性，任性使坏。

"你不会生气了吧？"她笑了。

邵臣胸膛缓缓起伏，感觉被冒犯了，但声音平静依旧："晚上我过去拿，你可以放在保安室。"

明微换了条腿作支撑，腰臀跟着扭了一下，用天真的语气耍赖："哦，不好意思，我今晚有约，可能没空。"

邵臣眉头蹙起。

明微终于看见他情绪波动，霎时神清气爽，笑容愈发明媚了。

二人僵持的当口儿，车间办公室出来一个年轻人："小叔！"王煜已经在里面隔着玻璃窗观望半晌，"我爸叫你。"

邵臣看了明微一眼，没再多说什么，转身进去。

明微也转头往厂房外走。

王煜赶忙小跑着跟上她，笑着说："哎，你是不是第二中学毕业的？我们好像同级，你们班主任周权是我们数学老师。"

明微气不顺，对他的话置若罔闻，连敷衍的意思都没有。

可王煜兴致很高，亦步亦趋，紧跟不舍："前几天在酒吧我也看见你了，只是没来得及打招呼……你和我小叔认识呀？"

明微冷冷地说："邵臣是你叔叔？他不是才三十岁吗？"

"表亲，我奶奶是他妈妈的表姐。"

明微对那些复杂的亲戚关系不感兴趣，只问："他做废品生意？"

"算是吧，这个打包站是我爸要开的，当时启动资金不够，家里也没人支持，他就找小叔帮忙，拿到了投资。小叔平时不怎么来车间，今天有点儿事。"

明微问："他主业是做什么的？"

"之前在 R 国做贸易。"

明微愣了愣："跨越半个地球哇？"

倒是没想到他会跑那么远。

王煜见明微对邵臣感兴趣，顺着话头滔滔不绝："我小叔习惯独来独往，说话比较直接，你别介意呀。"

明微抬手遮挡讨厌的阳光。

王煜殷勤地掏出手机："要不我们加个微信吧？"

说完，他自己也觉得唐突，人家凭什么加你微信呢，总得有个理由吧？他开始绞尽脑汁地想借口。

明微脸色冷淡，心不在焉地走着。路面坑坑洼洼，小碎石硌脚，实在惹人厌烦。她暗骂自己为什么要跑来这种破地方受罪。

"你小叔有女朋友吗？"

"啊？"王煜没想到她会问得这么直接。

明微不甘心，甚至可以说相当不爽。她实在好奇，那块"石头"是否对每个女人都这么不解风情、拒之千里。

王煜挠了挠头："小叔回国以后我没见过他和哪个异性走得近。不过他确实挺招女孩子喜欢的，我妈和奶奶老想给他介绍对象。"

明微的胜负欲被唤醒，斗志升腾，羞恼瞬间消散。她瞥了一眼王煜，拿出手机，脸上挂上微笑："刚才不是说要加微信吗？"

邵臣办完事从打包站出来，想尽快找明微拿回钱夹。

将车子开回市区，他改了主意，先回了趟家，洗完澡，换了身干净衣服，才往云霞路去。

到紫山珺庭，他坐在车里给明微打电话，那头很久才接通。

"喂？"电话里传来对方懒洋洋的语调。

"我在你家楼下，方便的话，麻烦把钱包拿下来。"

明微笑着说："不方便。"

邵臣语调严肃："明小姐，别玩了。"

她清了清嗓子，收敛起笑意："我真不在家，下午脚扭伤了，在门诊擦药呢。"

他抬手按压眉心，沉默不语。

"明晚吧。"明微良心发现，不打算继续闹他，"劳烦你再跑一趟。"

邵臣别无他法："你放在保安室就行了。"

明微嬉笑着应下："好的呀。"

女孩儿清脆的笑声像风吹铃铛，邵臣脑海中出现她弯弯的眉眼、漆黑的大眼睛、小巧的鼻尖，像冒着粉色泡泡的精致毒药，勾引人饮鸩止渴。

这个想法很可笑，他摇了摇头，嘲讽自己恍惚。

手机铃响，是王煜的父亲王丰年来电。

"邵臣，你什么时候过来？"

邵臣系上安全带："一会儿就到。"

"你三嫂做了醉虾和松鼠鱼，我现在下楼买凉菜，你想吃什么？"

"我随意，不挑食。"

"那就再来半只烤鸭，你小时候最喜欢吃的。"

"好。"

邵臣今天要去三哥王丰年家吃饭，这位表兄比他年长二十岁，年纪足以做他父亲，所以常把他当小辈看。

晚饭时两人聊了聊打包站的经营现状。饭后王丰年夫妻俩一起收拾桌子，邵臣到客厅喝茶。

王煜一向喜欢缠着邵臣东拉西扯，今天更是兴奋得有点儿过头。

"小叔，你怎么会和明微认识的？很熟吗？"

邵臣摇头："不熟。"

"她以前是我们二中的校花，你知道吗？名声特别响。"王煜迫不及待地讲给他听，"当时我们班有两个男生是'死党'，从小到大最要好的兄弟，铁得穿一条裤子，谁知居然为她争风吃醋，在教室里打得头破血流，连老师都拉不住。那时有人想让明微出面劝架，我们两个班级挨着，就在隔壁，闹得那么大，她居然跷着二郎腿优哉游哉地吃冰激凌，好像事不关己……从那天起，我们全校都知道'红颜祸水'是什么意思，活生生的例子摆在眼前，太吓人了！"

邵臣陷在沙发里，手握茶杯，眉眼低垂，看不清是什么表情。

王煜口若悬河，兴致高涨："更绝的是，那场闹剧发生以后，其中一个男生就转学了，另一个不甘心，对她还抱有幻想，放学后在校门口堵她，泪流满面地哀求，还跪下了，你信吗？我到现在都记得明微当时的表情，眼神跟冷血动物似的，就像在看一堆垃圾，完全无动于衷。然后我同学就崩溃了，跳起来冲她大喊大叫，说她故意挑拨他和朋友反目成仇，激动之下差点儿对她动手，最后是她们班的男生看不过去，把他给揍了一顿。"

王煜说着长吁一口气，拍了拍胸膛："绝了，真的，好狠一女的，我们学校那些男生既想接近她，又怕得要命。"

邵臣没有言语。

王煜挤眉弄眼地说："小叔，她好像对你有意思。"

是吗？

"不过你当心点儿，她喜欢把男人玩于股掌之上，然后狠狠踩在脚下，简直蛇蝎心肠。"王煜说着稍作停顿，摇头长叹，"唉，不过确实很漂亮，被她吸引很正常，只是千万当心，别动真感情，栽到她手里，会死得很惨的！"

听完这些耸人听闻的前尘旧事，邵臣不知道王煜有没有夸大其词，只觉得匪夷所思，且对他某些措辞感到不适，但未点明，只冷淡地说："我从来不找人解闷。"

第二天晚上八点，邵臣开车到紫山珺庭。想到这两天自己反复踏足这个陌生的小区，他不知道事情是怎么发展成这样的。

邵臣去保安室询问，并没有拿到他的钱夹。

这一刻邵臣觉得自己仿佛陷入"狼来了"的故事，幼稚得可笑。他并不是一个有耐心的人，却因对明微的任性和脾气已经有所了解，所以没太生气，只冷笑了一下，给她打电话，想看看这人还能怎么折腾。

"喂？"

"明小姐，我在你家楼下。"

"哎呀，邵先生。"她学他客套的语气揶揄，"钱包是吧？对不起，我忘了，现在给你送下来，稍等。"

小区很安静，周遭路灯昏暗，树影森森，旁边开着连锁水果店和美容院，往西走二百米是一个小公园。晚饭过后，住在附近的居民出来散步，一群人在那边打乒乓球、篮球、羽毛球。街对面有一家超市，买东西也很方便。

邵臣觉得自己这么干站着有点儿傻，烟倒是打发无聊时间的好道具，但是他已经戒烟很久了。他低下头，模糊的影子在地面拉长。

脚步声传来，邵臣抬眸望去，隔着伸缩门，茂盛的绣球花和大丽花之间出现一个清丽的身影。她几乎是小跑，步伐很快，只是姿势有些怪异，一瘸一拐的。

明微从小门出来，气息略喘。她刚洗完澡，长发半干，穿着奶油色睡衣，像一只从泡泡浴里跳出来的兔子。她走到跟前，邵臣闻到了洗发水的香气。

"催这么急，我跑得伤口都快裂了。"明微抬起右脚给他看，"昨天去厂区找你，知道那破路有多难走吗？皮都磨破了。"

她单腿站立，身子略微晃动，把受伤的那只脚又抬高了些，认真地说："你看。"

邵臣猝不及防，低头打量，见她穿着拖鞋，脚背贴着无菌纱布，也不知伤成了什么样。昨天她踩着一双细细的高跟鞋去车间，几根绑带缠绕在脚背，当时他就想，这玩意儿发明出来简直是对女人的酷刑。

展示完伤痕，明微把钱夹递给他："喏。"

邵臣接过，回答她刚才的话："我也没有催那么急，你不用跑下来。"

明微一脸满不在乎地说："怕你等久了，没耐心，更讨厌我了。"

他下意识地说："我没有讨……"

明微抬起眸子。他愣了一下，及时打住。

"打开看看呗。"明微双手背在后面，身体晃动，挑眉说，"检查清楚，看少东西没。"

邵臣本想说"不用"，但转念想到她爱捉弄人的性子，于是打开来，确定证件都在，完璧归赵。

明微轻笑："钞票不数一数吗？"

邵臣没有理会她的调侃，收起皮夹揣进口袋，就打算告辞。

明微忽然问："你饿不饿？"没等他反应，她指着远处的街道，"拐角有家烧烤店，我想吃消夜，一起吧。"说完她直接迈腿往那边去。

邵臣愣在原地，想拒绝。明微回头奇怪地看着他，催促说："走哇。"

她的表情仿佛在嘲讽邵臣：别婆婆妈妈。

邵臣觉得好笑，不明白怎么会有人如此我行我素，一点儿也不在乎别人的感受，做什么都一副理所当然的模样，很任性，但是，并不惹人讨厌。

女孩子都这么痛快，他怕什么呢，吃个消夜而已。

两人一前一后走在昏暗的长街，楼上的居民住宅亮着朦朦胧胧的灯，并不真切。这里不是繁华地段，入夜后街道冷清，商铺也只是零星地开着几家。她手里的钥匙扣发出细微的声响。路边的共享单车杂乱地停放着，夜跑的人牵着一只柯基经过，铁栅栏上攀着紫色的牵牛花。

明微忽然停下来。邵臣站在一旁，顺着她的目光往下看。

她脚不太舒服，于是轻轻地踢掉拖鞋，左手虚扶着他的肩膀，指尖若有似无地搭在他身上，以保持平衡。然后她弯腰撕开纱布，将胶带绷紧些，重新贴好。

邵臣见她那双拖鞋厚得像砖头："不怕崴脚吗？"

"嗯？不会。"

他感到费解："你家就没有一双舒适的鞋子？"

明微摇头："我要好看，不要舒适。"

邵臣觉得滑稽："吃消夜……也要好看？"

"当然，美女的修养，出门就是要造福路人的眼睛。"

邵臣一下笑起来。明微仰头看他。两人猝不及防地对视，但他很快移开目光。

离烧烤店还有一段距离，她把钥匙圈套在食指上转着玩，丁零零的声音像在显示心情的松快。

"对了，你侄子没有说我坏话吗？"

邵臣不知道该怎么回答，她总是语出惊人。

"他……你侄子叫什么来着？"

邵臣无语地说："王煜。"

"啊，对，王煜。"明微似笑非笑地说，"我这人报复心可强了，要是让我知道他在背后讲我坏话……"

"你打算怎么样？"邵臣打断了她的话，但语气并不强硬，反倒带着几分笑意，似乎觉得她的威胁很幼稚，没什么威慑力。

明微抬头瞥了他一眼，抿了抿嘴："不怎么样，暂时没想法。但是我可坏了，我以前的丰功伟绩你应该听过了吧？"

她知道王煜那种大嘴巴一定跟他讲了不少八卦，可她不知道邵臣听完以后是怎么想的，是会像别人那样鄙夷轻蔑，还是避而远之呢？

她不清楚，因为他半点儿情绪都没有表露。

走到街角的十字路口，光线变得明亮。后面这条街开着饮料店、咖啡馆、小吃店，吸引了许多年轻人过来消遣，男男女女聚集在一起，享受他们的夜生活。

明微挑了张小桌子，然后跑到烟雾缭绕的烧烤摊前点菜。

桌子看起来很干净，但邵臣还是拿纸巾沾上水擦了两遍。

不多时，明微拎着两瓶啤酒回来落座。

他问：“你不是急性肠胃炎刚好吗？”

明微动作娴熟地用起子开酒瓶，随口说：“每年都会发作一两次，很正常，再说已经痊愈啦。”

邵臣对她的话感到诧异：“每年都会发作，你竟然觉得正常？”

明微不明白他为什么纠结这个：“我平时很强壮的。”顿了顿，她接着说，“怎么了，你怕我暴毙吗？”

邵臣的眉头蹙了一下，眼神也凉了几分，似乎不喜欢她的口无遮拦。

“放心，人没那么脆弱，死不了。”明微不以为意地说，“再说长寿有什么好，规规矩矩活到一百岁？我宁愿做一个自由自在的短命鬼，熬夜，喝酒，吃垃圾食品，至少开心哪。”

邵臣莞尔，别过脸去。

她立刻察觉：“你笑什么？”

他望向白烟腾腾的摊子，淡淡地说：“熬夜，喝酒，吃垃圾食品……只要稍微放纵自己，谁都能做到的事，你管它叫自由？”

明微屏住呼吸，心猛地一跳，脸上玩世不恭的神采有些维持不住。她沉默了好几秒，抿嘴笑了笑：“你觉得我堕落吗？”

邵臣思忖两秒，否认道："堕落？没那么严重。"

明微挑眉："那你说说对我的印象。"

邵臣摇了摇头："我对你一无所知。"

"就说你看到的，这几天。"

邵臣望着她，倒是认真地想了想，迟疑数秒，最后还是诚实地回答："像个被宠坏的小孩儿。"

她愣怔，大眼睛扑闪扑闪的，随后猛地笑起来，一时间乐不可支："难道不应该是红颜祸水、蛇蝎心肠、水性杨花什么的吗？"

邵臣拧眉摇头："你怎么会这么想？"

她被啤酒呛了两下，脸颊潮热，抬起下巴做出不屑的样子："很多人都这么想，无所谓，我受得起，当恶女人可爽了。"

邵臣打量她，忍不住问："你……就这么过日子？"

明微胸口剧烈起伏："不好吗？"

他沉默。

于是她半真半假地调侃："被宠坏了嘛，不就这么过日子。"说着她垂眸看着玻璃杯，手指缓缓地绕着杯沿画圈儿。

邵臣视线落下，忽然意识到两人的话题不知不觉涉及私人领域，她一点儿防备都没有，完全敞开自己等他靠近，这不是他所希望的。

"明小姐，我……"他准备拉开距离。

明微一听这话就皱起眉头，懊恼地塌下肩膀，嘟囔着埋怨："什么先生小姐的，不觉得别扭吗？"说着她托腮眨了眨眼，"你可以直接叫我名字，或者叫微微，我也不介意。"

邵臣没接这调情似的话语，眼神也暗了下去，似躲避，也似抗拒。

明微打量他的神情，愉悦地轻笑："你现在特像一个被调戏的小姑娘。轻松点儿，我不吃人。"

邵臣突然惊醒，心想不该一时恍惚陪她吃消夜，更加不该放任这种微妙的气氛蔓延。再待下去不知她还会怎么越线，这不是他想要的局面，于是他决定走人。

"明小姐，时间不早了，我先回去了，你慢慢吃。"

可想而知，邵臣这话说完，明微的脸色有多僵硬。

"你要把我一个人丢在这儿？"

邵臣的呼吸停滞了一秒，但态度依然坚决："少喝酒，你也早点儿回去吧。"说着他起身离开。

明微露出嘲讽的表情，嘴角扬起，慢悠悠地啐他："臭男人，真狠心。"

邵臣头皮发麻，只当没有听见，原路返回小区，坐上车，脑子一片空白。封闭的空间有些闷，他打开窗子透气，心里不断回想她刚才的话——你要把我一个人丢在这儿？

怨怪的意味，隐含撒娇与示弱，摆明是装可怜，可不晓得为什么，他还是有些自责。

车子开出去，经过十字路口，他看见明微坐在烧烤摊前，周围成群结伴的年轻人欢声笑语，她只有自己，一张小矮桌，两瓶啤酒，满桌的菜，神情麻木。

邵臣用力握了握方向盘，收回视线，告诉自己用不着自责心软，萍水相逢的陌生人而已，连朋友都算不上，用不了几天就各自遗忘了。

Chapter 03
被拒

　　明微拎着酒瓶晃晃悠悠地回到家，倒在沙发上一动不动。

　　她生平头一回在同一个男人身上反复受挫，说来真是费解，他到底怎么想的？对她一丁点儿兴趣都没有吗？不可能！明微不相信。她没打算放弃，也不急在一时。

　　第二天店里来货，明微心血来潮过去盯了一会儿。作为老板，明微实在算不上称职，对便利店的用心程度还不如聘来的店长。有时员工临时请假，她心情不错就自己过来守，没心情就直接关门。监控形同虚设，员工摸鱼玩手机她从来不管，员工迟到或请假也不影响全勤。

　　除了性格懒散，还有一个原因，明微以前上过班，知道打工是一件多么令人厌恶的事。

　　她大四那年实习，和其他同学一样，制作简历四处投递。荒谬的是，她去的第一家公司是一家广告公司，应聘的是策划岗位，只聊了不到五分钟，老板就进来打断 HR（人力资源），通知她面试通过了。

　　当时明微还有点儿事业心，想在工作上找到一些成就感，体验所谓的奋斗拼搏的感觉，但没想到上班第三天她就被老板带去了饭局。

路上老板用鼓励的语气对她说："待会儿都是重要客户，你好好表现。"

她一头雾水，入职三天一直在小组打杂，什么项目都没接触过，表现什么呢？

到了饭店包厢，不多时进来两个中年男子，老板赶紧殷勤接待。

明微不知道该干什么，她是跟着上司来的，似乎也该跟他一样堆起笑脸，恭维奉承。但她觉得很不舒服，笑不出来。

吃饭时，老板一会儿吩咐她："明微，快给秦总递烟灰缸。"

她就把烟灰缸放在转盘上，推到秦总面前。

没一会儿老板又提醒她："明微，别干愣着，敬李总一杯。"

她当即垮下脸，借口去洗手间，出了包厢直接走人。

明微在回公司的路上接到老板的电话，问她怎么突然消失了。她也不拐弯抹角，直接提出离职："我上班不是来给人赔笑的。"

老板竟然放低姿态挽留："别这么想，人家是甲方嘛，挑中我们公司，就是看中我们的能力，给我们机会施展才华，那我们的待客之道当然是让人家舒服，感受到诚意呀。再说了，我不也在那儿赔笑吗？你配合我，一起把客户拿下，也是展现你的能力呀。"

明微没忍住，笑了起来。她头一次听人把当牛做马说得这么热血真诚。

老板继续给她洗脑："我知道你的理想，以后我亲自带你，很快你就能自己提案了，否则再熬几个月你也还是在小组打杂，浪费才华和优势呀！"

明微嗤笑："我的优势？你指外貌吗？"

"当然！初出社会就是要懂得利用自己的一切优势，相信我，我真不希望你被埋没……这样吧，我让财务按正式员工给你发薪水，怎么样？"

明微无语地说："要是靠外貌，我兼职做一天模特就能赚到你这儿一个月的工资，我犯得着来你这儿吗？"

她挂了电话，回到公司收拾自己的私人物品，主要是一把机械键盘。那段时间她沉迷客制化，键盘是自己组装的，很喜欢，否则连办公室她也懒得回。

和她一起来的实习生好奇，问："老板中午带你出去吃饭了？"

明微挑眉："准确地说应该是见客户，端茶倒水，赔笑陪酒。"

对方张嘴愣怔，见她收拾东西，又问："你要走？"

"嗯，不干了。"

"那……老板呢？被你丢在那儿，没生气？"

明微说："管他死活。"

什么破公司，浪费时间。

明微从上大学起就兼职做模特，没有缺过钱。很早以前就有人找她签约，但她想要自由，便一口回绝了。

做模特虽然能满足她爱美、虚荣和赚钱的乐趣，但新鲜劲儿一阵儿就过去了。

临近毕业，同学们都忙着找工作，她好歹学了四年广告学，也好奇上班、通勤、穿套装、坐办公室、做 OL（白领丽人）是什么感觉。之后她又在另外两家广告公司实习过，然后她发现自己根本就不喜欢上班。

但这有悖父母对她的期望。他们要她找一份稳定的工作，朝九晚五，缴纳五险一金，不用赚很多钱，能养活自己，体面一点儿就行，反正早晚都要结婚。所有人都默认她的婚姻要比事业重要得多。

可明微对按部就班的日子没有半点儿兴趣，应付人际关系使她无比厌倦，工作带来的价值也微乎其微。

为什么要给别人打工呢？为什么要听别人差遣，被人呼来喝去？

生活应该是什么样的，她还没想清楚，但她十分清楚自己不要什么。

毕业后明微没有再进任何公司，而是用存款开了家便利店，小是小，但好歹是个老板了。

前两年便利店一直入不敷出，直到招来阿云做店长，才渐渐像模像样起来。

阿云已经结婚，有了家庭的人比较稳重，越是面对懒散的老板，越是能激发出她的责任感，井井有条地打理店内各种事务。

"这个月的促销活动安排，我发到群里了，你看了吗？"

明微茫然地说："嗯？什么时候发的？"

"昨晚。"

明微掏出手机扫了两眼："行，你看着办。"

阿云又说："小红可能下个月要辞职回去结婚了。"

明微点头："提前把招聘信息发出去，夜班招个男的吧。"

"行。"

中午她在店里随意将就一餐，忽然接到父亲明崇晖的电话。

"微微，后天周六，你过来吃饭吗？"

明崇晖不常喊她的小名，上次她和许芳仪起冲突，被告到了明崇晖那里，她以为他还在生气，此刻听那语调却很温和。

明微有点儿受宠若惊，问："有什么事吗？"

明崇晖嗔怪地说："你这姑娘真是……你生日呀。"

她恍然大悟，又听明崇晖说："你薛阿姨都记着呢，后天过来，给你做好吃的。"

闻言，明微表情微变，她对薛美霞的好意并未生出多少感激之情，只轻轻"哦"了一声。

父母离异后，各自又再结婚，她有时去这边坐坐，有时去那边玩玩，诡异的是，父母的家庭照样完整，而她却没有家了。

明微想不通为什么会这样。

周六傍晚，明微打扮得漂漂亮亮，灿若艳阳，前往父亲和继母的家吃饭。

明崇晖做了半辈子老师，为人传统严肃，一向不喜欢她言行高调，认为女孩子斯文得体即可，过分引起别人关注是虚荣肤浅的表现。

明微分明知道，但是从来不改，今天照样花枝招展。明崇晖见她那副打扮，眉头拧起，当即脸色就不大好看。

薛美霞倒是很和气，甚至提前准备好了一个小小的生日蛋糕，招呼道："微微，先吃点儿水果，手抓饭还得焖一会儿。"

明微从包里拿出香烟和打火机，准备去阳台抽一根，谁知明崇晖过来，直接将东西从她手中拿走，丢进垃圾桶。明微在他冷冽的眼神下吐了吐舌头。

"你最近在忙什么？"

明崇晖的语调低沉而严肃，做老师久了，他似乎把女儿也当作学生管教。

"没忙什么。"明微心虚地摸了摸鼻子。

明崇晖看了她一眼："整天浑浑噩噩不干正事，让你找份正经的工作，你嫌枯燥无聊，那就给我考研，回学校待着。"

明微撇了撇嘴："我都二十五岁了，离开校园环境那么久，哪还看得进书。"

"有志者，事竟成。只要认真努力，有什么干不成的？"

这时薛美霞从厨房出来，嗔笑着说："行了，明教授，人家过生日还要听训哪？"

明崇晖放了明微一马。

不多时，三人转到餐桌上。

薛美霞给明微捞小羊排："快，尝尝手抓饭合不合胃口。"

明崇晖说："你的拿手菜，怎么会不好吃？"

薛美霞望向丈夫，神情腼腆地说："你吃了十几年，还没腻呀？"

明微扯出纸巾掏掏耳朵，心想还真是一对模范夫妻。

"对了，微微找男朋友了吗？你爸爸那么多得意门生，让他帮你物色一个。"

明微语气冷淡地说："不用，我不喜欢别人替我安排。"

明崇晖说："不替你安排，你自己找个靠谱儿的也行，工作、学业都乱七八糟，结婚以后总该安分些。"

明微皱眉，忍不住顶嘴："是，把我嫁出去，你们就可以摆脱掉一个大麻烦，对吧？"

明崇晖放下筷子，脸色变得十分严厉："你说什么？！"

薛美霞见状，赶忙打圆场："好了，好了，她还年轻，结婚的事不着急，慢慢挑嘛……哎呀，你看我这记性，怎么把蛋糕忘了。"说着她起身进厨房拿生日蛋糕。

明微在父亲的怒视之下顶着压力臭着脸，不肯服软。

蛋糕上桌，正准备点蜡烛，客厅传来一阵铃声，薛美霞忙过去接通视频，惊喜地笑说："嘉宝，你那边几点，吃饭了吗？"

"我刚吃完早饭，待会儿去见房东太太。你们在干吗？爸爸呢？"

"崇晖——"薛美霞喊。

明崇晖起身往客厅走,坐在一旁与嘉宝视频,脸色变得柔和起来。聊了两句,他抬手朝餐厅方向喊道:"明微,过来打招呼。"

她深吸几口气,克制着强烈的排斥情绪,沉默上前。

明崇晖常说,基本的礼貌还是要有的。

"嗨,嘉宝。"

"微微,好久不见了,祝你生日快乐呀。"

明微扯起嘴角笑了笑:"谢谢。"

明崇晖说:"明微好像比嘉宝大几个月吧,看起来倒是嘉宝像姐姐,开朗稳重,不像她,还没长大似的。"

薛美霞笑着说:"人家微微挺好的。"说着她满眼爱意地盯着视频里的人,"宝宝,你的行李收拾好了吗?几时寄回来?"

"还在整理,东西太多了,我都舍不得丢。当时带过来的电热毯可好用了。"

闻言明崇晖好笑地说:"电热毯家里有好几张呢,你这个傻孩子。"

嘉宝抿嘴挠了挠头,有点儿不好意思地说:"您带我去超市挑的嘛,我不想丢掉。"

没人留意明微离开沙发,独自回到了餐桌前。她低头看着那个生日蛋糕,旁边散落着没插上的蜡烛。

客厅那边一家三口温馨的话语密密匝匝,好像凝结成一片浓厚的乌云,在明微头顶上下起钉子雨,把她扎得头破血流。

某种恶念苏醒。

明微怀疑自己心里住着一个魔鬼,每当遭受挫折,她就会将恶魔释放出来搞破坏。

她拿起蛋糕,反手扔进那锅精心烹饪的手抓饭里,然后面无表情地走向玄关换鞋，开门，砰的一声用力砸门而去。

　　夜里九点半，邵臣洗完澡从卫生间出来，擦着头发，拿起手机看了看，发现竟然有四通未接来电，都是明微打的。

　　他愣了愣，这时手机又开始振动。他接通电话，喊道："明小姐。"

　　"邵臣！"她语气含糊，用力喊他名字，带着几分不悦，更多的是娇嗔，"你怎么不接我电话？"

　　"有什么事吗？"

　　"我喝醉了。"她一点儿也不拐弯抹角，放纵自己撒娇，用可怜巴巴的语调说，"你来接我好不好？"

　　邵臣扔下毛巾，平淡地说："我要休息了，你找别人吧。"

　　"嗯？不到十点你就睡……自己睡吗？多无聊呀，又没有人陪，睡什么睡……"

　　邵臣不想理她："我先挂了。"

　　"不准挂！"

　　可他说到做到。

　　谁规定九点半不能睡的？

　　邵臣上床关灯。约莫过了十分钟，手机又开始振动了。

　　他想直接挂断，手指却迟疑着没有点下去，停在屏幕上方，看着那个名字，最终还是滑向绿色的接通键。

　　"明小姐，你别再打了……"

　　"先生，你好。"电话那头却是一个男人的声音，"您的太太在初遇酒吧喝多了，现在不省人事，你过来接她吧。"

　　邵臣愣了三秒，不知道对方为什么会认为明微是他的太太："她醉得很厉害吗？"

"是呀，我们想帮她叫一辆出租车，但是怕不安全，而且酒吧里一直不停有男的过来想带她走。"

邵臣拧眉坐起来，屏息片刻，说："麻烦你再照看一会儿，别让陌生人接近她。"

"行，我尽量，你快点儿过来吧。"

邵臣没见过这种姑娘，她身上有一种不顾别人死活的天真任性，做事不计后果，不管人情世故，似乎也不在乎会不会碰得头破血流。

她凭什么认为自己一定会管她的闲事呢？难道他看上去很像助人为乐的良好市民吗？

上车的时候邵臣就在想这个问题。

或许这又是她的恶作剧，串通了服务员把他骗过去，否则外人怎么用她的手机打电话的？可若不是恶作剧，一个女孩子在外面喝得烂醉多危险哪。

想到这里，邵臣有些恼怒。

她为什么如此轻易地让自己置身在危险里呢？这姑娘对自己的健康和安全毫无责任心，难道她的父母没有教过她怎么保护自己吗？

到酒吧时，邵臣心中莫名的烦躁已经消散。穿过鬼魅似的红男绿女，他在幽暗的吧台边看见了明微。她枕着胳膊坐在高脚凳上，因醉酒瞌睡，显出乖巧的假象。一个微胖的男人坐在旁边，隔着一条手臂的距离，盯着她，从头到脚地打量。

邵臣知道他脑子里在想什么，但不知道自己脸色冷得像冰。未经思索，他一边大步上前，一边脱下外套，罩在明微背上，盖住许多风光。

邻座男子不悦，推开酒杯："你谁呀？人家认识你吗？"

这时明微睁开眼，瞧见邵臣出现，懒懒地直起身，用柳条似的胳膊抱住他的脖子，昏沉的脑袋往他的胸膛靠。

"邵臣，你怎么才来呀？"

他拉开她缠绕的手臂："能走吗？我送你回去。"

"走不动，你抱我。"

他轻巧地抱她下凳，然后试图搀扶，但明微像没骨头的蛇一样挂在他身上。

"能好好走路吗？"

她轻笑出声，含混不清地揶揄："一个大男人，还怕被我占便宜呀？"

邵臣说不过她，沉默不语，迅速架着人离开喧闹的夜场，来到停车的地方，把她送上副驾驶座，扣好安全带。

"我不想回家。"

他当作没听见，发动引擎。

"钥匙忘带了，你看。"明微打开巴掌大的小包证明，"进不了门。"

"让物业开锁。"

明微嗤笑一声，颇为不屑："他们哪有这么敬业，白天才肯干活儿。"

邵臣抚额："我帮你找开锁匠。"

"不要。"

他眉心微蹙："别闹了。"

明微安静了一会儿，抽了抽鼻："我今天不想回那个破房子，什么家不家的，就是个收容所。"

她的语气充满愤懑。

邵臣好奇地说："你家应该很宽敞。"

"宽敞有屁用。"明微冷笑一声，"回去连个鬼影都没有。"

他问:"你父母呢?"

"早就离婚了。"明微耷拉着眼皮瞪着前方,"在我十三岁的时候,有一天突然通知我,他们决定分开,问我要跟谁。我很害怕,不想他们离婚,而且担心不管选择谁,另一个都会难过,于是自作聪明地回答'我谁也不跟,如果你们分开,我宁愿自己一个人生活'。"

她说到这里停了下来,像被戳中了笑点,双肩发颤,愤懑的情绪变成滑稽,乐不可支地说:"然后你猜怎么着?他们就真的把我一个人丢下了,哈哈哈……"

邵臣转过头,见她捂着肚子倒在椅座里,心下有些震动。

"真的太扯了,"明微似乎笑出了眼泪,她抹了抹,"起初他们每周会轮流回来陪我两天,之后慢慢地变成一个月回一次,再后来有了新家庭,几乎就不回来了。不回就不回,谁在乎呀?"

邵臣胸口有点儿堵。

明微慢慢恢复平静,语气带着自嘲:"你说,那破房子我回去干吗?"

邵臣的心尘埃四起,雾蒙蒙的,辨不清方向。他对自己的人生从来都很确定,无论顺境逆境,该做什么,能做什么,都是分析完就去做,很少犹豫不决,像此刻这样心绪杂乱、无从下手的情况还是第一次。

他不知道怎么安慰明微,也不清楚她今晚为什么情绪起伏如此之大。

手机铃响,打破沉默。

明微看也不看,反手扣在中控台上。

"怎么不接?"邵臣问。

"是我爸。"她哑声说,"我怕接通后会讲出什么大逆不道的话,把他气死。"

邵臣放慢车速："怎么了？"

明微麻木地扯了扯嘴角："今天是我生日，去他家吃饭，中途接到他宝贝女儿的视频，一家三口其乐融融，碍眼得很。我就把他们的晚饭搞砸了，然后跑了出来。"

邵臣沉默片刻，喉结微动："你今天生日？"

明微蹙眉，噘起嘴喃喃埋怨："你搞错重点了。"

重点根本不是生日，是他们一家三口当我透明……唉，算了。

明微抱胸生闷气。

邵臣想了想，又问："你有兄弟姐妹吗？"

"嗯，我妈生了个讨人厌的傻弟弟。我爸爸再婚，薛阿姨带着女儿嫁给他，就是嘉宝，没多久改姓明，成了我爸的孩子。"明微嗤笑，"他对那个没有血缘关系的女儿比对我满意多了。"

邵臣似乎难以理解："怎么会这样？"

明微耸了耸肩："人家学习好，懂事又乖巧，满足他对优秀女儿的所有期望，当然格外疼爱呀。"

邵臣没有接话。

"是不是男人都有救世主情结？"明微忽然问了这么一句话，然后摇头笑着说，"尤其是我爸那种自恃君子的老古板。听说薛阿姨的前夫很早就过世了，她自己带大孩子，吃了很多苦，母女俩还被亲戚骗光了积蓄，走投无路的时候遇到了我爸。"

邵臣稳当地开着车，做一个安静的倾听者，不发言，像个影子。

"我父母的婚姻走到后期已经没有半点儿感情了，我爸厌烦我妈虚荣浮夸，不愿意配合她在人前表演恩爱。我妈也觉得和他在一起生活很辛苦，动不动就得听说教，她的情绪和爱好得不到丈夫的支持，生活过得没有滋味。"

明微轻声低语，情绪已不似先前那么激烈，眼底浮现一种疲倦和沉静，像在讲述陌生人的故事。

"薛阿姨不同，她和嘉宝全心全意依赖我爸，仰慕他，顺从他，而且因为我爸的帮助彻底改变了生活，他们的关系里有一层恩情，薛阿姨和嘉宝都发自内心地尊重他，所以我爸二婚后很幸福。我妈也是，她现在的丈夫跟她脾气相投，特别聊得来。"讲到这里，明微稍稍停了一会儿，嘴角扬起浅笑，摇了摇头，"所以我成了他们生活里唯一的变数和负担。"

邵臣沉浸在她的故事里，不禁开口宽慰："别这么想，毕竟是亲父母，总归还是疼你的。"

"是吗？"她不以为然地笑了笑，"曾经我也这么认为。初二那年我被几个女生围攻，她们推搡了我几下，我当场就还手了，然后我们打了起来。老师叫家长到学校，我爸妈一起赶过来，一句责备都没有，完全向着我，不允许任何人欺负他们的女儿。我当时鼻青脸肿，但是心里好开心哪，我已经半个多月没见他们了，原来闯祸才不会被遗忘和忽略……"

听到这里，邵臣怔住了。

"后来我就开始隔三岔五惹事，父母轮流来学校给我收拾烂摊子，脸色也越来越难看。高一的时候有两个男生为我打架，闹到退学转校的地步。班主任讨厌我给她惹事，向家长告状，说我挑拨他们兄弟间的关系，造成这么严重的后果。我爸非常生气，问我是不是真的，我说是，他问为什么，我说他们活该，我爸忍无可忍，打了我一巴掌。他从来没有打过我，平时虽然严厉，但是绝不体罚，那次我难受极了，转头跑掉了。

"我准备离家出走，晚上也没回去，那晚雨下了一整夜，我在麦当劳待了一晚，后来才知道我爸一直在找我。他怕我青春期气性大，会做傻事，下着雨也在外面找，然后被一辆摩托车给撞了。"

明微鼻尖泛红，抹了抹眼睛，嗓子发哑，茫然地问："你说，他们算疼爱我吗？"

邵臣胸膛平缓起伏，不知该怎么作答。

他之前以为明微是在家人的宠溺中长大的小孩儿，被偏爱环绕，所以任性叛逆，随心所欲，根本不在乎折腾生活的代价，因为有父母给她托底。可没想到她父母早就另外成家，也并没给过她偏爱。

邵臣沉默了一会儿："我送你去酒店休息。"

"怎么办？没带证件。"她调皮地冲他眨眼睛，"只能去你家打扰一晚咯。"

他语塞，抬手抚额，颇为无奈地说："你就一点儿也不担心吗？"

"担心什么？"明微抽出纸巾把脸擦干净，"从见你第一眼起，我就知道你不是坏人，干不出缺德事。"

邵臣："……"

明微打了一个哈欠："到了喊我。"

邵臣见她歪头就睡，明明刚才那么伤心难过，转眼又没心没肺，能量用完就蔫儿了，我行我素，让人没辙。

可他必须承认，刚才那番推心置腹的交谈杀伤力十足，他现在根本没法儿硬起心肠拒人千里。

邵臣一路慢慢消化她的故事。开车回城北旧城区，犹豫了一会儿，他没有将车如常停在靠街的位置，而是慢慢驶入窄巷，把车停在楼下。

明微睡得很香，邵臣喊了几声，又推了推她的胳膊，她才迷迷糊糊地睁眼，问："到了吗？"

"下车吧。"邵臣推门下去，转头却发现她没动静。

打开副驾驶座的车门一看，才发现她竟然又睡了过去。

"明微，起来。"

"我好困。"她睁不开眼，"你背我吧。"

邵臣对她的撒娇已经不那么意外了。四下暂时无人走动，他不想拉拉扯扯引人注目，索性利落地背起她，大步走进楼道，走上三楼。

昏昏沉沉间，明微闻到老房子散发出的潮湿的气味，光线惨白，灰扑扑的墙壁上贴满小广告，常年闲置的消防栓布满灰尘，他们经过一户人家时，里面的狗突然大叫了几声。

邵臣的肩背宽阔而平稳，小臂架着她的腿弯，双手攥拳，没有碰她。

到了三楼，邵臣弯腰驮着人，腾出一只手掏钥匙开门。

过道空间狭窄，明微怕自己被撞到，刚想提醒，却醉得说不出话。

明微的担心是多余的，邵臣没有让她磕着碰着，进门开灯，把人放到卧室的床上。她一沾床就立刻沉沉睡去。

邵臣帮她脱掉鞋，又拉过薄被搭在她腰间，然后插上电蚊香液，打开风扇，调至最小挡，将窗户留条缝隙，帘子半掩，收拾好才出去。

邵臣家里没来过女人，也不知道女人要用什么东西。他想了想，拿上钥匙出门，到附近的超市买东西。

一双女士拖鞋、水杯、牙刷、牙膏、毛巾、洗面奶……说不定半夜会吐，买个脸盆以防万一。

他拎着日用品回家，路上感觉有些怪异。他上楼后轻轻开门，放下塑料袋去卫生间洗漱，心情莫名有些复杂。他的生活一直很平静稳定，明微的闯入打乱了他原本熟悉的节奏，像一种不可控因素，令人心潮起伏，如死水被搅动，泛起涟漪。

这晚，邵臣在沙发上将就了一夜。

明微睡醒时天色已经大亮。身下的床铺比较硬，她睡得骨头酸疼，睁眼打量周围的环境。

灰色的枕头和床单，散发着淡淡的消毒液的香气，很干净。房间不大，甚至可以说狭小，但是十分整洁。床铺抵墙，角落是一个窄窄的衣柜，顶上挂了一台泛黄的空调。床边有一张书桌，上面放着台灯和小风扇。风扇正摇头转动，她觉得身上有些凉。窗户围着栅栏，显得人越发像一只笼中鸟。

明微直起身，双腿垂落床沿，想下地，低头看见一双粉色拖鞋，眉头渐渐拧紧。

怎么会有女士拖鞋？

起床气夹杂着一股无名火蹿上脑门儿，她正要一脚踢开，发现拖鞋上挂着标签。

所以这是新买的？

明微穿上，三十六码，刚刚好。

明微走出房间，发现客厅也是小小的。天花板上有一个绿色吊扇，她很多年没见过这种风扇了。马赛克样式的地板也是复古老土。沙发短小，如果他昨晚睡客厅的话，应该不太舒适。

家中无人，明微找到浴室，看见盥洗台上未拆封的洗漱用品，不禁莞尔。

她受不了自己身上的酒味，拿手机给邵臣发信息："借你家卫生间洗个澡，我太臭了。"

邵臣买菜回来，一进门就听见哗啦啦的流水声从浴室传来。

里面的人也听见了防盗门开关的动静，试探地唤了声："邵臣？"

听那语气略有不安，他及时回应："是我。"

明微没再接话，继续专心洗澡。邵臣提菜进厨房，洗案板，剥番茄皮。

这时，忽然有人按门铃。那门铃显然年头儿久了，声音早就哑了，像是濒死的乌鸦。

邵臣有点儿意外，放下手里的活儿，打开防盗门，见来人是一个外卖小哥。

"您好，您的外卖。"

"送错了吧？"他什么时候叫过外卖？

"没送错！"明微在浴室喊，"是我点的。"

于是邵臣接过，跟外卖员道了声谢。

"拿来吧。"浴室门打开一条缝，里面伸出一只湿漉漉的胳膊，修长，细润，挂满温热的水珠。他递上塑料袋，移开视线。

不多时，明微擦着头发从浴室出来，素净的一张脸，像刚出蒸笼的包子，双颊带着一点儿红晕，显得她纯真清透。

她走到厨房门口，发现邵臣在做饭。锅盖揭开，白气升腾，邵臣下了一把面条和青菜。

外面天色透亮，灶台前面是两扇高大的窗户，玻璃被冰凌格切碎，看不清窗外景色。日光也被这花纹搅碎，星星点点穿透进来，洒落在墙壁以及邵臣身上。邵臣低着头，一贯的沉默专注。

明微不明白自己怎么会看一个男人做饭看得如此入迷。

邵臣转身打开冰箱拿鸡蛋，发现她站在门口，动作一顿："你……"

"你不用管我。"

他问："饿不饿？"

明微连连点头。

他轻轻笑了。

明微摸了摸鼻尖，有些难为情。她踮了踮脚尖："你在做什么？"

"打卤面。"

不说还好，一听见这三个字，她的肚子就不争气地咕咕直叫。邵臣回头看了她一眼，她没好意思，索性远离厨房。

桌前的椅子上搭着一件冲锋衣，明微见上面挂着水痕，问："外面下雨了吗？"

"下了会儿。"

她在沙发上找到遥控器，打开电视放早间新闻。

阳台空空的，没有晾晒任何衣物，也许是被收起来了。楼下种着一棵挺拔的大树，枝叶繁茂，翠荫荫的，三楼阳台正好装下它青绿的风景。

明微好奇地问："那是什么树呀？"

厨房的窗口就在阳台隔壁，邵臣看了一眼，说："苦楝。"

苦楝？明微对草木一窍不通，见没听过，就拿起手机上网查询。原来这树在夏天会开出雾紫色的花，大片大片的，香气浓烈，而且它还有一个别名——哑巴树。

哑巴，哑巴……不跟某人很像吗？倒是挺有趣。

邵臣端着碗筷出来，明微赶紧到餐桌前坐好。她昨晚就没怎么吃东西，这会儿肚子都快饿扁了。

"你竟然会做饭！"

听到这话，邵臣觉得好笑："三十岁了，难道不该会吗？"

"我就不怎么会。"主要是懒。

邵臣表示理解："你还小。"

明微抿嘴笑了起来："也不小了。"她夹起面条正要往嘴里送，又觉得哪里不对劲，放回碗中仔细打量，发现这碗面其实只有一根，中间没断。

明微愣了片刻，抬眸看着邵臣："这是长寿面？"

"嗯。"他平静地应了一声，当作很平常的事，也没有多余的解释。

明微却心脏猛跳，眉尖蹙起，一种无比柔软的情绪溢满心扉，仿佛冷冽漆黑的屋子里点起一盏小灯，潮湿和残破被光驱散，尽管那光并不太亮，荧荧地晕染在角落，只是不至于寂灭而已。

明微再无声响，垂头静静地吃面。一碗面见底，她抽出纸巾慢慢擦嘴，貌似无意地开口："你说怎么回事呢？"

邵臣抬眸，听她说话。

"我们才刚认识而已，可这几天我一直都在想你。"

邵臣听到这话，脸上的表情顿住。明微也抬起眸子，定定地望着他。

头顶的绿风扇呼呼转动，天不热，但明微对老物件好奇，吃饭前把它打开了。

缄默中，邵臣的目光渐渐暗淡下去，辨不清情绪。他垂下眼帘，冷淡地开口："吃完就回去吧。"

"你不喜欢我吗？"

"不喜欢。"

明微双手抱胸缓缓深呼吸，眉梢跳了跳，心脏被他毫不犹豫的话刺伤，眉眼却在笑："看着我说呀。"

邵臣不语。

她继续逼问："没那个意思为什么对我这么好？谁让你做长寿

面的？”

“我只是招待客人。”

明微冷笑一声，虽然目光灼灼，但勇气是破碎的：“我不相信你对我一点儿感觉都没有。”

邵臣看着自己放在桌面的手，清瘦而干燥，指甲剪得很短，几乎看不到边，暗青色的血管在皮肤底下狰狞蜿蜒，他第一次那么不喜欢自己。

“别在我身上浪费时间。”邵臣抬头看她，冷漠而疏离，“你回去吧，以后再有昨晚那种情况，我不会管，不要再给我打电话了。”

明微离开后，邵臣坐在饭桌前一动不动，疲倦地靠着椅背。不知过了多久，他神色恢复平静，静得像摊死水，然后起身开始收拾碗筷。

明微只是留宿一晚，却到处留下了痕迹，枕边的一根长发、女士拖鞋、茶几边的黑色发绳，还有她换下来丢在浴室垃圾篓中的内衣裤，邵臣通通丢了个干净。

他没有资格谈情说爱，耽误一个女孩子的青春，更没资格对谁动心，这一点他清楚，不应该松懈的。

今天正值周末，下午他开车去市郊的养老院探望祖父。

邵臣的祖父患上了阿尔兹海默症，早已不认得人。这家养老院环境不错，二十四小时专人护理，配套设施成熟，也算本地最好的养老机构了。

邵臣端着小凳子坐在爷爷身侧，喂他吃饭。

爷爷口中若有若无地念叨着什么，仔细听，原来是在叫邵臣父亲的小名。有时候他会把孙子当成儿子，讲一些几十年前的往事。

邵臣的记忆里没有妈妈。他刚记事时父母离婚,母亲远走他乡,再没有回来。高中时父亲因病去世,他形同孤儿,被迫一夜之间迅速成长。

邵臣大学毕业后,机缘巧合去了 R 国。几年经营,稳定下来后,他原本想把爷爷接过去,没想到老爷子突然就病倒了。他唯一庆幸的是,多少赚了点儿钱,手里的存款可以负担老爷子晚年在养老院的生活。

至于别的,比如伴侣、婚姻、男女之情,他没有任何想法。

明微今天被气走,大概不会再想见他了。那么心高气傲的姑娘,不管对他是出于好奇还是新鲜,拿出勇气袒露那些话,却被不留情面地斩断苗头,多可气。

其实明微质问他为什么对她好,为什么给她做长寿面的时候,他是有点儿心虚的,所以没敢直视她的眼睛。

因为他自己都不知道为什么,就是自然而然地做了。也许是情不自禁,也许是无心之举,总之一切都结束了。

从养老院回去,他收到一件从乌鸦城寄来的包裹,邮寄人是蒂玛。

前几天邵臣就收到了蒂玛的邮件,她说她又嫁人了,并且已经怀孕,现在的丈夫也做向导,家里还经营一间小卖部,日子还算过得去,没有理由再接受他的捐助了。

邵臣打开包裹,里面有一幅手绘唐卡和一串念珠,是蒂玛去寺庙为他点灯祈福,虔诚请来的。另外还有一封信,是小孩子的笔迹,开头是歪歪扭扭的中文,写着"亲爱的邵臣叔叔",后面是表达感谢。

算起来这孩子有六岁了,是宋立和蒂玛的女儿。

邵臣的朋友不多,宋立算是一个。他们高中时同校,虽然不同班，但因为徒步爱好相识，也挺聊得来。

高中毕业后，宋立没有上大学，他去了西边的N国，在一家旅行机构做户外徒步向导，认识了当地姑娘蒂玛，并与她结婚。

那年邵臣去乌鸦城参加他的婚礼，晚上住在混乱逼仄的旅馆里，房间散发着潮湿的霉味，墙壁一面绿一面红。浴室水压不稳定，他洗澡洗到一半，热水突然变得冰凉，打电话给前台，对方叽叽喳喳说着本地话，压根儿听不懂他的诉求。

那时邵臣还留着中长发，随性散漫，洗完澡吹头发。他刚打开电吹风，砰的一声，插座竟然炸了，塑料的焦煳味传来，十分难闻，他险些触电。

二十岁出头的邵臣脾气还很硬，一时间怒从中来，腰间裹着浴巾便大步出门，准备下楼找旅馆老板算账。

谁知到了前台只看见一个小姑娘，刚才接电话的男人也不知哪儿去了。

那姑娘见他面色冷冽，带着一股戾气走来，有些害怕，紧绷着站起身，怯怯地用英语问他需要什么服务。

邵臣倒不好意思发火了，硬生生地压下脾气，把报废的电吹风交给她，换了个新的。

旅馆处在喧闹街市，车流不息，夜雨嘈杂，邵臣整晚无法安睡。

清晨天蒙蒙亮时，邵臣醒来靠在窗边抽烟，看着湿漉漉的街道，杂乱交错的电线穿行在灯牌和巷子之间，墙砖斑驳脱落，拥挤的商铺灯火朦胧。

乌鸦城并不整洁繁华，但是有一种迷乱破旧的美感，当时邵臣想，也许将来他会带心爱的女孩儿来一次。

参加完宋立的婚礼他就回国了，次年再度去N国，走"ABC大环线"，在乌鸦城与宋立短暂地见了一面。两个月后，他听说宋立出了事故，在登山时为了保护游客被落石击中遇难。

那时宋立的女儿才刚满半岁，蒂玛痛不欲生。失去家里唯一的经济支柱，母女俩不知道今后该如何生活。

邵臣看着宋立的遗照，心里做出决定，不能让他的妻女流离失所。

六年来邵臣每月按时给蒂玛汇款，没有中断过一次。

孩子一天天长大，丧夫之痛终会淡去，如今蒂玛再婚，步入新生活，邵臣也辗转经历了许多。人人都要往前看、往前走，除了宋立，离世的人埋在地下，永远年轻，永远不变。

邵臣收起包裹，放到柜子里，永远不会再打开。

九月底，天气越发凉起来，天阴沉沉的，连续一周不见太阳，整座城市仿佛都要发霉了。

王煜忽然打来一通电话，邀请邵臣明晚一起吃饭。

邵臣不太想出门，推掉了。

他比王煜大五岁，如果以年龄来算，两人只是兄弟的差距，可因为性格的原因，王煜在他眼中就是个没长大的毛孩子，而他倒真像长了一辈似的。

邵臣对年轻男生的社交圈没有任何兴趣，那天一起去酒吧是个例外，王煜生日，他爸总担心他结交狐朋狗友学坏，所以请邵臣帮忙盯一盯。

王煜不太听家里人的话，但是对邵臣这个远房小叔有种好奇和崇拜，因此热情洋溢，老是想要和邵臣拉近关系。这次他也软磨硬泡，锲而不舍地打电话央求。

邵臣碍于情面不好一直拒绝，最后还是松口答应了。

"算起来高中毕业六年，居然只办过一次同学会，明明关系也不差，就是没人张罗。"

王煜今天打扮得很像那么回事，喷了发胶，穿上西装，戴着手表和耳钉，好像还修过眉毛，整个人容光焕发，兴致高得仿佛孔雀求偶，显然十分看重这次聚餐。

虽然邵臣不太懂，王煜去参加同学会为什么非要把自己捎上，心下猜测他是要去见有过节儿的同学，怕起冲突，所以拉自己壮胆做后盾。

不多时，二人到达目的地。

聚会的餐厅开在繁华地段，也不知是谁挑的，竟是一处中式院落，进去后别有洞天。邵臣想起小时候看的《金瓶梅》插画本，这儿就像画中西门庆的府邸。

他们随服务生穿过月洞门，来到一个大包厢，堂内正墙设有四扇花鸟挂屏，两侧是木板雕刻的楹联，底下是一张长案，上面摆着一对青花瓷瓶和福禄寿雕塑。包厢中央是一张厚实的大圆桌，十来个年轻人围坐着，仍有富余座位。

王煜像个"交际花"，一进门就张开手臂热情地跟每个同学打招呼，听那话语，他正是今天组局的人。

"哟，班长也带家属来了。"

众人望向班长身边的女孩儿，一番打趣。

那姑娘性子大方，笑着说："听说今天会来一个大美女，我挺好奇的，想见识一下到底有多漂亮。"

"现在不知道，反正当年我们开学第一周就传遍了，六班有个大美女，好多人课间跑来走廊看她，你们记得吧？"

"怎么不记得,我们班的人也跑到隔壁扒过窗户,一个个笑得像痴汉。"

……

正聊得热火朝天,王煜接了个电话就匆匆出去了。

旁边忽然有人说:"哎,要是刘奇和周建宇今天也到场,你们猜会怎么样?"

"他俩?我怕闹出人命。"

"不至于吧,这么多年过去了,什么仇什么怨放不下?说不定人家早就结婚生子了。"

"你忘了当初他们有多疯?那么铁的'死党'反目成仇,我可真好奇,到底是怎么走到那一步的。"

"待会儿问问当事人呗。"

邵臣听着他们的谈话,隐约觉得不太对劲,忐忑的心情令人烦闷不安,他希望心里的想法不要成真。

这时屋外庭院出现两个人,王煜领着一道倩影从月洞门那边过来了。

邵臣抬眸望去,见王煜像个殷勤的跟班,边走边回头笑,嘴里说着什么。两人经过走廊上一扇扇雕花木窗,身影隔着窗棂忽隐忽现。

众人纷纷屏息安静下来,直到他们现身进入包厢,缄默仍旧持续了几秒,气氛诡异,不知是谁率先开口打招呼:"哟,明微来了,好久不见哪。"

邵臣太阳穴一跳一跳的,她和王煜不是同班同学,根本没有出现在这里的理由。

明微脸上挂着微笑,娉娉袅袅落座,随手摸了摸耳垂的绿蛇耳钉。

王煜感觉大有面子，连忙给她倒柠檬水。

"老王说能请到你出来，我们还以为他吹牛呢。"几个性格外向的男同学聊了起来，"你怎么就答应他了？"

明微单手托腮，挑眉懒懒地说："听说有酒喝呗。"

大伙儿笑起来。

班长的女友问："明小姐做哪一行的？"

"开了家小店。"

班长感叹："比我们朝九晚五的自在。"

他女友似笑非笑："想创业呀？我拿嫁妆支持你呗。"

同学们见班长表情略微尴尬，打圆场说："哎呀，他可不是吃软饭的人，不像我们脸皮厚，从小立志找富婆，少奋斗二十年。"

女生们嗤笑："不会吧，富婆也不瞎呀。"

"普通人就别想靠脸吃饭了。"

众人聊着聊着便将话题转移到明微身上，好奇地问："长成你这样是不是没有烦恼？不管做什么都很容易吧？"

明微摇头笑了笑："也不是，前几天我跟人表白，被无情地拒绝了。"

"真的假的？"众人大为吃惊，纷纷好奇起来，调侃地说，"谁呀？这么不知好歹，我们给你出头！"

明微笑而不语，目光扫向桌面，若有似无地看邵臣一眼，不着痕迹地掠过。

服务生进来上菜，酒水也送到了。

王煜一本正经地介绍："这是老板用古法手工制作的竹酒，用新鲜竹子开孔，注入高度烈酒，以松木和石膏封口，等两个满月之后切开竹子出酿。你尝尝，喝起来有竹子的清香。"

"多少度呀?"

"四十五度。"

在座几个女生浅尝辄止，另外点了几杯玉米汁。

明微倒是放开了喝，几杯下肚，脸颊浮现潮红，面若桃花。

酒精是成年人拉近距离的好道具，能麻痹神经，让人释放多巴胺，提高兴致。

明微今天似乎很开心，随性得令人意外，有问必答，有酒必饮，男人们见她如此好脾气，索性围上去聊天，讲笑话逗她高兴。

不管多烂的笑话，她都咯咯直乐，颇给面子。

剩下的人正襟危坐，大约看不惯这种场面，面上隐约露出几分鄙夷。

邵臣起身离席。他走到洗手间，站在镜子前洗了把脸，水珠从锋利的轮廓滑落，镜子里的人神色凌厉，瞳孔深如永夜。

王煜跟过去："小叔，我还以为你走了，吓我一跳。"

邵臣沉下眼，再次打开水龙头，转动手腕："解释一下，怎么回事?"

王煜没敢装傻，摸了摸鼻子，讪笑道："我……我就是在群里提起那天遇到她，还加了微信，大伙儿以为我吹牛，我就想约出来吃个饭……"

邵臣冷冷地抬眸，从镜子里面无表情地看着王煜。

王煜越发心虚，一五一十地解释："明微跟我没什么交情，约不到，所以我就说会叫上你，她才肯出来的……"

邵臣的脸色越发冷冽。他转过身，盯住王煜的眼睛。王煜脸上的讪笑挂不住，渐渐转为怯懦和畏惧，低头不敢吭声。

邵臣一秒钟也不愿多待，抬脚就往大门口走，中途犹豫片刻，改变方向，折回包厢。

此时饭桌上的氛围也变得不那么轻松。

忽然有人说："刘奇好像当兵去了，明微，你知道吗？"

微醺的美人儿咧嘴嘻笑："谁？"

"人家为你兄弟反目，还被你们班同学揍了一顿，你就这么忘了？"

明微置若罔闻，摆明不想搭理。那轻蔑的神态将一部分人惹怒了。

"他说你骗他，到底怎么回事呀？"

明微摇晃软绵绵的身体，靠向椅背，脸上是笑盈盈的模样："让我想想……耍他玩呗，稍微勾勾手指头，他就听话地过来了。我只是逗逗他，忽远忽近，没几天他就魂不守舍了。然后在他越陷越深的时候转头对周建宇使用同样的招数，最后再挑拨两句，他们就发疯了，你说蠢不蠢？"

讲到这里，明微竟然毫无顾忌地笑了起来，像是被戳中笑点，乐不可支。

桌上一阵死寂。

"你这也……太毒了吧？"

有人被激起正义感，指责她说："拿别人取乐有这么好玩吗？你仗着自己漂亮，故意捉弄他人，害得他们兄弟反目，不觉得这样很过分吗？"

"就是，高中的时候年纪小，不懂事就算了，现在竟然一点儿悔过之意都没有，还笑得出来，我真是服了。"

明微依然没有半点儿惭愧之意，挑眉耸了耸肩："我不知道多痛快，为什么笑不出来？"

在场众人面面相觑，大为恼火。

"他们只是喜欢你而已，有什么错？干吗这么幸灾乐祸？"

明微的目光扫过去，将每一个人的表情看在眼里，嘴角上扬，目光冷若冰霜，声音轻飘飘的，但是每个字都十分清晰："本来呢，我也不认识他们，可谁让他们两个在群里讨论我是不是处女，还兴致勃勃地打赌，看谁能先把我拿下。"

寂静，死一般的寂静。

邵臣进来时听见她自毁般的言辞，心脏倏地揪紧，猛的一下，竟疼得十分厉害。

明微在众人惊愕的沉默里依旧笑着，眉梢飞扬："群聊截图传来传去，不巧被我看见了，刚好我不是忍气吞声的性格，报复心还很强，当然要把那两个垃圾往死里整啊！怎么了，有问题吗？"

无人应答。

在座的人一时被镇住了，要么回避视线，要么双手抱胸，一副事不关己的样子。

班长干咳一声，出来打圆场："过去这么久的事还提它干吗，喝酒，喝酒，今天难得聚一次，都开心点儿。"

明微冷笑。忽然，她手腕被人握住，仰头望去，对上一双漆黑的深眸。

邵臣紧紧扣住她的手腕，面色深沉，目光却异常坚定："跟我走。"

明微抿了抿嘴，没答应也没拒绝，来不及思考，任由他带领自己逃离，像一种对抗，也像私奔。

他强势起来竟然这么不容置疑。

明微望着他英挺的眉宇，那里仿佛克制着某种情绪，他的手掌带一点儿潮热，贴着她手腕那块皮肤，五指有力地锁住。

明微心跳很乱，从未有过的乱。

她今天分明打定主意要气他来着，为什么要跟他走呢？天知道吧，她的思考能力已经溃散了。

邵臣一言不发，径直带她上车。砰的一声，车门关闭，车内仿佛与世隔绝，窗外的街景繁华璀璨，灯牌五光十色，人群熙来攘往，多么漂亮的世界。

他脸色沉郁："为什么要这样？"

明微脑子嗡嗡直响，表情却满不在乎，轻笑着问："哪样啊？"

他心里很难受："你非要糟蹋自己吗？年纪轻轻就不能活得像样点儿吗？跟一群不喜欢的人花天酒地、自揭伤疤，快感在哪里？没有人值得你这样！摆烂也好，堕落也好，除了伤害你自己，不会伤到其他任何人，明白吗？"

明微的嘴角抖了抖，心口窒息，强撑着冷笑："关你什么事？我怎么活得不像样了？就算我真的糟蹋自己，跟你又有什么关系？我就喜欢花天酒地，我开心、高兴，不知道多逍遥！"

邵臣凌厉的神色中夹着一丝悲悯，他摇了摇头："没错，你一直这么玩世不恭，用闯祸的方式吸引父母的关注，但他们只是对你越来越失望，根本不关心你内心的需求。你厌恶异性的有色眼光，所以玩弄他们，折磨他们取乐。当然，他们都不是东西，但那些人根本不值得你荒废大好人生。你父母失职，没有给你正确的引导，可你早已成年，不该拿自己的人生赌气、报复。生活不该是这样的，放纵没法儿填补空虚和孤独，只会让人陷入更深的痛苦而已！"

明微的脸色瞬间变得青白，好像五脏六腑被剖开，每一寸血肉都暴露在探照灯下。那些脆弱的自尊和隐藏在最深处的渴求无望地探向空旷处，但她得不到回应，踽踽独行，不知什么时候变成了扭曲阴暗的可怜虫……然后她突然被拆穿，狼狈地摊在人前，连个躲藏之地都没有。

从来没有人对她说过这种话！他怎么敢说这些话？！

明微憋得眼圈泛红，恼怒的情绪冲上胸腔，她狠狠瞪住他，用力攥拳："你凭什么教训我？你以为你是谁？大道理一套一套的，其实跟我爸一样伪善。想当救世主呢？不记得自己上次斩钉截铁说过的话了？又管我干吗？老实说吧，我今天就是故意的，你也明知道我故意作践自己，为什么要多管闲事？你不敢承认喜欢我，无非就是怀疑我动机不纯，怕自己只是我消遣玩乐的对象。说到底，你跟那些人一样，打心眼儿里觉得我是害人的妖怪！"

邵臣的胸膛用力起伏，一时缄默不语。他已经很久很久没这么情绪激动过了，从来不吵架的人，遇到嘴皮子这么利索的姑娘，险些掉进情绪旋涡，失掉理智。

他尝试着平静下来，慢慢发动车子，开进绚烂的霓虹里。

街上到处都是人，眼花缭乱，他驶入临江一段夜路，灯变暗，视野清净，他杂乱的情绪逐渐平复，变作沉郁的深潭。

明微还在等他回答。

邵臣看着无尽的夜幕，轻声开口："那次在竹青山，我朋友的家人给他做法事超度，没想到会碰见你。"

明微抱胸不语。

"他才四十岁，一年前查出是肺癌晚期，很快脑转移。"

明微不明白邵臣为什么讲起这些。

"过去一年他积极治疗，建立了互助群，和病友交流信息，相互打气。两个月前看上去还好好的，和正常人没什么差别，可是突然病情加重，人很快就没了。"

明微望着窗外："跟我说这个干吗？"

邵臣握住方向盘，手指收紧："他去世之后，我接管了互助群，病友们让我做群主。"

明微拧眉，一时转不过弯来，转头看邵臣。数秒后，她心跳突然滞住。

邵臣面色如常："我比他幸运，两年前查出肺腺癌晚期，活到了现在。"

她张了张嘴，表情僵硬而惊愕："你……你是癌症病人？"

怎么可能？完全看不出来！

"第一年我做了两次消融手术、五次化疗、三十次放疗，现在带瘤生存。如果复查情况不好，随时会走人。"

明微愣愣地看着他。可他那么平静，不带一丝波澜，似乎早已接受命运，然后自然而然地告诉她。

"我什么都给不了你，明微，别在我身上浪费时间，好好过你的日子，不要继续任性了。"

说话间，车子在紫山珺庭小区外停下。

车内安静极了，明微脸色发白，嘴唇紧抿，一个字都说不出来。

她推门下车，像犯错的小学生般落荒而逃。她不知道自己这些天浑浑噩噩地干了些什么，但此刻被一巴掌拍醒了。

邵臣坐在车里看着她仓皇而去的身影，仰头抵住椅背，沉沉地笑了起来，胸膛轻轻颤抖，像苦海之水翻涌，心满意足地将自己淹没。

Chapter 04
逃避

　　明微一溜烟儿地跑回家，栽进沙发里动弹不得。

　　她闯过那么多祸，得罪过那么多人，可这是她生平头一回觉得自己做错事，冒犯了对方。

　　怎么形容这种感觉？

　　类似于……良知突然被唤醒，以至于产生了心虚和愧疚的感觉……很难受，很不舒服。

　　肺癌晚期！他怎么可能是肺癌晚期？！我的天，开什么玩笑……

　　明微的脸压着抱枕，呆滞的目光失去焦点，心绪似午夜的海潮，千斤万斤地起伏，却没有一丝声响。

　　她想到自己这段时间闹剧似的行为，她叛逆惯了，对抗父母、同学、老师、老板，做任何事情都要顺着自己的心意，不愿受约束。她对邵臣有意思，想跟他在一起，想征服他，所以就那么去做了。

　　她知道邵臣不是欲擒故纵、故作姿态的人，在相处过程中，某些时刻她能够感受到彼此之间微妙的拉扯，要不是男女之情就见鬼了。

　　明微以为他的顾虑来自酒吧那晚糟糕的初遇，她表现得过分轻佻，加上学生时代招惹的那堆破事，他一定心生警惕，不愿成为别人玩弄的猎物。然而现在她才知道自己有多幼稚可笑，也实在看低了他。

是呀，邵臣那样的人，怎么会患得患失地等待着被女孩子征服呢？

明微对他感兴趣，却从来没有尝试认真地去了解他，只顾自己那点儿喜欢和心动。

现在好了，玩砸了吧？

她懊恼得想去撞墙。

她的胳膊从沙发边沿垂下，黑糖悄然靠近，抬起爪子轻轻地碰了碰，然后用脑袋去蹭。

外面下起淅淅沥沥的小雨，她的心也被打湿。

邵臣说，别在他身上浪费时间，可是她每分每秒都在想着他。明微的内心被浑浊的潮湿包裹，犹如青苔蔓延，无声无息地长满角落。

明微的脑子又开始混乱起来，她从未处理过这样沉重的情绪。老实讲，她退缩了。

半个月而已，和邵臣相识不过半个月，怎么也算不上深交，对吧？

他几次三番拒绝、远离，不就是知道两人没有未来，必须把她推开吗？

明微思来想去，决定把这段时间当作一段插曲，或者直接删除，回到半个月前的日子，一切都没有改变，她可以做回熟悉的自己，虽然摆烂，虽然孤独，但至少不会触及什么生离死别……

也挺好的，不是吗？

在家昏睡三天后，明微收到了新客户的单子。她没有细问，毫不犹豫地接下。这次客户要求面谈，大概想亲自考量她值不值得花大价钱雇用。

当晚两人约在一家私房菜馆见面，明微先到，报上李小姐的名号，服务生将她带到一间极雅致的包厢，钢琴声流转，水晶灯璀璨闪烁。

明微正看着餐牌，李小姐到了。

"抱歉，刚下班，路上有点儿堵。"

李小姐是一位利落干练的职业女性，约莫三十五岁，妆容精致，手上戴着戒指和腕表，穿着白衬衫和半身裙，衣服款式简洁但质地极好，衬得她优雅知性。

明微见到她时是有一点儿诧异的，因为这种独立女性通常不屑用手段试探伴侣，这有损她们的自信和骄傲，甚至品格。

李小姐放下包，不着痕迹地打量明微，笑着说："没想到侦探机构竟然有这项业务，预约付费的时候还以为不靠谱儿。"她对明微的外形很满意，"所以你的客户都是这么来的？"

"不一定，有的是朋友介绍，另外在一些情感公众号和 APP 上也能找到我。"

李小姐点头笑着说："客户定位很精准。你单子多吗？"

"不算多，我收费比较高。"

"我希望物有所值。"

两人一边吃饭一边交谈，气氛和谐得令人觉得诡异。

"明小姐，冒昧请教一个问题。你做这行的尺度在哪里，会让客户捉奸在床吗？"李小姐言语直接。

明微摇头："不会，我得确保自己安全，最多答应开房，但我本人不会出现。"

李小姐似乎有点儿失望："但是肯定有人提出过这种要求吧？"

"大部分客户只想考验伴侣的心，并不会希望我真的跟她们的男人发生什么。不过也有例外，比如涉及利益纠纷的，希望拿到对方的把柄，但这种单子我不接。"明微淡淡地说着，接着问，"李小姐属于哪一种？"

对方笑了起来。

"我和我先生在一起十几年了，大学时就在一起，毕业两年后结婚，感情一直很稳定，在所有亲朋好友眼里算是神仙眷侣。"李小姐挑了挑眉，语调轻缓，"但实际上，孩子出生以后，我们的爱情就被生活琐碎磨成了亲情，再也没有当初那种心动和激情了。"

她说着拿起打火机："不介意我抽烟吧？"

明微耸了耸肩："你随意。"

李小姐慢条斯理地吐出烟雾："刚在一起那两三年，热恋期，每天都像火山爆发，用不完的热情。后来忙于工作，我们偶尔还是会浪漫一下。直到孩子出生，即便我已经恢复得跟生产前一样，可对他的吸引力却好像忽然消失了。他越来越冷，越来越淡，对工作和孩子的热情远大于对我。"

明微安静地听着。

"起初我怀疑他在外面有情况，找过私家侦探调查，可一点儿蛛丝马迹都没有。他所有社交活动都带我一起参加，手机也不藏着掖着，随便我翻看。既然无关出轨，我就找他聊，希望重燃爱火，不要让婚姻变成死水。可他竟然非常满足于现状，认为两性关系不可避免地会走向平淡，而对一个家庭来说，稳定才是最重要的。"李小姐嘲讽地摇头，"我被泼了一盆冰水，他的态度意味着将来我必须继续忍受空虚和失落，忍受自己精心保养的身体无人欣赏，直到空掉、干掉，你明白那种寂寞吗？"

明微不语。

"我没法儿接受自己在他眼里已经变成一个毫无魅力的女人，这不是我要的爱情，于是我出轨了。"

听到这里，明微没有一丝意外，挑眉，继而点点头。

"起初我只是想刺激他，并不是真的打算跨出那一步，可他竟然对我反常的早出晚归没有丝毫留意。我故意背着他和异性打电话，用词暧昧地谈笑，他也毫无警觉。哪怕问过两句，我随便敷衍两句，他就全都相信了，呵……"李小姐嗤笑，"他凭什么那么坚信呢？他是认准我不会离开他，所以失去危机感，无视我的需求。"

明微问："他知道你出轨吗？"

李小姐嗯了一声："我们现在在家里比陌生人相处还要恐怖，他只跟孩子说话，当我是透明的，也不提离婚。我知道，他在用冷暴力报复我。"

明微琢磨了一下："以你们现在这种情况，你想让我做什么？"

李小姐点了第二支烟："他发现我出轨以后，说了很多贬低我人格的话，可分明是他的冷漠把我推向背叛，难道他就没有一点儿责任吗？他站在道德高地的样子真让人讨厌。我很好奇，他是不是真有那么高尚，面对诱惑纹丝不动。"

这已然不是单纯地试探伴侣是否忠诚的问题了，但明微急于回到原来的状态，最终决定接下这单买卖。

李小姐发给她一张照片："照着这个感觉来吧。"

明微细看，那是一张旧合照，上面的李小姐留着长发，还是一个斯文的女学生，而旁边的男人亲昵地搂着她，甚至忘了看镜头。

"那时我们爱得很炙热，他说我像百合花。呵……百合花，真可笑！"

为什么两性之间充满试探、怀疑和背叛？为什么美满的婚姻会走向破碎？女人不相信男人，男人不理解女人。爱情是真实存在的吗，还是只是一种荷尔蒙反应，抑或自我投射？

回家的路上，明微想起了自己的父母。她小的时候，他们一家人也过得非常幸福。而当爱情消亡，婚姻破裂，曾经的夫妻变成陌路人，她这个"爱情结晶"就成了尴尬的存在。

其实她一直有种模糊的认知，似乎父母分开之后，连带着对她的爱也慢慢消失了。

"那些人根本不值得你浪费大好人生。"

邵臣觉得她有大好人生，可她感觉这个世界无聊透顶，脆弱不堪的情感，人人疲于奔命，她找不到，也看不到任何值得掏出真心去认真付出的事情。

其实明微想要的很少，她很孤独，只想有人真心对待她、陪着她，就这样而已。原本她以为邵臣是那个人。

为什么偏偏是邵臣呢？

这让她怎么办，难道去向一个癌症病人索要风花雪月吗？这就像去跟一个吃不上饭的人要糖吃，太奢侈了。

"我什么都给不了你，别在我身上浪费时间。"

明微用力摇头，不能再想他了。仿佛稍微想一想，她就要被拉入一个无尽的黑夜，漫无边际。那里究竟是什么地方，危险又迷人，引人坠落。

李小姐给了她一张名片——金诚律师事务所，段文赋。

明微第一次要去骗一个遭遇背叛的男人，而且是用他妻子年轻时的样子，像极了替身。李小姐究竟是想试探出堕落还是爱，再用这结论去佐证什么，明微懒得深究。

　　真累呀！男女之间那些弯弯绕绕扭曲病态，像毒液蚕食着"爱"这个字的所有美好意象。

　　她缓缓地吐出一口气，现在已经过了工作时间，此时联系对方正好可以加深印象。明微给段文赋打电话。

　　"喂，你好。"

　　"你好，请问是段律师吗？"

　　"哪位？"

　　"我有一些法律上的问题想要咨询，你看你什么时候有空。"

　　电话那头的人沉默片刻，语气非常公式化："你可以跟我们律所前台预约，她们会帮你安排。"

　　明微淡淡地笑着说："不能直接找你约时间吗？"

　　段文赋反问："不好意思，你是怎么拿到我手机号的？"

　　明微说："你太太李小姐给我的名片。"

　　电话那头的人一下陷入了沉默。

　　"我在这里人生地不熟，也不了解本地哪家律所可靠，李小姐说，她先生是最好的律师。"

　　段文赋静默数秒，继续问："你想咨询哪方面的问题？"

　　"离婚诉讼。"

　　段文赋淡淡地说："明天下午四点前你来律所，带上相关法律文件。"

　　明微浅笑道："好的，谢谢你。"

次日下午，明微出门，头发吹得直直的，穿一条米白色连衣裙和玛丽珍鞋，耳朵上戴着珍珠耳环。

　　李小姐说段文赋当年对她一见钟情，是看到她抱着芦苇从篮球场边走过。

　　于是明微先到附近的花店买了一束芦苇花，放在编织包里，露出毛茸茸的、蓬松的尾巴。

　　明微路上一直催眠自己："你是淑女，是百合，是清冷的山谷之溪……"

　　明微到了写字楼，乘电梯上去，前台的人说段律师正在见客，然后领她到洽谈区等候。

　　那是一个开放的区域，摆着几张舒适的小沙发，靠窗可以看到城市街景。

　　明微刚走过去就后悔了。她看到一件熟悉的外套，黑色连帽冲锋衣，搭在沙发扶手上，当然更熟悉的是这件衣服的主人。他背对着她，身旁坐着一位老太太，像是那次在善水宫见过的婆婆。

　　明微心里有些退缩，险些转头走掉。她的心跳很乱，从容的脚步也生出怯懦，犹豫不决。

　　前台小姐奇怪地回过头看她。她深吸一口气，垂下眼帘，走到里边的单人沙发坐下。

　　"我给你倒杯水。"

　　"不用了，谢谢。"

　　听见声音，邵臣转头望去。

　　明微感受到他的视线，攥紧手指，脸色不太自然。

　　大扇明亮的窗户透进阳光，猩红色的沙发上坐着一个女孩儿，背脊挺得直直的，低眉颔首，像一幅藏在阁楼的油画，阳光在她修长的手臂上跳舞，窗外是青天白云、钢铁森林。

年轻的实习律师正在与老婆婆交谈，声音细细密密地传来。

明微保持着陌生人的自觉，当作不认识邵臣，冷漠无视，但又忍不住留意那边的动静，将律师和老太太的话都听了进去。

原来那位婆婆的老伴患上了癌症，儿子却偷了家里的户口本和证件，找了两个长相相似的老人冒充父母去办手续，将房子抵押贷款，现在卷钱消失了。

老人家就这么一处安身养老的房屋，不知道该怎么办，只好找邵臣帮忙，先来律所询问情况。

明微如坐针毡，已经决心忘掉的人，偏偏又出现在她眼前，搅乱寂静的心潮，激起不该有的涟漪和愁绪。

此时，一个西装革履的男人从走廊那头出来，到前台说了两句什么，接着来到洽谈区。

明微回过神，那人也收起打量的目光："你好，我是段文赋。"

他在旁边的小沙发落座，眉心有浅浅的竖纹，薄唇紧抿，五官刚毅严峻。

明微勉强笑了笑。

"昨天你说准备打离婚官司，是吗？"他声音不大，但旁边的人应该都能听到。

话音刚落，明微脸颊涨红，睁眼说瞎话这种事她以前干过，但为什么此刻竟然感到无比难堪，羞耻心被无限放大。

段文赋见她脸色僵硬，犹豫地说："先简单阐述一下情况，当然，你有什么需求也可以跟我提。"

明微喉咙滚动，绷着神经冷冷地开口："为什么不在办公室谈？"

段文赋说："上一位客户抽了很多烟，我想你应该不会想在里面待一秒的。"

明微一言不发。原本她都设计好了，编造一段失败的婚姻，用同病相怜的经历接近段文赋，如果顺利，今晚就约他去一家环境优美的餐厅吃饭，喝着红酒，听着钢琴曲，两个失意的男女，何愁不亲近呢？

可她现在一句话都不想说。

好在邵臣和老太太做完了咨询，起身准备离开。

明微终于敢抬起视线，仓促地望去，只看见邵臣清瘦的侧脸，眉目低垂，不带什么表情，也没有看她一眼，不知道是不是对她很失望，或者已经全然无感了。

邵臣走后，明微失神地愣在沙发上。

段文赋并未出言催促，尽管他的时间很宝贵。

就这么沉默了许久，段文赋再度开口，语气不似刚才那么刻板，问："你和我太太怎么认识的？"

明微如实回答："业务往来。"

段文赋点了点头，陷入短暂的失落与恍惚，若有所思。

明微已然麻木，随口说出预先准备好的台词："我和我先生在一起很久了，我们是大学同学，曾经非常相爱。但结婚以后被家庭琐碎消耗，失去了当初的感觉。他觉得我变得无趣，可我认为婚姻不是谈恋爱，需要踏踏实实地经营，让这个家成为温柔的避风港，难道不对吗？"

她话还没说完，段文赋肯定地回应："不是你的错。"

明微看着他。

"婚姻即是契约，两个人签字画押，承诺爱与忠诚，约束我们的动物性。当初自愿签署，难道不该坚守信约吗？经不住诱惑，背叛伤害伴侣，控制不住低等的欲望，和低级生物有什么差别？"

段文赋说完，意识到自己失态，蹙眉移开视线。

他对家庭的幻想是理想化的，虽然他自己再清楚不过，《婚姻法》保证不了伴侣的爱不会消逝，也约束不了一颗想要越轨的心。

"我完全赞同你的看法。"其实明微不知道自己在说什么，"我先生给出的理由是七年之痒。"

段文赋冷笑："低劣的借口。"

明微喉咙发干，仿佛有一股浑浊的气息堵在胸口："也许我们可以找一个安静的地方，慢慢探讨……"

不知道为什么，言语变得如此艰难。她深吸一口气，抬眸，试图给出一个明媚的笑脸，她嘴角扬起，脑海中却突然冒出一句话——

"年纪轻轻就不能活得像样点儿吗？"

轰的一声，震得明微肝胆俱裂。她脸上的神情变得尤为僵硬，一股猛烈得像海啸的羞耻感几乎将她吞没。

我到底在干什么？

她突然泄气，抬手抵住额头，心脏不停地发颤，背后渗出绵密的冷汗。

段文赋见状不对："你怎么了？身体不舒服吗？"

明微轻轻摇头，意识到这个荒唐的骗局再也进行不下去了："不好意思，我……我有点儿难受，今天就到这里吧。"

什么试探真心考验人性，她分明就是个骗子而已。

她站起身，停顿片刻，忽然又说："你刚才提到爱与忠诚，我想到一个问题，如果我们忽视伴侣对感情和性的需求，算不算是另一种背弃呢？"

段文赋怔怔的，眉头微蹙。

其实明微也弄不清这个辩题，她疲倦地摆了摆手："我先走了。"

"李小姐，这笔单子我不做了，交易终止，您另请高明吧。"

"怎么回事？"

"我自己的问题。"

电话那头的人语气责备："我以为你足够专业，没想到竟然打退堂鼓，没这本事，为什么浪费我时间？"

明微揉捏眉心："抱歉，预付款我会全部退还，这件事情你丈夫也不会知道。我确实不够专业，毕竟头一回遇到这种自己出轨却要验证伴侣是否忠诚的情况。对了，你究竟是想试探他的品格和道德，还是想找人引诱他犯错，以此抵消你的罪恶感？李小姐，其实你自己心里很清楚，对吧？"

明微像是病了一场，每天足不出户，昼夜颠倒，饮食混乱，毫无节制地放任自己消沉。

明微一年到头总会生几场病，仗着年轻扛造，不甚在意，反正死不了，折腾得起。但她得过最严重的病也就是急性肠胃炎了。

肺癌晚期是什么样的呢？

明微好几次在搜索栏里敲下这四个字，手僵着，屏息盯着屏幕良久，总按不下搜索键。

两次消融术，五次化疗，三十次放疗，她没法儿细想，晚上翻来覆去睡不着。

邵臣，你让我很难过，你知道吗？

明微给楚媛打电话，预备上山小住几天。楚道长不近人情，让她走程序预约客房。

次日出门，明微简单收拾了两件换洗衣物，又想把黑糖装进猫包带上山，但它嗖地跳起来，跑没影了。"毛孩子"不愿出门，没办法，明微找平台挑了个宠物托管师，每天按时上门给它喂粮铲屎。

"你也不肯陪我。"明微换鞋时，黑糖又走了过来，躺在她面前露出肚皮，一副撒欢儿的模样。她伸手撸了好几下，"要是下雨打雷，看你自己在家怕不怕。"

黑糖被羽毛和剑麻球吸引，不理她，起身跳上猫爬架，自个儿玩去了。

明微乘车到竹青山，花了一个小时慢慢爬上山，身上湿汗淋淋，专注登山使她心中混乱的杂念得到几分控制。

善水宫矗立在鸦青色的天幕下。古树参天，青苔厚重，排成人字的鸟儿从白雾和群山间飞过。黑瓦森森，朱楼玉殿，好一处神仙洞府。

明微走进道观，先去客房放下背包，洗了个澡，换一身干净的衣服出来。

道长们正在三清殿收拾坛场。

"今天有法事吗？"明微询问邱师兄。

"癌症病友的祈福法会，他们难得一起出行，早上斋醮完，又去了后山，听说要在民宿住一晚。"

明微喃喃地说："癌症病友……"

"是呀，他们一个互助群的，家属陪着出来祈福消灾，虽然生病了，但精神都还不错。越是身处低谷，越应该保持希望，乐观面对，是吧？"邱师兄轻叹，"上次他们来，还是参加群友的超度法会。哎，我记得那天你好像也在呀。"

明微垂眼看着面前数十盏摇曳的清油灯，发起呆来。

邱师兄收起三清铃，一阵叮叮当当的脆响，肃穆之音穿透力极强，明微骤然回神，心肺俱震。

午后在客房小憩，晦暗的天像挥之不去的阴影，山风摇曳翠竹，大片林海沙沙晃动。

远处传来幽婉的箫声，不知出自哪位道长。

明微听了一会儿，心里很宁静。她迎着灰蒙蒙的天，独自散步到宫观外。没有明确的意图，她不知不觉往山上又走了将近一个钟头，爬到山顶。

天气不好，明微一路上没遇见什么人，经过山间绿幽幽的深潭时，莫名觉得有些瘆人。

她从后山下去，约莫至半山腰，来到一处古宅院落，里面亮堂堂的，大门前摆着几口大缸，应该是自制的酱料，旁边停放着一辆摩托车。

明微步入柴门，见满院种着木芙蓉。正值花期，木芙蓉大朵大朵地盛放着。

一个中年男子坐在石桌前泡茶，见她进门，问："吃饭还是住宿？"

明微打量四周，不声不响地走到桌前坐下，心不在焉地回答："坐一会儿。"

男子稍稍感到诧异，但没有多问，更没有赶人。开水烧好，他给这位奇怪的客人沏了碗茶，用一个粗糙的白瓷大碗，没什么讲究。

屋里灯火通明，此时已近黄昏，厨房开始准备晚饭，炊烟从黑瓦屋顶缭绕升腾。

厅内人影绰约，气氛融洽，有的打牌，有的下棋，有的聊天，真像结伴出游似的，男女老少其乐融融。

在一片温馨的氛围里，明微看见了邵臣。他靠在木格窗前，与平日一样独自待着，没有融入其他人。

明微知道自己为什么要来这儿，就是想见他，像这样远远地看一眼就行。

明微将瓷碗送到嘴边，冷不丁满嘴苦涩。

"好苦。"她眉头倏地蹙起，"这是什么茶？"

"老曼峨。"

明微不懂，只觉得心肺都渗进了苦涩。

男子见她五官皱在一起，不禁失笑，拿起桌边的竹篮递过去："吃一个吧。"

篮子里盛着冬枣，浅黄与斑驳的红，果子硕大。

明微拿了两三个，也不管有没有洗过，随手在裤子上擦了擦，一口咬下，嘎嘣脆。

阴郁的天色越发沉了，远处飘来唱经声，不太真切，只听得清楚几个字："欲海暗昧，不肯悔改……"

明微闭上眼，忽然心生恐怖。

时间已经不早了，她向老板告辞，谢谢他的老曼峨和冬枣。

后山的大路可以行车，明微顺着蜿蜒的山路下去。没走一会儿，她接到楚媛的电话。

"你在哪儿？快回来吃饭。"

明微这才意识到自己走错了路，本应该回善水官才对，怎么下山了？

"不用等我，我想先回家。"

既然如此，那就将错就错吧。

"可是你的背包还在客房。"

"帮我收着吧，里面也没什么东西。"

楚媛觉得古怪，但并没有多问，随她来，随她去。

明微刚挂了电话，便听到轰隆隆的声音响起，闷雷翻滚，四下越发昏黑，沿途没有路灯，她孤身走在其中，十分惶然。

明微加快了步伐。

空气湿润异常，气温似乎也在下降，山林两侧古树鬼魅似地伸出黑森森的爪牙，满地都是枯叶。途经几处小坟茔，想起聊斋故事，明微心脏怦怦乱跳。

不多时，狂风大作，要下雨了。

明微有些害怕，打开手机的手电筒照明。

这时，明微听见身后略有响动，似轮胎碾过沙砾的声音。她仓促回头，看见远处驶来一辆摩托车，最常见的那种踏板摩托，像民宿外面停放的那辆。

骑车的是邵臣。

明微收回视线，低头继续前行。

他离得近了，放慢速度，低沉地唤了一声"明微"。

她当自己耳聋，没有理会。

邵臣骑车到她身旁："马上要下雨了，这一路没有灯，你要去哪儿？"

明微昏头昏脑地往前指了指："我……我下山回家。"说着她还礼貌地扯起嘴角笑了笑。

邵臣面色如常："上车，我送你，不然得走到什么时候。"

她摇头："不用，谢谢。"

风更大了，乌云滚动，发丝乱舞，阴霾的天幕突然电闪雷鸣，好大的动静。明微双肩一颤，不由得加快步伐。

邵臣说："天黑了，你这样很危险。"

明微甚至没有看他一眼："真的不用麻烦。"

他沉声反问："麻烦什么？"

明微缓缓站住脚，脸上挤出苦笑："你别管我了，行吗？"

"可我已经看见你了。"邵臣的声音有些哑。他停顿片刻，说，"下次见着我，躲远一些。还有，别做让人担心的事。"

明微抿了抿嘴，心想自己在这儿和他犟什么呢？显得如此孩子气。搭个车而已，总好过让他以为自己又在任性闹脾气。

雨滴开始洒落，邵臣从尾箱里找到一件雨衣，披上，前面的拉链没拉，否则盖不到后面的人。

明微抬腿跨上摩托，钻进雨衣里。

两个人挤在同一件雨衣里，显得十分局促。

明微往后摸索，紧紧抓住尾箱下的把手。因为很久没坐过摩托车，她双脚打滑，不知往哪里踩。

忽然，她感觉到有一只手握住她的脚腕牵引，稳稳地将其放置于踏板上。

雨衣很小，明微缩在里头，脑袋抬不直，只能一直低着头。

车子启动，风从下摆灌入，吹得雨衣扑棱棱翻飞，密集的雨点滴滴答答地砸落，没一会儿，二人的鞋子和小腿都被打湿了。

潮湿的空气裹着泥土与植物清冽的味道，明微看不见外面的景象。电闪雷鸣，风雨如晦，她困在方寸之地，心里却莫名沉静，任由狂风骤雨拍打，将额头贴在邵臣温热的背上，希望这条路没有尽头，车子一直驶下去。

雨越下越大，天已几乎黑透，似要将人淹没。

邵臣发现山路旁有一间简陋的小木屋，停下车："走不了了，先避避雨。"

明微想从雨衣里钻出来，笨拙地挣扎了半天。

他直接脱掉自己身上的雨衣，全给她盖住，然后拉起冲锋衣的帽子。

"走。"

邵臣扣住她的胳膊，踩过坑坑洼洼的土路，上小斜坡，躲进黑漆漆的木屋。

二人狼狈不堪，黑暗中看不见对方的神情，只能看见剪影般的轮廓。

这间木房子几乎荒废了，没有电灯，应该是以前人家放柴火的地方。邵臣在门把边摸到一支太阳能手电筒，打开发现能用。

他四下探照，发现地上堆着干柴和枯叶，还有引火工具，猜测是附近的村民或者登山的游客留给路人以备不时之需的。

"你帮我照一下。"邵臣把手电筒递给明微。

这屋子虽破，好在并不漏雨，木柴也还算干燥。

邵臣将几截柴棍架成三角状，底下放一把枯叶，引火点燃。

火苗烧起来，有了光源，明微关了手电筒。

明微打量四周，随处可见厚厚的青苔，角落里立着一把铁锈斑斑的锄头，边上是一只破烂的背篓，蕨类植物茂盛生长。

满屋子风雨潇潇的气味，雷雨嘈杂，她的心底充满迷茫。

雨不知还要下多久，邵臣就地落座，手里拿着一根树枝守着火堆，并未言语。

明微习惯了他的安静，脱下雨衣，左右瞧瞧，不知能放在哪儿。

邵臣见她愣怔的模样，说："搁地上吧。"

明微第一个念头是怕弄脏了，转念又想，这种环境，难道还准备挂在衣架上不成？瞎讲究！

她放下雨衣，也就地坐在火堆前。她的鞋袜湿了，浸得双脚非常不舒服。

她脱下徒步鞋和短袜，在附近找到一根分叉的枯枝，将袜子挂上去，放在火边烤。地上有一块圆圆扁扁的石头，正好可以让她踩着。

邵臣那件冲锋衣防水，抖两下就干了。他里头穿了件白色短袖，什么图案印记都没有，如他本人一样简洁干脆。

暴风雨倾盆如注，简陋的小屋仿佛随时会被击垮。

晃动的火光映照在邵臣沉静的脸庞上，即便身处这种环境，他依然是稳重的，没有丝毫烦躁和慌乱。

明微呆呆地转动树枝，忽然觉得腿上发痒，她垂眸扫了一眼，霎时魂飞魄散，尖叫着跳起来："啊——"

一只蜘蛛，手掌那么大的蜘蛛。

她不敢相信这么恐怖的玩意儿居然爬到了自己身上，顷刻间汗毛耸立，头皮仿佛要炸裂。

邵臣起身，一脚踩死蜘蛛，将其踢到远处的角落。

明微惊魂未定，喘着粗气，浑身紧绷地立在原地，恐惧还没消散，一股无名火冲上胸膛。她大步走到门口，抱胸生闷气。

邵臣有点儿想笑，却没理她，捡起掉落的枯枝，帮她继续烤袜子。过了一会儿，他说："你的袜子干了。"

明微眉头紧锁，臭着脸过去，一屁股坐下，想穿袜子，可是这会儿脚却弄脏了，黑乎乎的湿泥黏在脚底板，拍又拍不干净。

她越发恼火，跟自己生气，抓起地上的小石子用力砸向门外。

什么破天气！什么破蜘蛛！

邵臣莞尔一笑，垂眸掩在暗影里，摇了摇头，抬起胳膊脱下 T 恤，对她说："脚给我。"

雨太大，明微没听清他说什么。

邵臣稍稍向前探，握住她的脚踝，抓到自己膝前，用衣服给她擦拭脚掌。

明微咬住下唇，因为腿抬着，身体往后仰，只能用手掌撑着地面。她看着他的动作，脑子一片混乱。

他没有任何表情和意图，只是单纯地想帮她把脚上的脏泥擦干净。

火堆里燃烧的木柴发出噼啪的声响，邵臣清瘦的脸颊在若明若暗中愈加深邃，肩膀宽阔而平整，手臂线条明显，精瘦结实。他好像一尊无人问津的石像，孤独地伫立在深谷，数百年，数千年。

明微有些看呆了，心里漫上一丝凄苦，烦躁复杂的情绪悄然平息。

总是这样，只要和他待在一起，不知不觉就会平静下来。要是能一直待在一起，该有多好。

明微不想雨停。她望着他，把他的样子刻在心里。

忘不掉，再也忘不掉了。

这样的雨夜，破旧的小木屋，光影幽暗，四下潮湿的气息，他坐在火堆旁低头专注的脸，明微一辈子都忘不掉了。

"你……"她轻声开口，说了一个字，却不知如何继续。

邵臣抬眸，与她目光相对。一秒，两秒，三秒，他垂下眼去。

脚很快就擦干净了，二人一个默默穿鞋，一个默默穿衣。

雨说停就停，雷电也销声匿迹，嘈杂过后，山间恢复安宁，万籁俱寂。

邵臣熄灭火堆，把手电筒挂回原来的位置。

两人离开小木屋，朝路边的摩托车走去。

车座上积了一摊水，邵臣随手抹了两把："走吧，不然待会儿雨又下起来了。"

明微坐上后座，悄无声息地往前倾，胳膊揽住他的腰，绕到他前腹，左手扣住右手腕，侧脸贴在他宽阔的肩头。

邵臣愣了愣，说："后面有扶手。"

她不动。

"明微。"

"就一会儿。"她喃喃道，轻轻地，像半梦半醒之间意志薄弱的人，显得尤为温柔可怜。

邵臣默然良久，不知是心软还是无奈，没有责备她，也没再推拒，启动车子上路。

漆黑的树影和模糊的山峦在眼前掠过，长发飞扬，幽暗的山林中只有一盏车灯发出惨淡的光。

明微困了，好困，好困。她搂着邵臣的手没有放松，牢牢箍住，身体紧贴他的背脊，全身心地信赖他。

邵臣，邵臣……我希望这条路没有终点，就这么一直开下去，天也不要亮。

她愿意和他隐没在黑夜里，不被任何人发现，只有他们两个。

可惜路有尽头，车子终会停。

视野逐渐变得开阔，一颗心慢慢下沉。

邵臣送明微到山下的站台搭车。

明微想装死，拖延了好几秒才缓缓松开手，失落地离开他的后座。

邵臣看着她："你可以照顾好自己的，对吗？"

她知道他要走了，闷闷地点头，心仿佛被割开一道口子，渗出猩红的血丝。

邵臣感觉胸膛有些堵，用力地深呼吸。

明微脸颊痒，抬手将发丝别到耳后，无意间摸到耳垂，动作一滞。

"怎么了？"

"我的耳钉不见了。"

他闻声打量，见她那对绿蛇耳钉只剩下一个："知道掉哪儿了吗？"

"应该是小木屋。"明微摇了摇头，"算了。"

黑灯瞎火，又不可能回去找。

邵臣没有多说什么，骑摩托车掉头上山，回民宿去。

明微看着他的身影消失在夜雾中，心也跟着飘走了。

明微这一夜浑浑噩噩，坠落在纷乱的梦中，次日一早被枕边的手机振醒，只觉头痛欲裂，嗓子也哑得厉害。

"喂？"

"明小姐。"一向稳妥的阿云难得慌乱，"刚才有人来店里闹事。"

"怎么了？"

"昨晚小红上夜班，整理货架的时候被一个醉汉摸了屁股。对方是附近的居民，经常来店里买东西。他见小红躲开，还用脏话骂她……"阿云压着怒火，"小红哭了一晚上，又不敢说什么。今早我刚刚打开店门，不知怎么回事，那个醉汉的老婆冲进来发飙，说小红勾引她老公，还威胁我，说以后见一次骂一次，每天经过都要往我们店里吐痰……"

明微坐起身，用力按压眉心，语气严肃地说："我现在过去，你把小红也叫上，待会儿我带她去报警。"

"可是她……不想惹事。"

"这叫维护自己的权益，不叫惹事。让她别怕。"

明微查看昨晚的监控，正如阿云所说，监控清清楚楚地拍到一个醉酒男子捏了小红的屁股，小红吓得跳开，竟然还被他用污言秽语咒骂。接着今早一个壮实的中年女子跑到店里撒泼，也不管她老公做了什么，逮着阿云就疯狂攻击，连不在场的明微也没有幸免。

"你们老板就不是正经人，年纪轻轻能开得起店？还不知道怎么搞的钱！"

明微带着小红和阿云到派出所报案。

小红一个劲儿地哭。她孤身出来打工，第一次遇到这种事情，当时也不敢反抗，回去后给父母打电话。然而父母只说让她以后尽量小心点儿，社会上这种人很多，不可避免会遇到，就当是条疯狗，不用理会。

"要不还是算了吧，明小姐……"小红胆怯，怕惹麻烦，"可能报警也没什么用，反正我过两天就要回老家了。"

明微冷静地看着她："你这次选择忍耐，下次还是忍，不怕憋出内伤吗？拿出勇气来，我会帮你，不用怕。"

小红低头跟在明微后面。

做完笔录，拿到回执，明微和阿云送小红回出租屋，然后返回便利店。

临近中午，阿云的老公带着外卖过来找她，夫妻二人坐在店门口的小桌子前吃盒饭。阿云用湿巾给她丈夫擦脸，动作看着像在擦一只笨狗熊，而她丈夫只顾着给她夹菜，将大勺大勺的红烧肉往她的米饭上堆，她又气又好笑，立即拍他的手背制止。

明微泡了碗杯面，胃口寡淡，没滋没味。

吃过午饭，那位憨厚的丈夫又赶着送订单去了，阿云收拾好桌子进来。

明微随口问："他每天中午都过来陪你吃饭呀？"

阿云说："也不是每天，有时候太忙，顾不上吃饭。"

明微又问："结婚是什么感觉？"

阿云愣了愣，笑着说："家的感觉呗。"

"你和你老公怎么认识的？"

"就是打工认识的。"

明微托着腮："跟我说说嘛，你们在一起的过程。"

阿云有些不好意思，腼腆地说："那时候我在车间流水线工作，他比我晚来两个月，很奇怪的一个人，埋头苦干，也不跟旁边的人聊天，但特别勤快，一个人干三个人的活儿。大家都在背后笑话他，我也觉得他憨憨的，但是……很踏实。"

明微想，两个脚踏实地的人走到一起了。

"他家境不好，父亲早逝，母亲多病，底下还有弟弟妹妹要上学，全靠他养活。我跟他在一起后也犹豫过，但是有一年春节回他老家，见到了他家里人，他妈妈非常温柔贤惠，弟弟妹妹也很懂事，对我特别尊重，亲戚间也相处融洽，很有人情味。我好喜欢那个氛围，就下定决心跟他组建家庭。"

明微听得入迷："父母会反对吧？"

"嗯，可反对了。"阿云摇头苦笑，"我家里条件也不好，找了个更穷的，父母死活不同意，宁愿跟我断绝关系。"

明微屏息沉默了一会儿："然后呢？"

阿云说："前年我爸生病，我妈要照顾我爷爷奶奶，一个人顾不过来，我们就一起回去住了一个月。他负责照顾我爸，翻身，喂饭，甚至伺候大小便，无微不至，一点儿怨言都没有。就算回到家，他也不闲着，把地里的活儿全都干完了。这么相处下来，我爸妈无话可说，自然就接受了。"

明微不自觉地点点头。

阿云笑着长舒一口气："现在好了，弟弟妹妹马上毕业，可以自己挣钱了。他虽然没读过多少书，但是肯拼、肯干，做外卖员每天跑十五六个小时都不嫌累。我们就想着认真工作，慢慢存些钱，可以在这个城市扎根。日子会好起来的，到时候买一套小小的房子，不用居无定所，到处搬家，弟弟妹妹过来玩也有地方住。将来等孩子出生，我们也有了一点儿基础，可以给小孩提供好一点儿的生活……"

明微望着阿云畅想未来的模样，那么温柔，那么神采奕奕，仿佛幸福是轻而易举就可以获得的东西，真好哇！

"你以后想做什么？"

"嗯……存钱开一家小店。"

明微笑着说："像这种便利店吗？"

阿云腼腆地垂下眼去。

明微忽然在心里羡慕阿云。她虽然没什么钱，但对生活充满热情，对未来怀抱期待，还有可以一起并肩奋斗的人，目标明确，笃定，喜悦。

相比之下，自己真像个悲哀的可怜虫。

她到底为什么不知足、不快乐呢？为什么总觉得世界没劲儿、无聊、乏味？找不到值得为之振奋的东西。

明微忽然想起什么，眼神暗了下去。

明微今天接小红的班，晚上要守在店里。阿云不放心，怕再遇到什么意外，劝她说："要不这两天算了吧，新招的男店员很快就能上岗。他之前在别的便利店做过，上手很快的。"

明微的倔脾气上来了："我就守在这儿，看谁还敢来发疯！"

又不是她们的错，凭什么回避呢？

她从工具箱里拿出铁锤放在柜台下防身，当晚独自值班到凌晨，没有遇见任何烂人，安然无恙。

次日接到警方通知，让她们再去一趟派出所。

那个骚扰小红的醉汉已经被抓到，接下来将会面临罚款和拘留。他那彪悍的老婆在调解室痛哭流涕。

"监控视频你也看了，你老公欺负小女生，你第二天还跑去骂人？我现在警告你，公然辱骂他人涉嫌违法，你想跟你老公一样被拘留吗？"民警皱眉教育女人。

那女人哀泣着说："我又不知道情况，他喝醉酒回来胡说八道，我也被他骂了呀！"

明微冷眼看着女人："你昨天威胁我们店员，还放话以后每天来我们店里吐痰，是吧？"

那女人索性破罐子破摔："我吐了吗？吐痰犯法吗？那你们把我也关进去算了，大不了住几天，有吃有喝，我还赚了呢！"

明微嗤笑："耍赖是吧？行，那我就在店门口放一块大屏幕，把你老公和你的视频投放上去，每天二十四个小时循环播放。我们店员是要打码的，你们那副嘴脸就让街坊邻居好好看清楚，你们两口子脸皮厚，没关系，不知道你们的家人、朋友和小孩儿会怎么想？你跟你老公等着走在街上被扔臭鸡蛋吧！"

民警清咳一声，示意她收敛。

那女人放声大哭。

民警又教育了半晌，说得口干舌燥，才终于让她意识到错误。

小红一直低着头，而阿云则松一口气，庆幸终于结束。

这时，明微忽然严肃地说道："你还没有给我的店员道歉。"

她面色清冷，眼神刚毅执着，让人不敢直视。

那女人面色僵硬，神情别扭，在压力之下小声开口，向阿云和小红道了歉。

离开派出所，小红如释重负般松了一口气，然后抿嘴笑了。

明微摸了摸小红的脑袋，问："你什么时候回老家？"

"买了后天的火车票。"

"离职之前碰到这种事，倒霉吧？"

小红努了努嘴："还好顺利解决了，那个坏人也受到了处罚，总算出了一口气。"

明微回去给小红结算薪水。

小红在她这里工作大半年，平时反应有点儿慢半拍，老实巴交的，不是那种勤快积极的性子，之前因这迟钝的性格被很多地方辞退过。

这个社会对内向的人没什么耐心，大家都推崇开朗、热情、八面玲珑，仿佛只有那样才有出息，吃得开。

明微曾经听见小红和父母通电话，她的父母在电话那头用好大的声音数落她："从小就像块木头，一句好听的话都不会说，畏畏缩缩，不会来事儿，笨死了！"

小红当时眼眶通红，抿着嘴唇默默听训，半个反驳的字都说不出。

明微最见不得别人受委屈，便询问小红怎么回事，小红睁着茫然的双眼哽咽着说："我爸妈托关系，想让我去做销售。可我以前也干过销售，根本不擅长，每天都很焦虑，逼自己活泼开朗，但是浑身上下都不舒服……我讲不清楚，就像被铁丝套住了脖子，越勒越紧……难道我真的有性格缺陷吗？他们一直这么说，可我不知道怎么才能改变……"

那一刻，明微忽然感觉到一种难以言状的悲哀，不是单纯因为小红，而是意识到世界上还有无数个小红正在凡尘中艰难爬行，艰难喘息。

"哪有什么缺陷。"明微坚定地告诉小红，"我就不喜欢油腔滑调的人，你有你的长处，不用勉强自己去改变。当然，八面玲珑的人或许更吃得开，更容易获得世俗的成功，但这个社会一定有一些缝隙是留给不善言辞的人自由呼吸的。"

否则人人功利的世界还有什么可期待的。

明微并非客套安慰，尽管小红总是慢半拍，但她从没想过辞退小红。只是现在小红被父母催促，要回老家结婚了。

"我姑妈介绍的对象，在我们县城开火锅店，这两个月在微信上聊天，感觉还可以。他比我大十岁，着急结婚生子，等我回去相处相处，顺利的话今年就领证了。"

明微听得目瞪口呆。

长辈介绍，微信上聊两个月，对方比她大十岁，着急结婚，回去处一处就领证……

"万一你不喜欢那个人呢？"明微问。

"我也不知道。"小红挠了挠头，表情茫然，稀里糊涂地说，"反正家里都安排好了，他们觉得嫁人比打工强多了，反正我也赚不到什么钱，而且迟早都要结婚的呀……"

明微不知道该说什么。她最不喜欢被人安排，但她能这么去劝小红吗？自以为是地讲一些独立自主的道理，假如真的把她说动了，又能怎么样？顶多在这里领一份一个月四千元的工资，然后呢？清醒的痛苦和随波逐流哪一个更糟？

明微自个儿也活得一知半解，凭什么去搅动别人的灵魂呢？

她感到无力，也没有多言，只是给小红多转了两个月的薪水，当作红包。

"以后你要是还想回来工作，随时可以找我。"

话虽如此，但明微知道，小红回去之后一定会顺应家里的安排结婚。

或许她会成为一个无忧无虑的火锅店老板娘呢？

明微在心里祈祷这个憨憨的姑娘能够过得顺遂。

新招的男店员很快到岗，明微晚上又空闲下来。她做了个决定，与私家侦探机构解除捆绑，也退出了合作的 APP 和公众号，不再从事这份边缘又道德模糊的职业。

其实这几天她一直想找人聊聊，可是翻遍手机里的联系人，能听她讲心事的，勉强只有表姐楚媛一个。

明微把电话打过去，那头很久才接通。

"微微，什么事？"

"姐，你现在有空吗？"

"我准备做晚课了。"

明微霎时语塞，话到嘴边不知该不该说。

这时楚媛又说："你说吧，我还有时间。"

明微深吸一口气："我最近遇到一个男人，很好的男人，我想和他在一起，可是前几天得知他癌症晚期……他不想跟我纠缠。"

楚媛默然许久，感叹地说："那就别再招惹人家。你平时胡闹惯了，不知道轻重。这种感情没有未来，趁现在为时尚早，赶紧断了，对你、对他都好。"

明微用力按压眉心："可是……"

她不知道"可是"什么，表姐说的每个字她都无从反驳，这些话理智到让人心灰意冷，像苦夜里捧着蜡烛寻找安放之地，刚点燃火苗，一盆凉水就给浇灭了。于是，满腹心事，欲言又止。

明微挂了电话，手指发麻，依稀有些耳鸣，也分不清是幻觉还是真的。

明微摇了摇头，望着天花板陷入呆滞。

从竹青山回来，天气一直不太好，阴沉晦暗，毫无生气。

邵臣陪文婆婆去派出所报警。老两口认真考虑了很久，也犹豫了很久，总算下决心把亲生儿子告上法庭。

肺癌互助群上一任群主老伍是个热心肠，离世前特别照顾文婆婆。

文婆婆年纪大了，丈夫患病，独生子又那副德行，家中没有能帮得上忙的亲戚朋友。她一个六十多岁的人，学上网，找医疗信息，照顾病人，十分不易。

老伍走后，邵臣被大家推举为群主，也顺理成章地接过老伍的接力棒，特别关照群里的老人。

报完案，二人从派出所出来。邵臣送文婆婆回去。

"养这么个儿子，还不如不生。"老太太摇头感叹，"我们最近都在反省，到底哪里出了问题，没把他教好。他小时候明明很乖的，出社会没两年就变了，见人家混得好，发大财，总觉得自己运气差，怀才不遇。后来他又学人家做生意，做什么赔什么，根本没有经商天赋。现在四十岁了还在混日子，我们只希望他本本分分的，穷点儿没什么，又不丢人，总好过现在犯罪……"

邵臣说："你们那套房子现在已经冻结了，暂时不会被银行收走，等法院判决后，注销抵押贷款，到时就没事了。"

"希望顺利解决吧，否则我们老两口去睡大街也影响市容。"文婆婆苦笑着说。

邵臣说："不会的，慢慢处理，都可以解决的。"

文婆婆打量他，满眼喜欢："可惜我家没什么往来的亲戚，要是有适龄的晚辈，一定给你做媒。多好的女婿哇！"

邵臣笑了笑："不可惜，我这种情况，可不是什么好姻缘。"

Chapter 05
扑火

送完文婆婆，邵臣开车回家，刚把车子停在小面馆外，就收到微信群消息。

"家母于昨日傍晚七点病逝，走得很安详。感谢大家这一年来的帮助和支持，稍后我将退群。愿各位一切安好，千万保重。"

"节哀。"

"节哀，小优。我们也要努力坚持呀。"

"节哀，珍重。"

……

邵臣看着屏幕上跳动的对话框，眼底一片寂然。这是每个月都会发生的事，他有时甚至连续两三天收到讣告。

互助群，也是生死地。

他闭上眼睛靠着椅背静默许久，疲惫感蔓延至四肢百骸，沉重的阴霾笼罩在头顶，挥之不去，他不知道自己还能撑多久。有时他感觉自己像是掉进了流沙里，不断往下陷落，亲眼看着死亡一步步逼近。昏沉，寂寞，病痛，他仿佛被全世界遗弃在角落，无人问津，慢慢消失得无影无踪。

邵臣推门下车，拐进阴暗的小巷，来到居民楼后面，正准备往楼道里走，忽然发现苦楝树下有一道十分眼熟的身影。

那人坐在破旧的秋千上，微微晃动双腿，生锈的铁链发出干涩的嘎吱声。她手里拿着一支雪糕，脚边放着一个红色塑料袋。她今天没有化妆，却依旧扎眼。有些人就是无论处在什么环境都能最先抓住旁人的目光。

可是她来这儿做什么呢？

邵臣一时错愕，停在原地。

明微看见邵臣出现，像小鸟似的跳下秋千，拎起塑料袋，又将冰棍丢进垃圾桶，然后径直去到他跟前。

"你去哪儿了，我等了你好久。"

等我……做什么？

邵臣暗暗平复呼吸："有什么事吗？"

"嗯。"她点头。

接着二人陷入一阵莫名的沉默。

邵臣在等明微开口，而明微反倒露出惊讶的表情："你不请我上去吗？"

邵臣一时哑然，张了张嘴，竟不知怎么作答。看明微的眼神，明显是在怀疑他的待客之道。

"走吧。"邵臣转身上楼，掏出钥匙开门。

走进屋，明微忽然把手上的塑料袋递给他。

"这是什么？"

"买的东西。"明微摸了摸鼻尖，理所当然地说，"上门做客总不能两手空空吧。"

邵臣："……"

邵臣猜她一定是临时抱佛脚，想起做客的礼仪，随便在什么地方买的。他低头看了看，圣女果，刚才进巷子时看见有人推着车子在卖。

"谢谢。"他觉得这场景有些荒谬。

明微一本正经地回了一句"不客气"，然后自顾自地弯腰脱鞋。

邵臣把塑料袋放在饭桌上，招呼明微随便坐，然后进厨房倒水。

明微来到客厅沙发，瞥见茶几上的物件，心下一怔，拿起来放在掌心打量，不动声色。

邵臣端着玻璃杯从厨房出来，立刻觉察到明微的注视。她很大胆，眼睛一眨不眨地望着他，视线一寸也不放松。

邵臣不太自在，递过水杯："你看够了吗？"

她笑了，眼底堆起卧蚕，眼眸盈盈如秋水，明眸善睐。

邵臣愣怔，别过脸去。

明微问："你这两天在忙什么？"

邵臣对这个问题感到很莫名。

明微自顾自地说："我一直在想我们俩的事。"

邵臣垂下眼帘沉默数秒，实在没忍住，抿起嘴角失笑，抬手摸了摸眉梢："我们俩什么事？"

明微一如既往地理直气壮："你说呢？"

邵臣差点儿忘了这姑娘天真任性的本色。他默不作声地拉过桌前的椅子坐下，抬眸看她，语气平和地说："别闹了，你走吧。"

明微目光清澈："可是我已经决定要和你在一起了。"她顿了顿，继续说，"不管你同不同意。"

果然是不顾死活地语出惊人！

邵臣无奈发笑，摇了摇头："你知道自己在说什么吗？"

"嗯。"明微十分肯定，"我是只图今天的人，只看当下，不管其他。"

邵臣低声接话："可我不是。"

明微根本不管那些，咄咄逼人地说："我只问一句，你喜不喜欢我？"

邵臣不语，沉默了一会儿："我不明白你为什么找我。"

"就是觉得你好。"

邵臣嗤笑："我有什么好？"说着他抬头看她，"朝不保夕的人，很刺激，是吗？"

明微挑了挑眉："我是喜欢耍弄异性，但你就那么没自信，觉得自己和那些男人一样吗？"

邵臣不为所动："上次已经讲得很清楚了，别在我这儿浪费时间，没有意义。"

明微却无所谓地轻笑："要什么意义呀？"她抄起茶几上的一瓶东西起身，走到他面前，"这是什么？"

"止痛药。"

明微垂眼打量，默然地点了点头，放在桌边，接着又拿出手里攥着的另一个物件："那这个呢？"

邵臣看着那枚绿蛇耳钉，霎时失去言语。

明微眼睛一眨不眨地看着他，语气颇为嘲讽："那晚那么黑，还下雨，你找了多久哇？还是说第二天特意回了趟小木屋？"

邵臣脸色僵硬。

"既然不想在一起，那就不要给女孩子期望。我走我的夜路，就算淋雨，就算挨雷劈、迷路、遇到坏人，跟你有什么关系？无端地跑来找我，还帮我擦脚，什么意思？擦完就走，不负责任呗？"

邵臣一向说不过明微，此刻更是束手无策："我……"

明微居高临下地站在邵臣面前，收起睥睨之色，转而替他把话圆了："我知道，情不自禁，对吧？"

邵臣屏住呼吸，正想嘴硬否认，这时又听明微说："没关系，我也是。"

他被这话吓到了。

这个女孩的坦然和直率让他惊出了冷汗，在没有保留的清澈目光里，他突然间自惭形秽。

明微似乎早已将他看透，哑声喃喃地说："我只是想要有人陪着。"

邵臣喉结滚动，压下情绪："明微，你知道我的情况，我给不了你什么。"

她摇头轻笑："癌症病人就不能谈恋爱吗？难道得了病就该安静等死，孤孤单单、悄无声息地离开世界？谁制定的规则？再说你怎么知道我要什么？未来、婚姻、家庭，这些我通通不在乎，你少操心了。"

邵臣无意识地攥着自己的手指，宽阔的上半身靠向椅背，缓缓摇头："我讲不过你，但你也没法儿说服我。"

"那你就自己慢慢消化一下吧，我明天再来。"

邵臣："……"

明微准备去门口换鞋，想起什么，又转身回到桌前，放下那枚绿蛇耳钉："还给你。"

邵臣脸色尴尬。

她又说："我没有倒追过男人，那天在酒吧确实有点儿轻浮，但那是假的，我从来不会随便跟谁去酒店。"

邵臣说："我知道。"

明微脸颊泛红，抿了抿嘴。她强势许久，此刻终于露出几分羞赧。他不需要她自证或解释什么，这感觉真好。

明微换鞋开门："我走了，明天见。"

邵臣："……"

邵臣坐在椅子上愣了好一会儿，默然拿起桌边那枚绿蛇耳钉，想着她刚才说的那些话，任性、霸道，但是坦诚至极。

他的确做过最坏的打算，一个人平平静静地等死，普通人能享受的情感他早已不敢奢望。时间久了，他好像忘记自己还是个有血有肉的活人。

如果他健康，没有生病，怎么可能让姑娘家……倒追呢？

如果没有生病……

想着想着，邵臣眼底的冷清黯淡下去。

明微说明天再去找邵臣，说的时候多么潇洒桀骜，不容置喙。然而事实上她连一天也没坚持不住，夜里躺在沙发上翻来覆去，忍不住给邵臣发信息：你睡了吗？

邵臣没有回复，这倒在她意料之中。明微翻身侧躺，抱着手机自说自话。

明微：陪我聊聊嘛。

明微：圣女果好吃不？你平时喜欢什么水果？葡萄？香蕉？

明微：上次在律所，你为什么对我视若无睹，装作不认识？

明微：一点儿也不好奇吗？我因为你把那个大单子都推掉了。

明微：我每天都在想你。

……

明微：邵臣，你再不回话，我就要发裸照了。

对面的人终于有了反应：别胡来。

118

明微嗤笑，点开相册选了一张照片给他发了过去。

邵臣吓了一跳，待看清图片之后，愣住了，原来是……黑糖的裸照。

明微：吓到了吗？

邵臣看着屏幕，可以想象出明微此刻得意的神采。

没有。他回。

明微：既然看见了消息，为什么不理我，让我唱那么久的独角戏？

邵臣在手机键盘上缓慢敲字：话题转得太快，跟不上。

有吗？

明微立刻拉下对话框检查一番，嗯，好像是有点儿。

明微：我有好多话想跟你说，忍不住。

邵臣不知怎么回复，思来想去，发了一个"嗯"字。

明微：你在做什么呢？

邵臣：准备睡觉休息。

明微：……

明微霎时无语，看看时间，十点刚过，转而想到他生着病，肯定需要休养，早点儿睡觉是对的，于是就不气了。

明微：那你睡吧，不过今晚我会闯进你梦里，可能还会胡作非为，你别介意呀。

邵臣愣怔：我很少做梦。

明微：今晚会的，不信等着瞧。

好吧。他无可奈何。

明微抿起嘴角，眉眼缓缓舒展开，将手机放在胸口处。不一会儿，忽然传来一阵振动，她以为是邵臣，欣喜地拿起来一看，竟是许芳仪来电。

"喂，妈。"

"微微，你这两天在忙什么？有没有给你爸打电话？"

"没有。"

生日那天闹完脾气她就把明崇晖得罪了，父女俩冷战到现在。

许芳仪轻声叹气："你爸住院了，明天要做息肉切除手术，你也不去看看。"

明微哑然沉默了一会儿："他动手术？严重吗？怎么没跟我说？"

"你又不打电话，一天到晚不知道在忙什么，怎么跟你说？难道要长辈主动低头吗？你爸性格那么傲，怎么可能？"

闻言明微若有所指般开口："你现在倒很体谅他。"说着，她顿了一下，"知道了，我明天去医院。"

许芳仪忙说："行，懂事一点儿，记得给你爸道个歉，上次……"

为什么又让她道歉？道哪门子歉？

没等那边说完，明微打断："好了，妈，我店里有事，先挂了。"

明微调整情绪，深呼吸了一下，接着给父亲打过去，电话是薛美霞接的。

"我爸呢？现在怎么样？"

"他在喝和爽，特别难以下咽。"

"明天几点手术？"

"下午两点。"

明微问："你们怎么没有通知我呢？"

薛美霞稍顿片刻，笑着说："一个小手术而已，没什么大问题，我照顾得来，再说也怕麻烦你。"

明微也笑了："麻烦什么？我不是他女儿吗？"

薛美霞没作声。

"明天我会去医院。"

"哦，行，好的，好的……"

话不投机，许多人即使被迫成了亲戚也难以相处。

次日十点，邵臣接到了明微的电话。

"你家楼下有一家这么好吃的砂锅牛肉，怎么不告诉我？"

他确认了一遍时间，问："你在吃早饭还是午饭？"

"一起吃。你在家吧？快下来。"

邵臣低头看了看自己的背心和短裤，往常下楼也就这么出去了，但他现在犹豫起来，还是回屋换了黑色连帽卫衣和牛仔裤，拿上钥匙出门。

旧城区人影熙攘，一辆公交车开过去，又有数辆小电驴和摩托驶过。隔着混乱陈旧的街道，他看见明微坐在牛肉面馆里，那扇大玻璃窗几乎没怎么擦过，雾蒙蒙的，人很美丽，但格格不入。

邵臣心中杂乱的情绪涌来，有些动摇，不知这样与她接触到底应不应该。他有罪恶感，可是明微却告诉他——你想太多了。

恍惚的空当，手机振动，他看见来电显示，一怔。

明微隔着街道给他打电话，笑着问："你灵魂出窍了吗？"

邵臣穿过马路走进面馆，在小桌子前坐下。她津津有味地吃着砂锅粉，抬眸扫了一眼，顿住了。

邵臣见她神色异样，问："怎么了？"

明微拿纸巾擦了擦嘴，目光闪烁，眨了眨眼："你今天没刮胡子？"

邵臣抬手摸了摸下巴，有点儿扎，是没刮，忘了。

留着青森的胡楂，他看起来比平时成熟不少。嗯，明微觉得，他很性感。接着她耳朵红了，垂眸避开视线，安静地咬住吸管喝饮料。

邵臣见她眼帘颤抖，脸颊也在发烫，心下了然，但没说什么，点了碗牛肉面。

明微缓过劲儿，心跳恢复正常，告诉他说："本来想今天好好和你相处，但我待会儿得去医院，你送我好吗？"

邵臣问："去医院做什么？"

"我爸爸动手术。"

"严重吗？"

"胃息肉。"

邵臣眉头微蹙，琢磨了一下："你家里人胃都不太好。"

"嗯，可能是吧。"

"你有没有按时做检查？"

"什么检查？"

"比如胃镜。"他认为应该要做一下的。

明微一听就变了脸色，惊恐地摇头："不要，很难受的。"

邵臣记得自己之前和她聊过这个话题，当时她的借口是一个人去医院做全麻很心酸，于是这次他说："我陪你去，全麻没什么感觉，你胃不好，早些做排查，万一……"

他意识到自己没有注意分寸，及时收声。

但明微并未介意，挑眉睨着他："担心我呀？"

邵臣神色安静："我是认真的，不要拿健康开玩笑。"

明微笑着说："我和你想法不同，我对生活没有规划，得过且过，见招拆招，想那么长远有什么意思？今天过得尽兴才最重要。"

邵臣说："你没有体会过失去健康的感觉，所以才这么……嚣张。"

明微垂眸笑，认同他的话，但死性不改："没错，所以事到临头我才感受得到哇。"

邵臣哑然。

她挑了挑眉："是不是觉得我冥顽不灵？"

他只说："我们看待生活的方式很不一样，甚至完全相反。"

明微努了努嘴，朝他挤眉弄眼："可以磨合的嘛，我们还不够了解对方，搞不好深度接触以后会改变认知，发现你的人生观未必是对的，而我的未必是错的呢。"

邵臣失笑，低头莞尔的模样落在明微眼中，她呼吸又乱起来。她轻抚心口，嘟囔道："你不要用这种表情……"

他不解："我怎么了？"

她心下暗骂"坏蛋"，咬了咬唇："撩拨人，不自知。"

她不晓得怎么形容，只是心一个劲儿地乱跳。

邵臣虽然不理解自己干了什么让她觉得他是在撩拨，但能看出女孩子羞涩的神情，那藏在娇嗔之下的紧张和雀跃，似鱼儿跃出水面，可爱至极。他移开视线。

二人吃完面，邵臣开车送明微到市医院。

"你陪我进去吗？"

"不了。"邵臣说，"我在外面等你。"

明微她很少感受到温情和柔软，可是邵臣不时会让她有所体会。她暗暗愉悦，喜欢这种感觉。

明微到住院部，找到明崇晖所在的病房。

明崇晖脸色不太好，因为要做手术，昨晚到现在禁食，什么都没吃。身为中年美男子，那张端正而不苟言笑的脸越发显得沉郁。

薛美霞立在床边低头看明崇晖手臂里埋的针，接着拿湿巾帮他擦手。

明崇晖看见明微进来，开口第一句竟然是问"怎么不敲门"。

明微无语，心想病房的门不是大敞着嘛，别人可以随便进，偏偏她不行，老头子对她的说教已经成为本能反应了。

"那我要重新再进来一次吗？"她阴阳怪气地揶揄。

明崇晖皱眉："算了。"

明微撇了撇嘴。

薛美霞笑着和明微打招呼："微微来了呀。"

父女俩没什么话说。明微看着薛美霞忙前忙后，一时整理从家里带来的日用品，一时找医生沟通确认情况。没多久，护士进来通知准备手术。

其实只是一个小手术，可不知怎的，事到临头，明微忽然不由自主地叫了一声"爸"。

明崇晖回头看她，镇定地说："没事，小意思。"然后他被推进了手术室。

明微长叹一口气，找个空位坐下，掏出手机给邵臣发消息：这边得两三个小时才结束，你先回去吧，晚点儿我再找你。

明微这边刚发完，就听见薛美霞和嘉宝通起了电话，左一个"你爸"如何，右一个"你爸"怎样，明微听着十分刺耳，戴上耳机听歌，闭目养神。

不多时，许芳仪来电，监督她是否真的去了医院。

明微揉捏眉心，奇怪地说："你怎么突然这么关心前夫了？"

许芳仪说："他，我不关心，只是不想让你后妈看笑话。父亲生病，亲生女儿不在，岂不是显得我教孩子差劲？"

明微扶额轻笑："难道不差劲吗？"

看看我这副德行，别人也就知道我的父母好不到哪儿去！

一想到这个，明微的内心就因为破坏欲而得意起来。

果然，许芳仪听完这句话很不高兴："你就跟我作对吧。"

许芳仪常常怀疑自己上辈子是不是欠了明微，所以这辈子被她要债。

两个小时过去，手术成功结束，明崇晖坐着轮椅被推回病房，麻药的劲儿还没过，他昏昏沉沉，神志不清。

"二十四个小时内不能进食，术后两个小时再喝水。"

护士交代着，薛美霞认真记下。没过一会儿，她接到一个电话，回头向明微招呼道："我有事出去一下，这里麻烦你了。"

"嗯。"明微语气淡淡的，心想您还真客气。

她百无聊赖地守在病床前，随手拿起桌上的书籍翻看，没承想是一本经济学讲义大纲，看得她头疼。

都住院了还带这么枯燥的书干吗？

她拧眉腹诽，没有留意到病床上的父亲已经清醒过来。

明崇晖看着明微垂头烦恼的模样，缓缓抬起胳膊，手掌轻轻抚摸她的脑袋，恍惚间好似回到了她的幼儿时期。那时她刚学会走路，圆圆的小脑瓜儿像颗保龄球，他一只手掌就能完全盖住。小娃娃极其爱笑，也不知乐什么，摇摇晃晃地走来走去，傻呵呵地喊着"趴趴，趴趴"，明崇晖费了好多工夫才纠正过来，是"爸爸"。那么丁点儿大的孩子，一晃就长大了。

明微原本正郁闷地翻着书，忽然发现父亲轻抚她的脑袋，愣了愣，睁着圆圆的大眼睛，像只茫然的小兽："爸？"

明崇晖哑声问："你最近过得怎么样？"语气实在柔软。

明微继续发愣："挺好的。"

"钱够花吗？缺不缺钱？"

"够的。"

"你那间小商店还没倒闭吗？"

明微摸了摸鼻子，随口附和："快了，快了。"

明崇晖没了力气，手掌落到床面，因麻醉而身体虚弱，精神也十分恍惚，对这个叛逆的亲生女儿难得表露温情。

"不知不觉你都成大人了，做大人很辛苦的，能应付得来吗？"

明微听见他轻轻的叹息，心头一紧："我……我没问题……"

她无所适从地低头，明崇晖亦无言，又抬手轻拍了她的脑袋两下。

这算是天伦之乐吗？明微不懂，她只觉得这一刻十分治愈，好似亲子间那些争执和对立不复存在，他们又回到久远的从前，父亲对她还没有任何期许、失望和偏见，只是单纯地爱自己的孩了。

明微正要卸下隔阂享受短暂的父爱，薛美霞领着一个仪表堂堂的青年进来了。

真扫兴！

薛美霞手里捧着一大束花，青年则提着水果篮。

"微微，这是傅哲云，你们以前应该见过的，还记得吗？"

明微瞧着对方清秀的脸，毫无印象。

"你爸爸的学生，傅祥叔叔的儿子呀，来家里吃过饭。"

明微扬起嘴角笑了笑。

傅哲云推了推眼镜，随意地迎上明微的目光，也礼貌地笑了笑。

"果篮给我，哲云，你坐吧。"

"谢谢师母。"

薛美霞弯腰查看明崇晖的状况，轻柔地抚摸他的额头，低语说："哲云来看你了，我知道你不喜欢繁文缛节，其他人我都给推了，让你安心养病。"

明崇晖转头看着这位晚辈："你父亲最近好吗？身体调养得怎么样？"

傅哲云说："他很好，知道您住院，立刻让我过来探视。"

明崇晖轻轻叹息："我已经和他说过了，只是一个小手术，怎么还让你跑一趟？你现在创业，自己开公司，还在起步阶段，肯定有一大堆事要忙。"

傅哲云笑着说："不要紧，时间我都安排好了，您千万别有负担。"

薛美霞莫名地心情很好："哲云今年二十六岁了吧？有女朋友吗？打算什么时候结婚？"

傅哲云有些不好意思，推了推眼镜："家里希望我三十岁之前成家。"

薛美霞点头，用半开玩笑的语气说："从年龄上来看，和我们家姑娘倒是很合适。"

明崇晖却说："明微脾气怪，你当着她的面这么讲，她肯定逆反。"

薛美霞愣了愣，表情尴尬地说："哎呀，我不是说微微……"

傅哲云双手交握，面上不太自在，清咳一声，转头看了看身旁的明微。明微则是毫不掩饰地展现出对此话题的无语，嘴角轻撇，搭在膝盖的手指不耐地拨动，像是过年在饭桌上面对老套话题的亲戚。

薛美霞继续闲聊家常，傅哲云却有些心不在焉。

旁边的明微双腿交叠，胳膊搭在床头的小柜子上，懒懒地托腮，离地的那只脚微微晃动。

傅哲云并没有正眼盯着明微瞧，但余光总被吸引，觉得她像一株绝艳的未知植物，危险而妖冶。

几分钟后，明微终于失去耐心，掏出手机看了看时间："爸，我先走了，明天再来看你。"

明崇晖说："明天就是输液，后天就出院了，你过来也是闲着没事干，不用跑一趟。"

薛美霞也赶紧开口："是呀，这边有我照顾，你不用担心。"

明微的破坏欲陡然升起，冷笑一声："我只是客气一下，别当真。"

明崇晖皱眉，薛美霞脸色难看。

傅哲云见明微要走，随之起身告辞："那我也不打扰老师休息了。"

两人一前一后离开病房，傅哲云加快步伐与明微并行，说："我送你。"

明微乐得不用叫车："好哇。"

从某个方面来讲，明微确实被宠坏了，战战兢兢地接受他人好意这种事情不会发生在她身上，也不知道客气，这会儿甚至懒得多走几步陪傅哲云去停车场取车，而是站在医院大楼外等。没一会儿，傅哲云开着一辆跑车停在她面前。

明微想起刚才薛美霞把傅哲云夸上天，什么不靠家里自己创业，所以刚创业就买得起这么贵的车吗？

她笑了笑，坐上副驾驶座，问："你平时这么高调，没有被我爸教育吗？他经常责备我，让我不要引人注目。"

傅哲云推了推鼻梁上的眼镜："以前我去学校都骑单车，低碳环保。"

明微扑哧一声，直接说："你这人还挺闷骚的。"

傅哲云愣了愣，有点儿不好意思，将车子慢慢驶出医院："我读研的时候在老师家见过你一次。"

"是吗？"明微心不在焉地掏出手机。

傅哲云清咳了一下："已经五点多了，一起去吃饭吧。"

明微想着去找邵臣："不了，我有约。"说着她点开微信，却怔住了。

这边得两三个小时才结束，你先回去吧，晚点儿我再找你。

这是她先前发的信息，但没有留意到邵臣之后的回复。

邵臣：没关系，我在外面等。

明微当即让傅哲云停车。

"怎么了？"傅哲云不解。

"我有点儿事，你先走吧。"明微不由分说下车，大步往回跑。

邵臣看见明微和一个斯文的年轻人并肩出来，光鲜亮丽的俊男美女，十分扎眼。不一会儿两人坐车离开，多么合情合理的场景，像极了偶像剧。

他降下车窗吹了会儿晚风，低头笑了笑，正要启动车子，突然发现明微从出口方向奔来，头发飞舞，闯入偌大的露天停车场，四下张望，看起来有些焦急。

邵臣愕然愣住。

手机在响，他接起，还未出声，就听电话那头的人喘着气问："你在哪儿？"

邵臣心脏猛地跳动一下，喉咙发紧，哑声说："你站在原地别动，我开过来。"

落日下沉，余晖铺满天际，明微站在夕阳里，比晚霞还美丽。

"你一直等在这里吗？"明微坐上车，一边系安全带，一边望着邵臣。

邵臣克制着心底翻涌的震动："小睡了会儿。你爸爸怎么样？"

"他好得很。"明微揉了揉肚子，"我们去吃饭吧，好饿。"

"你想吃什么？"

"嗯……你做的。"

邵臣喃喃地说："做饭得先买菜，你不是饿了吗？去餐厅快些。"

"不用，我可以等。"明微忍不住抓着邵臣的胳膊撒娇，"好不好嘛……"

邵臣笑了笑："附近有一家购物中心。"

她开心地鼓掌："出发吧！"

邵臣其实不太明白："这么高兴？"

明微的笑意在眼底荡开："嗯，我们第一次逛商场。"

所以呢？

"以后还有好多第一次，你最期待什么？"

邵臣稍稍勾起唇角，没有作答。

明微就爱调戏他，然后看他语塞的模样，尖尖的喉结颤动，黑压压的眉眼不知往哪儿张望，胸膛缓慢起伏。他到底知不知道，越克制，越迷人。

明微嘴唇抿起，欣赏了一会儿，暗自偷乐。

到商场下车，明微从来没有像现在这么喜欢逛超市，她蹦蹦跳跳，上前拉住了邵臣的手。

邵臣愣了愣，而她迫不及待地往商场里走去，拖着他，回头催促："快，走哇。"

邵臣有些恍惚。

他们推了一辆购物车，经过琳琅满目的货架，明微左右张望，忽然跃跃欲试，小声跟邵臣说："我想坐上去。"

"坐哪儿？"

她指了指推车。

邵臣看见不远处的导购员投来警惕的眼神，大概是时常遇到年轻人干这种事，想着被抓到不太好，于是提醒道："不行。"

明微玩兴大起，抬起右腿作势要跨入推车，邵臣立马按住她的膝盖制止。

"别胡闹。"

明微也不是真的要坐上去，只是想逗逗他，没想到他这么容易上当。

她眉眼弯弯，抿嘴莞尔："哦。"

没记错的话，他们分明是来买菜的，但明微流连在零食区，扫荡一般往推车里放薯片、肉脯、坚果、方便面……

"邵臣，你平时喜欢吃什么？"明微问。

"我平时不吃垃圾食品。"邵臣回答。

明微瞥了他一眼。

终于逛到生鲜冷冻区，换邵臣问明微想吃什么。

明微思忖片刻："番茄炒蛋、西葫芦、可乐鸡翅。"

闻言，他摇头轻笑："挺好养活的。"

明微努了努嘴："我的优点不是这个。"

买单时明微自然而然地掏出手机付款，被邵臣阻止，她也没有拉扯推辞。

"去你家做饭吗？"邵臣问。

"我家没米。"明微说，"灶台闲置好几年了，不知道还能不能生火。"

"……"邵臣无奈地说，"所以你平时活着都靠外卖？"

"嗯。"

他低头看着她，心里有点儿难受，不知道她究竟怎么长大的，一点儿生活技能都没有学会，以后怎么办？

明微觉察到邵臣的目光，仰头迎上，愣了一下，哑声嘀咕："别这么看我。"

好像我很可怜。

她害怕被人同情。

邵臣摸了摸她的脑袋。

回到车上，明微开始打哈欠。

"困了就眯一会儿。"

明微饿得肚子咕咕叫，拆开一袋面包先垫了垫肚子。

等终于回到邵臣的住所，明微眼皮已经快要睁不开，倒在沙发上就睡了过去。

邵臣进厨房做饭。

明微睡了半个多钟头，醒来天已黑透，客厅昏暗，灯没开，沙发旁的小台灯也没开，只有厨房狭窄的门里透出暖黄的光线，周遭安静极了。

明微翻了个身，看见邵臣靠在厨房的门边。他身边烟雾缭绕，火星子在指间明灭。

他……在抽烟吗？

明微猛地清醒，缓缓坐起身。她背着光，看不清邵臣的神情。

可他怎么能抽烟呢？

明微屏住呼吸，心狂跳。

邵臣静静地看了明微一会儿，把烟头按灭在水池边，轻声开口："吃饭吧。"

明微却问："有话跟我说吗？"

"嗯。"他淡淡地说，"先吃饭。"

"说完再吃。"她语气坚定。

邵臣欲开灯的手僵住，稍作迟疑，放了下来。

明微背脊笔直地坐在沙发上，面朝着他。二人一个身处幽暗，一个背后半暗半明。

邵臣站在离明微三米远的地方，因为没有开灯，不用直视她的眼睛，这样能轻松点儿。

"我有罪恶感。"他如实陈述，"每一秒钟都是。我没法儿像你一样随心所欲，很多杂念压下来，我不停地做自我审判……我希望你过得好，而不是被我耽误。"

明微被失落击中，黯然了好几秒，愤怒悄然滋生。

"耽误什么了？昨天我说的话你一个字都没听进去吗？"

邵臣沉声说："我没法儿只图现在，那样太自私了。你不在乎未来，可我在乎。"

明微心中无限悲凉，嘴上却嘲讽说："耍我呢？"

"对不起。"

明微用力深呼吸，笑了笑，从沙发上起身，一步一步走到他跟前。

两人站在逼仄的厨房门口，暖黄的光影明暗错落。

明微仰着头，眉眼漆黑，讥诮的神态表明她已经被激怒。

"你对我有些误解，邵臣。"她冷笑着说，"我对你感兴趣是因为不甘心，从来没有男人拒绝过我。你刚才真心实意地替我考虑未来，我挺感动的，但是你凭什么觉得自己可以影响我的未来？你有那么重要吗？"

邵臣面无波澜，英挺的眉眼下垂，静静地看着明微。

明微厌恶邵臣无动于衷的样子，扯起嘴角轻蔑地打量："老实说，我只是想跟你谈恋爱而已，谁会为了一段露水情缘耽误人生？你明天死了，我后天就能爱上别人……"

话音未落，邵臣低下头堵住她的嘴。

急促的呼吸声搅碎了挑衅的言语，他强势的掠夺以碾压之势侵占明微的嘴唇。

恼怒？惩罚？占有？他自己都分不清楚。

明微喘不上气来，攥紧拳头想推开他，可拳头所抵之处是温热结实的肌肉，她推不动。

他不是癌症病人吗？为什么力气这么大？

邵臣搂住她的腰，手掌温热。明微几乎要站不住，喉咙里发出压抑的呜咽。

邵臣终于松开了。

安静的屋子里只有粗沉而激烈的喘息声。

邵臣往后撤，背脊重重地抵上门框，额前头发凌乱，喉结用力地滚了几下。

明微也好不到哪儿去，大口地呼吸新鲜空气，胸膛剧烈起伏。

邵臣垂眸看着明微。

啪的一声，明微忽然打了邵臣一巴掌。

邵臣猝然别过脸，愣住了。

恍惚之间，明微似乎看见邵臣淡淡地笑了一下，头发遮住漆黑的眉眼，凌厉的轮廓忽然变得迷离。不等明微分辨清楚，他的嘴唇又压了下来，第二次将她吻得透不过气。

明微的心跳全然失序。她头皮和指尖都开始发麻，浑身敏感得仿佛每一寸皮肤都快要融化。

很奇怪，她好像上辈子就和他这样唇齿相依过，他们上辈子一定无比亲密，否则怎会如此契合，如此熟悉？

邵臣放开明微。这回他没有退，只是低头闭上眼睛。

气息还没平复，明微冷嗤："怎么了？我还以为你要强暴我。"

邵臣没说话，浓密的睫毛轻颤。他抬起胳膊，用手背一点一点地擦拭明微嘴角和下巴处的水渍，轻轻地，很专注。

他手指干净，依稀残留着清浅的烟草味，引人成瘾。

明微屏住呼吸，知道自己完了，才从灼灼烈火里脱身，转眼又掉进温柔旋涡。要不是嘴疼，她真想用力咬他的手指。

陷落的当口儿，明微的肚子叫了两声。

邵臣听见了，说："吃饭吧。"

明微紧紧闭上眼睛，后脑勺儿抵住门框缓了好几秒，并没有去餐桌前坐下，而是走进卫生间，把自己关进去。她打开水龙头，洗手，泼脸，然后看着镜子里的自己。

真是……没出息！

明微摇头嘲笑自己，再次捧起清水反复泼脸，让自己清醒。

邵臣盛好饭，摆好碗筷，明微面无表情地出来。

客厅的灯已打开，但看不出二人脸上任何波澜。

他们安静地吃饭，一声不响。

真诡异，刚才发生的一切就像幻觉，大概是二人思绪太乱，还没整理清楚，只能沉默相对。

明微忽然想，既然自己刚才动心了，难道他没有吗？她抬眸端详，那张沉默的脸看不出任何破绽。他向来善于忍耐克制，不会轻易表露情绪。

明微收回视线。吃到七分饱，喝了汤，她靠着椅背休息。

餐桌上方悬挂着吊灯，黄铜麻绳，灯罩是墨绿色的玻璃瓶，锤目纹，形状似花朵，中间是一只亮堂堂的灯泡。

昏黄的光线落在他头上，使得他的轮廓愈显深邃。他的眉骨英挺，如山峦般立体，鼻梁上有一颗小痣，双眸沉稳内敛，带一丝清冷，脸颊瘦削，棱角分明，嘴唇没什么血色，尽管刚才亲她的时候非常热烈。

明微不知不觉失神了，直到发现他咬住了一根香烟。

从前有吸烟习惯的人，即便戒掉了，再碰时动作依然十分熟练。

邵臣拿起打火机，是那种商店里最常见的两块钱一只的打火机，点燃烟草。白色近乎透明的薄烟四散缭绕，不成形状。他落寞的神色在脆弱的灯光和烟雾里，有一种身世飘零的意味。

薄命郎。

明微心头浮现这三个字，太阳穴开始突突跳动。她起身走到他跟前，二话不说拿掉香烟，在桌面上捻灭。

"都肺癌了还抽，你不是早就戒了吗？"

邵臣仰头看她。

"哪儿来的？"明微面无表情，但语气十分严厉。

他缓缓垂眸，目光落在她攥紧的拳头上，忍不住抬手拉住。

"刚才下楼买醋，顺便带了一包。"

明微瞥见桌边那盒烟，觉得碍眼得很。她一把抓起烟，拿到厨房，打开水龙头浇透，然后捏皱，丢进垃圾桶。

邵臣摸着打火机笑了笑。

她死死地瞪着他，用命令的口吻说："以后不许抽烟。"

他还是笑。

明微倏地蹙眉，捏住他的下巴："听见没有？"

其实他并不想抽，只是心里太过压抑，需要烟丝缓慢拉扯，让思绪沉淀，抚平情绪。

邵臣眼底一片澄澈，温柔绮丽。明微看见他瞳孔里映出自己的影子，像镜花水月，似梦似真。她心头忽然一阵柔软，硬邦邦的表情无法维持下去，咬了咬唇角，睫毛轻轻颤动。

她的手落在邵臣的肩膀上，然后慢慢地把他揽到怀中。邵臣闭上眼睛，手臂环上她的腰。

"你真是……气死人。"明微咬唇。

邵臣侧头在她怀里蹭了蹭，低声说："对不起。"

这是他今晚第二次跟她道歉。

明微将手指插进他柔软的头发里，缓缓地揉了两下。

"做化疗的时候掉头发没？"

"嗯。"

"现在长得这么茂密。"

"蓄了一年。"

明微说："你剃光头肯定也很好看。"

邵臣哑声回："你不会喜欢光头的。"

没听错的话，他嗓音里夹着一点点委屈，这是第一次，他在她面前终于没有强撑。

Chapter 06

相爱

温存的二人世界没享受多久，便被一通电话打断。

明微不明白怎么有那么多扫兴的人。她松开邵臣，转身坐到小沙发上。

邵臣调整呼吸，接通电话，恢复冷静的模样："喂，三哥。"

电话那头的王丰年说："小臣哪，你三嫂做了些卤味，炖得特别入味，我让王煜给你送些过去。"

上个月的同学会后，邵臣便疏远了王煜，二人已经很久没有联系了。

"不用了，我刚吃过饭。"

王丰年笑着说："晚上当夜宵，或者明天吃也行，王煜已经出发了……小臣，他是不是有什么地方得罪你了？你别跟他计较，毛头小子一个，还没长大呢。他一直都很看重你的。"

邵臣揉捏眉心："嗯，我知道。"

结束通话，明微拍了拍身旁的空位，示意邵臣过去。·

"王煜待会儿要上来。"

明微的脸上明显写着"倒胃口"三个字："他要待很久吗？"

"不会，送完东西就走。"

明微不着痕迹地朝邵臣靠近，将下巴搁在他肩头，问："你们平时关系好吗？"

"三哥对我不错。"邵臣拿起遥控器，淡淡地说，"我家没什么亲戚，爷爷在养老院，以后我……"他猛地刹住，懊恼自己险些脱口说出"以后我不在了"这种话，匆忙略过，只说，"以后有什么事，三哥会去看他。"

他维持亲戚关系主要也是为了这件事。

明微觉察到邵臣本来想说什么，心脏猛地揪了一下。

"你爷爷在养老院？"

"嗯，那边条件不错，但有家人探望和没有家人探望，还是不太一样。"

"你爸妈呢？"

"不在了。"他一语带过。

明微嗓子干涩，没有多说什么。晚风吹进来，树叶沙沙响。她拿起手机查找一番，递给邵臣："你看。"

邵臣不明所以："什么？"

"苦楝开花的样子。"明微借着两人同时看手机的契机越发凑近，"可惜夏天已经过了，看不到了。它开花的时候有这么紫吗？"

邵臣思忖片刻："应该没这么鲜艳。"

明微问："你在这儿住了多久？"

"去年年底搬过来的。"

"那以前呢？"

他说："以前的公寓卖掉了。这套房子其实是我爷爷的，他搬到养老院以后就卖掉了，买方只是想在本市落户，平时不住这儿，我就租了下来。"

明微问："卖房子是为了治病吗？"

邵臣笑了笑："不是。"

闻言，她一时转不过弯儿来："嗯？那是为什么？"

邵臣嘴唇微动，没有作答，而是转移话题："有想看的电影吗？"

明微心下纳罕，嘀咕琢磨，忽然回过味来——租的房子，处理起来比较简单，是吗？

所以他已经做好所有准备，甚至对自己的身后事都已经有所规划……

明微屏住呼吸，不敢再继续深想了。以前她恨不得知道所有关于他的事，可现在随意闲聊两句就会触及她最不愿面对的话题。

这才刚开始，她有勇气走下去吗？能走多久？

明微被茫然和恐惧侵袭。不是没想过及时抽身，不是没想过一刀两断，但她舍不得。时至今日，即便前头是深渊，她也甘愿往里跳。

"我……我可以过来和你一起住吗？"

冷不丁听见这句话，邵臣诧异地转头望着她："什么？"

明微目光深沉："我想随时都能见到你，和你待在一起，无论做什么，发呆也行。你不是说我不会过日子，活得不像样吗？那你做给我看，我保证当个乖学生。"

邵臣心跳剧烈，目光似静水深流。他用力攥了攥手："不着急，过两天再说，你别冲动。"

明微淡淡地说："你是不是随时准备赶我走，让我离得远远的？"

他听得胸口酸堵，突然觉得自己很浑蛋："我不会再赶你走，但你随时有权离开，只要说一声就行。"

明微想让他别说傻话，却只能做出若无其事的样子，让他安心，说："好哇，我也这么想。"

说话间，叩门声响起。这栋老居民楼没有安装门铃，咚咚咚，响了几下，邵臣起身走向玄关。

明微收起双膝歪倒在沙发上。

门打开，王煜提着两盒卤味进来，笑着说："小叔，你这两天没什么事吧？我爸妈准备去泡温泉，想邀你一起去，又怕你不愿意。我奶奶还在念呢，说好久没见你了。"

邵臣接过保鲜盒，转身放在饭桌上。

王煜正要脱鞋，转眸发现躺在沙发上的漂亮女人，诧异地睁大眼，动作也僵住了。

"明微？你……你在呀？"

明微扬起敷衍的假笑以示礼貌，然后回头继续看电视。

仓促间，王煜没好意思踏入这二人空间，尴尬地站在原地，眼珠子飞快地扫过小叔，满脸难以置信。

不会吧？他们在一起了？

王煜悄悄瞥过去，灯影下那起伏的曲线像妖冶的小蛇，她长发披散，那张精雕细琢的脸美得不像人。如此尤物，放在这间破房子里，合适吗？

接着他又想，小叔哪里得罪了这个妖女，竟然被盯上了。

"要进来坐会儿吗？"邵臣抱胸靠在桌边，言语客气，但看神情，分明是在下逐客令。

王煜本就没准备好面对这令人震惊的场面，哪好意思再多留，招呼一声就立刻走了。

不速之客离开，明微显然颇为满意，伸了个懒腰，长长地打了个哈欠。

看完一部电影，邵臣开车送明微回家。

"先前王煜是不是邀你泡温泉？"明微问。

"怎么了，你想去吗？"

"嗯。"明微说，"夏天买的泳衣还没机会穿。"

邵臣想了想，显得有些迟疑："会有不少亲戚，都是陌生人，你不介意吗？"

"有你在就行了。"明微挑眉，"你不想看我穿泳衣吗？"

邵臣语塞。

她笑了笑，逗这个男人怎么这么好玩。

抵达紫山珺庭，明微问："要不要上去坐会儿？"

"不了，你早点儿休息。"

明微想说，其实她是夜猫子。

明微回到家，抱起黑糖深深地嗅了一口，亲亲它，笑着说："我谈恋爱了。"

一场注定没有结果的恋爱。

按照邵臣的作息，十一点前肯定睡了，明微想找他说话，但又不愿打扰他休息。

谁知许芳仪倒是来了通电话，让明微明天陪她去趟医院。

明微轻笑嘲讽："你去探望前夫，不怕小老公生气呀？"

"我有事问他，你表叔的侄子学的经济学，想考研，我帮忙找你爸问问。"

"电话里不能问吗？"

"当面问郑重一些。"许芳仪忽然说，"你那个后妈是不是不想让你去医院？"

明微摸着指甲边，懒懒地嗯了一声。

"你这么听话？"

明微笑了起来，许芳仪还是了解女儿的，几个字就勾起她蠢蠢欲动的坏心思，去给父亲和后妈添堵，她最爱干这种事了。

次日清晨，母女俩会合，一同去医院。许芳仪提着阿胶糕和燕窝当作礼品。

明微说："他现在只能吃流食，送这个有什么用？"

"可以给你后妈吃呀。"许芳仪说，"我真看不惯她的做派，明明你才是明崇晖亲生的，凭什么不让你去医院？"

明微乐了："人家是夫妻嘛，薛阿姨对我爸是真爱。"

许芳仪冷笑："那可不，薛美霞可爱你爸了，我们还没离婚的时候，我就看见她对着明崇晖梨花带雨，一副楚楚可怜的样子。"

明微猛地僵住了，震惊地转过头："什么意思？"

许芳仪撇了撇嘴，冷静下来："我不是说你爸犯了错，我们婚姻存续期间肯定没有什么原则性的问题，他这个人自视清高，不会做自毁清誉的事。"

明微依旧没能从惊愕里回过神，她一直以为薛美霞是后来才出现的："你们离婚前她就在爷爷奶奶家做保姆吗？"

"是呀，离婚前两个月吧。那时候我和你爸爸已经吵得不可开交，你爷爷奶奶一直不怎么喜欢我，还当着我的面说，薛美霞那样的女人才是好媳妇、好妈妈，说我不像话。"

明微说："爷爷奶奶……好像也不怎么喜欢我。"

许芳仪轻叹一声："人跟人之间气场不合，你就是朵天山雪莲，在对方眼里也只是路边的狗尾巴草，没用的。"

明微心想：我怎么可能是狗尾巴草。

母女俩聊着天到了医院，病房里不见薛美霞的身影，却是傅哲云陪在一旁。

许芳仪打量着傅哲云，然后笑着说："崇晖，我记得你以前从来不喜欢使唤学生的，现在怎么回事呀？"

傅哲云站起来，望向明微，冲她笑了笑。

"我来送材料，师母回去拿东西了。"

许芳仪听见"师母"的称谓，挑眉："你叫薛美霞'师母'，那叫我什么？"

傅哲云愣住了。

明崇晖说："哲云心实，你不要逗人家了。"

许芳仪回头问女儿："昨天你们一起吃饭了？"

明微回答："没有哇。"

"不是一起走的吗？"

明微奇怪她从哪儿听来的消息："我有事忙。"

许芳仪不解："你整天晃来晃去，有什么可忙的？"

……

明微感到莫名其妙，放下礼品盒，问明崇晖："爸，你吃不吃阿胶糕，还有燕窝？"

父亲摇头。

明微拆开礼盒，分给傅哲云一瓶燕窝，转头问许芳仪："妈，要吗？"

"我不要。"

明微坐在窗边的小沙发上，双腿交叠，优哉游哉地品尝燕窝。

许芳仪和傅哲云攀谈起来，询问他的家庭和工作情况。明微记得她分明是来探望前夫，帮表叔的侄子打听考研事宜的，怎么这会儿和一个初次见面的后生聊得这么投机？

　　无所谓，明微也并不在乎这些细枝末节，她很久没有和父母待在一起了，和父母待在一起的感觉，很久没有体会过了。虽然现在有个多余的人，但这感觉依然美妙。

　　"妈，你查户口呢？"明微上前抱住许芳仪的肩膀轻轻摇晃。

　　许芳仪也揽住了女儿的腰，笑着说："我见到青年才俊就忍不住多聊两句。小傅不靠家里，自己年纪轻轻就出来创业，很有胆识，比你老师有出息多了。"

　　明崇晖抬眸看了一眼，没理会，继续看书。

　　明微见父亲那样，忍不住失笑。

　　许芳仪拍了一下她的后腰："你还好意思笑？当初是谁信誓旦旦地撂狠话，说要考华清大学、首都大学，结果呢？"

　　明微吐了吐舌头。

　　明崇晖莞尔，也加入调侃："当时梗着脖子喊呢，考不上首都大学就把头拧下来。"

　　许芳仪忙说："还好，还好，这么漂亮的一颗头，拧掉多可惜。"

　　明微脸红语塞，抬手摸了摸鼻尖："什么呀……"

　　她心里很快乐，犹如回到童年，被父爱母爱包围，可以肆意地撒娇，感受毫无保留的宠爱。可她同时也很清楚，此刻的幸福仿若幻影，一碰即碎，即便笑得再天真烂漫，也只是自欺欺人的美梦罢了。

　　"现在几点？"许芳仪看了看手表，"快中午了，我们找个地方吃饭。小傅，一起吗？"

　　傅哲云望向明崇晖。

明崇晖点点头："去吧，你师母待会儿会过来的。"

与昨天同样的情形，明微和许芳仪在医院大楼外等，傅哲云去开车。

明微随口问："叫上他做什么，又不熟，多别扭哇。"

"就是不熟才要多接触呀。"

"什么意思？"

"傻女儿，你没看出他喜欢你吗？"

闻言，明微嗤笑："喜欢我的人多了。"

许芳仪语气淡淡地说："有他条件好吗？集团公子，家境就不提了，品性也是得到了你爸肯定的，昨晚我们聊了聊，一致觉得他和你很般配。"

明微拧起眉头："我不喜欢他，你们别插手我的私事。"

"没相处过怎么知道不喜欢？父母又不会害你。"

"可是我……"明微想说自己已经有男朋友了，话在嘴边却纠结犹豫起来，不知如何开口。

想想看，只要说出来就会遭到无止境的追问，他是谁，住哪里，做什么工作，家庭背景如何……随之而来的将会是多大的阻力，她可以预料得到。

于是明微沉默了。

许芳仪忽然压低声音："薛美霞也想要这个女婿，可你爸向着你，好的给你留着呢。"

明微觉得很意外："我爸？"

"对呀，说来说去，亲生的就是亲生的。要不我今天才懒得来见他。"

难得呀难得，明崇晖竟然偏爱了她一回。

“你老说你爸偏心嘉宝，关键时刻才看出来吧？”

明微眨了眨眼睛，这话倒是让她十分舒坦，忽然间反感的情绪也没那么强烈了。

傅哲云开车过来，母女二人上了车。

“想吃什么？”许芳仪问。

明微随口答：“鱼头火锅。”

许芳仪闻言蹙眉，转而询问傅哲云：“小傅能吃辣吗？”

“我可以，没问题。”

两人顺着话题又聊起来。明微低头掏出手机，发现邵臣刚才发来了一条信息：中午一起吃饭吗？

明微敲击手机屏幕，回复：中午我陪妈妈吃饭。

邵臣：好。

那头竟然秒回。

明微有点儿诧异，接着打字：下午我去找你。

这次对面等了一会儿，才回复：下午我有点儿事。

明微：什么事？

又等了会儿，对面发来消息：复查。

明微屏息沉默片刻：我陪你。

不用。他回。

明微：我有空。

邵臣：真的不用。

明微发了个噘嘴委屈的表情。

他回了个微笑的表情。

呃，明微愕然地看着屏幕，心想他应该很少使用表情包，加上鲜少接触社交网络，所以不知道这个笑脸有多阴阳怪气。

明微：邵臣，以后别发这个，吓人。

邵臣：……

明微想到邵臣此刻茫然不解的样子，抿嘴笑了。

这时，身旁的许芳仪忽然问："你在和谁发信息呢？"

明微回过神："朋友。"

"别玩手机了，跟小傅聊聊呀，同龄人，应该有很多话题的。"

"你们聊吧，我看你们话题更多。"

许芳仪啧了一声，轻拍她大腿。

到了餐厅，母女俩先去占位子，傅哲云找地方停车。

许芳仪忍不住埋怨："问你想吃什么，你还真不客气，就不能挑一家优雅的餐厅吗？给人留个好印象。"

明微有些无语："吃个饭而已，能不能简单点儿？"

"不都是为了你？傅哲云这么优秀，却一点儿也不骄躁，彬彬有礼，你什么态度？真是被惯坏了，仗着自己漂亮，为所欲为。你爸爸为什么喜欢嘉宝，你没反省过吗？"

明微瞬间被点炸，胸膛充满戾气，好似被捅了几百刀，伤口未愈，又被同一个人撕开了伤疤。她疼得龇牙咧嘴，对方却一脸失望地质问：你怎么变成这副难看的样子？

"傅哲云性格好、教养好，一定是因为他父母言传身教吧！"明微挑眉。

"你这话什么意思？！"

明微耸了耸肩："反正我品性差，丢的也是你们的脸，我很乐意这么干。"

许芳仪的眼神仿佛在看一个精神病人："行，我真是多余管你！"

说完她拂袖而去。

傅哲云停好车子，走进餐厅，看见明微一个人坐在桌前点菜："许阿姨呢？"

明微头也没抬："被我气走啦。"

傅哲云愣了一下："怎么了？"

明微没有直接回答，忽然想到什么，抬眼看着傅哲云："你觉得我爸妈怎么样？"

傅哲云被问得猝不及防。其实以今日所见，他觉得这家人感情是很好的，但眼下肯定发生了争执："我对许阿姨不太熟悉，不过明教授是我最尊敬的老师。我想他们作为父母，一定是希望你好的，只是长辈和年轻人之间的观念有一些差距，可能会造成沟通上的障碍。"

明微点点头："所以你认同父母都爱他们的孩子这个观点吗？"

傅哲云默然思忖："是的吧，毕竟血肉至亲，很多时候如果相互体谅一下，应该可以避免许多摩擦。"

明微笑了笑，不再言语。

傅哲云不确定明微的笑是哪种意思，心里忐忑起来。

明微安静地吃着鱼头。傅哲云满脸冒汗，眼眶都红了。

明微终于留意到傅哲云的异常，淡淡地询问："你吃不了辣呀？"

"没关系，为了陪你，我可以坚持。"

下一秒明微的注意力被拉走，也没管傅哲云被辣出了眼泪，自顾自地起身，绕过几张餐桌，来到斜对面靠窗的位置。这桌有三个客人，其中一个短发女人稍显面熟，像是在哪儿见过。

"嗨，明微，真巧，你也在这里吃饭？"

"你刚才在拍我吗？"明微直接问。

短发女人愣了一下："没有，我是在拍这家店，可能不小心让你入镜了吧。"

"麻烦删掉。"

女人撇了撇嘴，僵硬地笑了笑："哦，行啊。"

明微转身走了。

短发女人向朋友使眼色："跩什么呀。"

傅哲云见明微回来，问："那是你朋友？"

"不是。"

傅哲云忽然问："你下午有空吗？我们可以去看一场电影。"

"我约了朋友。"

"那明天……"

"明天也没空。"

傅哲云放下筷子，无奈地苦笑："我不知道该说什么了。"

明微冷静地看着他："你是想追我吗？"

他显然不太习惯异性如此直接，这种毫无羞涩的自信让他措手不及："嗯，应该说，我正在做这件事。"

明微点点头："那我也趁早跟你说清楚，我有男朋友，只是父母还不知道。"

傅哲云愣了一会儿："为什么不告诉他们？"

"因为这是我的私事。"

"可他们……是你父母哇。"

"是吧。"明微笑了笑，眼底却是冷的。她擦了擦嘴角，抬手召唤服务员，"我先买单，你慢慢吃。"

傅哲云："……"

明微付完账就走了。

邵臣的车子缓缓停在红绿灯前，手机振动，他点开消息，是王煜发来的一张图片。

"群里看到的，我同学遇见明微在和一个男的约会。"

邵臣扫了一眼，退出微信，没有回复。

"中午我陪妈妈吃饭。"

失神的当口儿，急躁的喇叭声不断催促，绿灯亮起，他不知道自己发愣的时候在想什么。

邵臣从医院复查完回去，已近黄昏。

老城区的一切都是旧的，日复一日的俗世生活，放学的孩子、下班的大人、热闹嘈杂的菜市场……琐碎，杂乱，但充满生命力。

邵臣走进巷子，经过那棵茂盛的苦楝，看见树下空荡荡的秋千，正如他此时空旷的心房。

他上到三楼，走到家门口，没想到明微竟坐在楼梯边。她疲倦地靠着墙壁，满脸困顿。

明微应该已经在这儿坐了很久，所以才会不介意把头抵在灰扑扑的墙面上。她身边放着一些零食，可乐、蛋糕，还有堆在纸盒里的瓜子壳。

邵臣开门，将昏昏欲睡的她抱起来，抱进卧室放到床上。

"你怎么才回来呀？"明微困得睁不开眼，声音哑哑的，带着几分嗲，说完就没了力气，很快沉入梦乡。

邵臣轻手轻脚地帮她脱掉鞋子，又出去把楼梯收拾干净。

半小时后，他做好晚饭，尝试着喊明微起来，但没叫醒。

她好像一只羔羊。

夜幕降临，城市的疲倦淹没在黑暗中，喧嚣暂停。

明微从昏睡中苏醒。她来到小小的客厅，迷迷糊糊地双膝跪上沙发，手臂抱住邵臣的脖子，整个人靠到他身上。她刚睡醒，异常黏人。

邵臣将明微抱个满怀。

她今天似乎兴致不高，眉心浅浅蹙着，纹路极淡，像两只小蝌蚪。

"中午和我妈吵架，烦躁。"

邵臣用手指轻抚她眉间的愁绪，低声说："没事。"

明微哑着嗓子："我真的是一个不称职的女儿吗？"

邵臣说："这个世界上不称职的父母更多。"

"你不认为做父母的天生爱孩子？"她对这个问题很执着。

邵臣说："如果真有那么多爱，又怎么会有那么多不快乐的人？"

"或者他们只是表达的方式不对？"

邵臣平静地反问："感受不到的爱，真的有价值吗？"

明微愣怔，接着莞尔一笑，心中阴霾扫净。她身边很多人说教，大道理一套一套的，无比正确，但从来没有站在她的立场感同身受的人。

不过现在有了。

明微的情绪得到安抚，转而不正经起来："没错，所以快让我感受一下。"

她将他拉近。

邵臣瞳孔晃动，低头压住她柔软的嘴唇。

明微像只快乐的小鸟，肩膀舒展，如吃到糖一样欢喜。

"我饿了。"她双眸迷离。

"想吃什么？我给你做。"

"随便，不挑食。"

"好。"

邵臣去做了碗辣椒炒肉青稞面，实在太入味，明微食欲大好，一点儿没剩，是大厨最喜欢的那种食客。

"吃蒙了，肚子好饱。"

邵臣托着额头看她，眉眼带笑："要喝汤吗？"

明微摆手："喝不动了。"

邵臣觉得她憨态可掬，倾身靠近，亲了亲她的脸颊。

"你喜欢我什么呢？"她突然问。

"能吃，好养活。"

明微呸了一声。

其实也不算调侃，他见她吃东西那么香，心里很高兴。

"明天几点出发？"

"九点。你起得来吗？"

"你叫我呀。"明微眨了眨眼，伸了个懒腰，"你是不是要睡了？那我回去收拾东西。"

"我送你。"

"不用，我自己打车，你快休息吧。"

邵臣送明微下楼。

明微沉默着，忽然用极随意的语气问："今天复查结果怎么样？"

邵臣面无波澜："挺好的。"

她自然不懂"挺好的"的具体意思，但也没有继续追问。他们之间蒙着一层薄如蝉翼的纱，遮盖底下残酷的真实面貌，轻易不能掀开，快活一日是一日。

次日，明微果然赖床起不来。她作息颠倒，晚上几乎没怎么睡，天亮的时候倒是困了，结果刚睡两个小时，邵臣的电话就打了过来。

她昏头昏脑，拎着一个小小的旅行包出门，坐上他的副驾驶座，哈欠连天。

邵臣揉了揉她的脑袋："去后面睡吧。"

"不要。"

"后面宽敞些。"

"可是这里离你近呀。"

他愣了愣，摇头莞尔："你真的很会说情话。"

明微最喜欢听人夸她了，霎时神清气爽，狡黠地挑了挑眉："这算什么，更肉麻的你还没听过呢。"

邵臣张了张嘴，不知她是在开玩笑还是讲真的，登时又被噎住。

明微心满意足地补觉。她做了个梦，很不好的梦。

偌大的街道中央，路人们将她团团围住，而她赤身裸体蜷缩在地上，被吐口水、扔石头、丢烂菜叶。人群后面有一张模糊的脸，神情似有哀戚。她想喊他救救自己，可他却缓缓转过身离开。周遭的男男女女扑上来，拉拽她的头发，撕咬她的皮肤，啃得她血肉模糊，最终弃她而去。

明微醒来后心悸万分，胸口闷得厉害，指尖抑制不住地发颤。

"怎么了？"邵臣见明微脸色不好，眉头又拧成了"小蝌蚪"。

明微摇头不语。

邵臣沉默了一会儿，把车子停在一处斜坡，认真打量她："不舒服吗？"

她闭上眼，歪着身子靠过去，额头抵住他的肩膀："做了个噩梦。"

"什么样的？"

她不想说。

邵臣轻轻抚摸她的鬓发，哑声说："没事，已经醒了，梦不会成真。"

"不会吗？"明微嗓子干涩，"这种梦我从小到大做过很多次，也许我心里一直藏着某种惊恐和忧虑，害怕有一天会被拉到太阳底下扒光，被所有人唾弃。"

怎么会这样？

邵臣眉头紧锁，伸手将明微搂住："别胡思乱想……"

"不是乱想。"明微哽咽，"我中学的时候收到过恐吓信，匿名的，信里说让我等着，早晚有一天要把我扒光丢到操场上。"

邵臣心下窒息，目色变得冷冽："谁这么恶毒？吓唬你做什么？"

明微摇头："还不是这张脸。我同学说，长得漂亮，要是乖巧温顺，还能被当成乖女孩儿、好女孩儿，但要是不温顺，就会被很多人讨厌。"

一种没有缘由的恶，萦绕在周围伺机而动。

邵臣问："告诉老师和父母了吗？"

"嗯，没有查出是谁写的，不了了之了。"明微抽搭着说，"我爸总让我低调，不要引人注目，可能也有这个原因吧……可是凭什么呢？我偏不低头，不让那些人如意，有本事来弄死我。"

邵臣心如刀绞，不能细想她在成长过程中经历了多少腥风血雨，才造就了今天充满自厌倾向的她。

"都过去了，你现在很安全。"邵臣抚摸她战栗的背脊，"你不会有事的，我保证。"

明微憋了那么久的情绪终于发泄出来，抽噎半晌才缓过劲儿，脑子都哭蒙了，嗡嗡作响。

邵臣拨开她黏着睫毛的发丝，又拿纸巾帮她擦干泪痕。

"以后遇到这种事一定要告诉我，别自己憋着。"

"嗯。"

"哭完舒服点儿了吗？"

"嗯。"她嗓子干哑，"有点儿口渴。"

邵臣从储物格里拿出一瓶矿泉水，拧开递给她。

明微眼眶通红，像只刚刚出生的羔羊，茫然地喝着水。

邵臣收起沉郁的思绪，继续开车上路。

到了森林度假村，两人下车，明微戴上渔夫帽，站在原地没有动。

邵臣背着一个双肩包，提上她的行李："走吧。"

"等会儿。"

他不解。

"让我抱一下。"明微喃喃着靠近，脑袋轻轻地抵在他锁骨的位置。

邵臣一只手将她环住，没有说话。

拥抱似疗愈良药，立竿见影。

他们拉着手往民宿的方向走去。邵臣低头看了看明微，帽檐压低，遮住了她的眉眼，只露出白皙的下半张脸，翘鼻，红唇，鹅蛋似的轮廓。其实她的额头也很美，优越的发际线如水墨工匠一笔一笔勾勒出来的，饱满光洁。

"瞧什么呢？"明微对邵臣的视线很敏感。

"想夸你好看，可是词穷。"邵臣略笑了笑，"而且废话。"

明微对这类夸赞早已免疫，但从邵臣口中说出，倒另有一番滋味。

"我妈说外貌只是最肤浅的优势，她当初也是看上我爸英俊，可相处十几年，早就看腻了，最后一样变成怨侣。"

邵臣并未接话，心里忽然羡慕她的父母，有十几年的时间可以相处，即便成为怨侣。

明微抿起嘴角轻笑："其实我怀疑自己上辈子是作恶多端的妖怪，所以这辈子投胎遇到这么多倒霉事。"她仰头眨了眨眼，"不过还好认识你，不算太亏。"

邵臣心口堵得有些疼。他多希望这个女孩儿一辈子安稳快乐，别再经历波折，她值得一切光明灿烂，不是吗？

两人慢慢来到民宿大堂，王丰年带着一大家子正在办理入住。

明微没有打算融入这些陌生人，自顾自地找了张沙发落座。

邵臣上前与长辈们打招呼。

王煜没想到邵臣真的会领着明微来，可见小叔也不能免俗，照样栽在这个蛇蝎女人的手上。不过那句话怎么说来着，牡丹花下死，做鬼也风流。

办完入住，工作人员分别带客人去独栋的庭院。

邵臣牵着明微的手，说："休息一会儿，十一点半到餐厅吃饭。"

明微却笑着说："我发现你真的很讨长辈喜欢，刚才那几位叔叔阿姨见着你多高兴啊。"

邵臣闻言，用意味深长的目光望向她："我还以为你一直在看手机。"

明微一愣，脸颊稍稍有些泛红。

邵臣见她如此，不禁低眉莞尔。

"不许嘲笑我。"

"好的。"邵臣应着，眉眼间晕染的笑意更重了。

明微深吸一口气，咬唇瞪他。

两人进了院落，粉墙黑瓦的中式小院，这栋只住他们两个。明微参观完房间，一边从包里拿出泳衣，一边说："这里有私汤吗？我不想和别人一起泡。"

过了一会儿才听见邵臣回："有，预订了。"

明微眉眼弯弯，低头整理着零散的物品，娇嗔低喃："安的什么心呀。"

许久不闻声响，屋子里静得出奇，她感觉有点儿怪，回头望去，只见邵臣坐在一张漆黑的小沙发上，黯然地看着她。他背后是大片玻璃窗，窗外郁郁葱葱，山木苍翠。

邵臣的目光很深很深，像永夜和深渊。

没来由地，明微低头躲避，心里一阵慌乱。片刻后，她又迎上去，好似要沉溺一般。她走近，用手掌捧着他的脸："别这么看我。"

邵臣不语，闭上眼，略歪下头，脸颊缓缓磨蹭明微温热的掌心。

明微心跳紊乱，弯腰亲他的额头、眼尾、唇角，最后是鼻梁上的那颗小黑痣。

邵臣仰起头，用力将她吻住。

明微穿着薄薄的针织衫，香芋紫色，是初秋温柔的模样。她觉得衣裳贴着皮肤，快要被邵臣给揉碎了。她的脚发软，双手攥拳捏着袖子一角，放在他肩头，几乎站立不稳。

"去房间……"明微这样说。

邵臣将她抱起，走进卧房，两人亲吻着滚入柔软的大床。

明微脸颊泛红，但神色更多的是骄矜，眉梢微挑，手指绕着枕边的长发，睨着他，问："我好看吗？"

"嗯。"

她笑，雪白的胳膊缠上去："知道你的名字有什么含义？"

他说："知道。"

闻言明微倒很意外，眨了眨水汽氤氲的眼睛。

邵臣双眸锁着她，哑声低喃："臣服。"

明微双颊又红了几分，心跳急促："可我想的是，裙下之臣。"

他一边听她说话，一边解开自己的长裤，俯身下去，贴在她耳侧："我是呀。"

明微脚趾蜷缩起来，皮肤烫得厉害。

"那你还等什么？"她听见自己嘤咛般的声音。

邵臣撑在上面，额角青筋凸起，手臂肌肉紧紧绷着，神情分明已经迷离，但仍在压抑克制，似乎心中尚有拉扯："我怕你会后悔。"

明微脑海里忽然浮现那天在山上听见的唱经。

欲海暗昧，不肯悔改。

恍然间仿佛三清铃作响，心下一阵混沌，一阵澄澈。

明微抛开所有杂念，轻轻冷笑："我这辈子就不知道后悔这两个字怎么写。"

修长的双腿分开，夹住他精瘦的腰，脚腕交叠相抵，像调皮的鱼尾。

邵臣眉头深蹙，无法再压制欲念，想和她融为一体，埋进床铺，忘掉外面的世界，忘掉是非对错、应不应该，只是和她在一起，专心致志地、毫无保留地在一起。

明微很快乐。

Chapter 07
恶女

民宿的餐厅是三角尖顶，四周有大扇落地窗，可以直接观赏到屋外的森林，环境十分清幽。

王丰年一边安排家人的位子，一边给邵臣打电话，喊他吃饭。

邵臣却没有接，几分钟后才回电话。他的声音似乎和往常有些不同，但说不上来，也听不出明确的异常，只是随口应下。

挂了电话，王丰年的老婆问："小臣带的那个女孩子是他的女朋友吗？以前怎么没有听他提过？"

"应该是吧。"

"也不介绍一下，怪怪的，会不会不是女友哇？"

王丰年喷了一声："你管人家呢。"

他的母亲也开口议论："那姑娘看上去就不是能过日子的。唉，我先前想给小臣介绍一个医生，斯文又顾家，他连吃饭见一面都不愿意。以前我还当这个孩子是个靠谱稳重的，没想到还是和普通男人一样，找女人只看外在。"

王丰年没接话，转头张望："王煜去哪儿了？吃饭还到处乱跑。"

"他有几个朋友也在这边度假，找朋友去了吧。这个年纪的男孩儿哪会乖乖待在家人身边。"

黑绸缎一样的头发缠绕在邵臣的手臂上。

明微闭着眼睛，呼吸平稳。她没有睡，只是闭着眼睛，慢慢缓神。邵臣的气息轻轻地洒在她眉心，有点儿痒痒的。

邵臣温柔地看着明微，手指缓慢移动，落至她的耳垂后，想起她总戴着一副绿蛇耳钉，妖气森森。可真正接触以后，他才发现她的另一面，像个初初踏入人间，不通世俗、厌恶世俗、天真而任性的小可怜。

他必须承认，最早的动心是从这反差开始的。

邵臣自小就是个老成的人，理性克制，从来没有因什么人或事失去自控力，即便两年前查出肺癌晚期时也没有。可刚才，明微在他身下战栗，脆弱又妩媚，他当时想，就算为她千刀万剐也是甘愿的。

这算不算男人的劣根性呢？邵臣嘲笑自己也不过是个凡夫俗子。

他认了。他情愿为她在俗尘的泥潭里打滚，即使变成人们口中被美色俘虏的蠢物。

邵臣这么想着，轻轻含住她柔软的耳垂。

明微倒吸一口气，身子发颤："别这样……"她哀求，"我现在一点就着，别惹我。"

于是邵臣松开，又亲了亲她的侧颈："饿不饿？起来吃午饭吧。"

"好呀。"她提要求，"但是我要你给我穿衣服。"

邵臣撑起双臂翻身坐起，三两下穿戴整齐，接着双膝跪在床上，慢慢捡起明微的衣服。

他很温柔，明微呆望着，茫然到有些失神。

邵臣抬眸看着她泛红的脸颊，羞涩缠绵，像飘落在春水中的桃花，那双丹凤眼似双飞燕，裹着潮湿的微雨，不知飞向何处。

他总是容易失陷于明微的眼睛里，那里仿佛有另一个空间，与现实隔绝，时间也消失了，他们一起度过了千年万年。

"你在想什么？"明微好奇。

邵臣说："想你。"

明微微微愣怔，眨眼低喃："可我就在这儿呀。"

他垂下眸子，嗯了一声，却说："还是想你。"

明微有好几秒钟仿佛失去了心跳，找不到自己的呼吸。

要命了……到底谁更会讲情话？

"都说了，别招惹我……"

邵臣不再言语，只是认真地给明微穿衣服。

明微看邵臣垂着眼帘专注的模样，忽然心头涌入一种伤感。

"怎么办，我会越来越黏人的。"她咬唇犯难，"会不会太没出息？"

邵臣觉得她在说傻话："不会，你怎么样都很好。"

明微笑了笑，惆怅并未消散，但她抬起下巴挑眉："当然，反正你现在反悔也晚了。"

邵臣帮她扣好衬衣扣子，又把针织衫套上，问："为什么你总觉得我会反悔？"

"因为在我们这段关系中，一直都是我在强迫你。"

邵臣的动作霎时僵住，猛地抬眸，神色里是掩盖不住的震惊。

明微扯了扯嘴角，掩饰尴尬的表情。

邵臣的心脏仿佛被扎了一刀。他当即伸手，将她用力抱在怀中："你……你怎么会这样想？"

"难道不是吗？"她喃喃地说，"强迫你跟我在一起，引诱你喜欢我，任性地要求你回应我所有的情感需求，你是不是觉得很累，很痛苦？"

邵臣收紧臂膀："没有，我心甘情愿的……你又不是什么恶势力，这种事情怎么会是你强迫的？"

明微哑声问："不是因为可怜我吗？"

邵臣闭上眼睛，质问自己都干了些什么，竟然让她产生这种认知。他心口一阵一阵地疼。

"不是。"他哑声低语，"别瞎想了，傻姑娘。"

他们十指紧扣来到餐厅。经过窗边的一张桌子时，明微看见了几张眼熟的面孔，尤其是那对戴着订婚戒指的情侣。女方推了推鼻梁上的金丝边眼镜，与明微目光交错，脸色冷淡。

邵臣似乎也留意到了这桌人，但视若无睹，没有流露任何情绪。

明微记得上次和徐遥见面是在车里，她神情严肃地告诉明微，自己与相恋多年的男友已经到了谈婚论嫁的地步，但对方先前有过出轨的劣迹，她发现的就有两次，但因为舍不下多年感情而选择原谅。对方也发誓保证会做一个好丈夫，痛改前非，她也是愿意相信的。可即将步入婚姻殿堂，以前那些疙瘩堵在心里不能纾解，于是她找到明微，想让她去试探男朋友的决心。

"我们很小就在一起了，双方父母、亲人都相处得很融洽，除了没有那张结婚证，其实和夫妻没什么两样。他很依赖我，生活上几乎离不开我。如果我出差两天，他会不停地给我打电话，连自己的袜子在哪儿都找不到。"

当时明微就想，这么没用的男人要来干吗呢？看到林皓淳的照片后，她稍微能理解几分，确实很帅气。

徐遥曾经笑着问她："你们这种外表出众的人是不是特别容易相互吸引？"

当时明微托腮思忖，心想大概是吧，她的两个前任都是大帅哥，被皮相吸引，欣赏对方犹如临水自照，其实喜欢的是另一个自己。

两天后，明微在酒吧"偶遇"林皓淳，同时遇见邵臣。

要说以那晚林皓淳的表现，绝不可能只有两次背叛，明微断定他是个惯犯，这样的人也绝不可能因为婚姻而变得忠诚。

不过现在看来，徐遥又一次选择了原谅。

明微只扫了一眼，当作不认识。

明微随邵臣落座，发现王煜正若有所思地打量自己，眼中似有讥讽。明微觉得厌烦，直接瞪回去，面无表情地盯着他，一动不动，目光冷冽。

王煜被吓了一跳，顶不住明微的眼神，不敢继续和她对视，匆忙避开。

邵臣翻看菜单："想吃什么？"

明微收回压迫十足的目光，平静地回答："橙汁。"

这次出游，王丰年带了他们夫妻双方的父母、兄弟姐妹和各自的孩子，乌泱泱坐满了长桌。恰好那张桌子没有空位，明微不用加入，和邵臣坐在旁边单独的位子上。

那些亲戚时不时打量明微二人，神色各异，明微只当他们是透明的。

等菜的间隙，明微的手往下，放置在邵臣的大腿上。

邵臣转头看她："别闹。"

明微笑得越发调皮，凑近他，小声地说："如果我现在亲你一口，他们会不会被吓死？"

邵臣抬眸扫向大长桌，接着又对上明微狡黠的表情，竟然出乎意料地说："好，你试试。"

明微被噎住了，使坏的念头被反将一军，邵臣似乎吃定她只是嘴上厉害。

原来他也会挑衅呀？

新的认知让明微雀跃，她将下巴搁在邵臣的肩头，小脸仰着，嗓音也嗲了几分："臭坏蛋。"

另一边，徐遥发现林皓淳时不时地瞟一眼明微，一副心不在焉的样子，眼神里带着玩味。她一颗心沉到水底，再也掀不起波澜。

午饭过后，明微和邵臣慢慢散步回房间。

"待会儿我穿泳衣出门，你介意吗？"

邵臣觉得她又在说傻话："我有那么封建吗？"

明微换了副面孔，拖长调子哦了一声，似笑非笑地说："那你就是想带我出去显摆，让别人羡慕。"

邵臣被逗笑了："知道你一向自恋，但没想到已经病入膏肓。"

明微挑了挑眉，不以为然地说："有没有夸张，咱们拭目以待，一会儿要有男人盯着我看，你可别吃醋。"

邵臣看着她桀骜又做作的小模样，只觉得娇憨可爱。他知道她爱开玩笑，并未把话当真。

回到院子，明微进浴室换衣服。

邵臣接到王丰年的电话："小臣哪，过来打麻将不？几个孩子都去玩滑索了，我们陪老人打牌，你来吗？"

"我这边有安排了。"

"那晚上呢？"王丰年提起晚上的露营烧烤，"总得聚一聚嘛，带上你女朋友，和大家认识一下。"

邵臣迟疑了，没有立刻答应，只说到时候再看。

邵臣刚挂了电话，明微就从浴室出来了。他收起手机正欲起身，抬眸看见她，一怔，脑海中霎时浮现四个字——绿野仙踪。

明微没有穿鞋，踮起脚尖转了一圈，好像一只刚刚修炼成人的小妖，随性地倒向床铺，歪着脑袋瞧他，问："怎么样？"

邵臣无言，从沙发上起身走到床边，居高临下地看着她。

明微的心脏又开始乱跳了。

"我收回先前的话还来得及吗？"他说。

明微一听，笑了，摇了摇头："来不及了。"

邵臣倾身压下，捏着她的下巴慢条斯理地吻了一会儿："不许穿给别人看。"

明微心满意足地舔了舔嘴唇，耳朵滚烫。

外面有些凉，他们套上浴袍出门。

私汤泡池设在一处悬崖边上，四周绿树成荫，翠竹环绕，石阶缝隙中长满潮湿的苔藓，不知名的鸟儿在森林里发出悠扬的鸣叫，清润的空气沁人心脾。

明微背靠石壁仰起头，细碎的阳光好似从万年前而来，洒在她身上，显得她白得发光。

邵臣心里有种奇怪的错觉，仿佛她会融化消失。

"明微……"他开口，其实也不知道喊她做什么，"别睡着了。"

明微奇怪地转头看过来，挑了挑眉，笑着说："难道我是猪吗？吃了睡，睡了吃。"

邵臣没有接话，抬手轻轻擦掉她额头上的水珠。

明微默然地靠到他怀里。

"为什么总觉得你好亲近，好像上辈子就认识，你是亲手埋葬我的人。"

邵臣心口疼痛，压抑着情绪，喉结滚动："那我一定是个坏人。"

"不对。"明微说，"你一定是我丈夫。"

邵臣闭上眼，双臂将她收紧。

明微笑着说："不信的话，可以做一个试验。"

"什么？"

"我能猜到你在想什么。"明微仰头朝邵臣挤眉弄眼，"你现在心里默念一个词语，或者两个字，让我来猜。"

邵臣淡淡地笑了一下，配合她，思忖数秒："嗯，好了。"

明微煞有介事地深吸一口气，闭目沉思，一只手还放在邵臣的心口。

"嗯，你想的是……亲我。"她说着睁开亮晶晶的眸子，促狭又迷人，"对吗？要是猜错，那我就不亲了。"

邵臣屏息数秒，忽然一把扣住她的后颈，猛地吻下去。

池水荡漾，人似浮萍。

明微不习惯邵臣如此强势，却又免不了得意与欢喜。能激出他沉稳之下不为人知的另一面，她别提多有成就感了。

"猜对了。"邵臣喘息着松开，轻轻地拍了拍她的脸颊。

明微只觉得他随性的样子性感得要死。

邵臣满足了明微很多很多幻想，身体上的，情感上的，低级的，高级的，二人严丝合缝地契合，他是唯一的，无可替代。

"我们回去吧。"明微嗓子有点儿哑。

"不再多泡一会儿吗？"邵臣记得明微出来时有多兴奋，还说让他帮忙拍照，可现在连手机都没碰过。

明微不语，只用湿漉漉的眼睛看着他。

邵臣明白了："走吧。"

明微轻轻跃出汤池，像出没于森林中的精灵，美不胜收。

"三哥说晚上露营，你想去吗？"

"我就不去了。"明微穿上浴袍，松松地系上带子，放下长发，"你可以去，但出门前要让我下不来床。"

邵臣捂住了她的嘴。现在他终于相信，之前她声称一直在克制自己的话是真的。

明微乐不可支，拉开他的手，语气近乎调戏："怎么了？我也没说什么呀，这就受不了了？"

邵臣不接话。

明微坏心一起，故意戏弄他，笑眯眯地说："忍得很辛苦吧？是不是想把我'就地正法'？"

"没有。"

她煞有介事地点头："当然，我们是文明人嘛，这里虽然僻静，还有那么多大树遮挡，但毕竟是露天野外，随时可能遇到其他游客，被撞见就不好了。"

邵臣走在前面不予理会。

于是明微越发来劲，抱住他的胳膊，有意无意地揶揄："干吗躲着我？"

"好好走路。"

"不敢看我呀？"她嗤笑，"怎么办？好害怕呀，有人会不会忽然变成野兽把我吃掉……"

邵臣再次捂住她的嘴，这回用了点儿力，不容她轻易挣脱。

明微已然乐不可支，笑得东倒西歪。

"等等，等等……"她喘着气抱住他的胳膊，"我的手机好像落在池边了。"

说着她摸了摸浴袍口袋，果然没有找到手机。

邵臣松开手："我去帮你拿。"

"一起？"

"不，不用。"他语气郑重，"你先回去，别跟着我，也别在这里等，我不想和你一起走。"

明微忍俊不禁，知道不能再逗他了，连连点头："好，好，你去吧，尽量快点儿，我在房间等你。"

两人往反方向走，树林里大树参天，遍布苔痕，拖鞋踩着干燥的落叶发出细碎的声响。

明微想着邵臣刚才的样子，抿嘴偷笑。

这时，一个人影从蜿蜒的小路走过来，若隐若现，走近了明微才发现竟是林皓淳。

明微收敛笑意，面色变得冷淡，加快步伐，目不斜视，当他是透明的。

林皓淳饶有兴致地拦住明微的去路。

"好巧。"

明微心里骂着脏话，连敷衍的耐心都没有："让开。"

"别这么紧张。"林皓淳笑着打量她，"那天你失约是为什么？临时有事？"

明微不语。

"或者故意耍我？"

"我不知道你在说什么。"

林皓淳挑眉："听说你现在和王煜的小叔在一起？"

"关你屁事！"明微要走，被林皓淳拉住了胳膊。

"别装了，都是狂蜂浪蝶，装什么纯情？今晚来我房里，怎么样？"

明微觉得不可思议："你不是带着女朋友吗？"

"她有事得提前回去。"林皓淳说，"七点以后你随时过来找我，我在'烟波里'。"

明微厌恶林皓淳，也厌恶从前的自己。她用力甩开那只手，像甩掉什么脏东西似的："谁要找你？有病！"

林皓淳一愣，被明微明显的鄙夷之态给刺激到了，霎时怒火中烧，上前两步将她抓住。

明微一巴掌扇过去。啪的一声，林皓淳晃了两下，不可置信地看着她。

这时，几个人影从拐角出现，也不知看到了多少，慢慢地在他们面前停下脚步。

王煜和另外两个男的面面相觑。

徐遥面色苍白地从他们身后走出来，语气冷静地说："皓淳，你在做什么？"

"她……"林皓淳脑子一热，当即指控明微，"她纠缠我，被拒绝以后恼羞成怒，竟然还对我动手！"

明微看着林皓淳那副慌张狡辩的样子，简直想笑。

徐遥望向明微，目光从上往下慢慢移动，高高的颅顶、凌乱的长发、因发怒而涨红的脸蛋儿，以及大敞着的浴袍领口，料想刚才的动作幅度应该不小。

王煜忽然开口："不会吧。明微，我小叔呢？"

明微置若罔闻。

林皓淳立刻接话："你有男朋友还勾搭别人，知道羞耻吗？我有未婚妻的，而且感情很好，你找错人了。"

旁边两个男的也低声议论："不会吧，长这么漂亮，私下这么不自爱吗？"

王煜摇了摇头："明微，你真是本性难改。"

林皓淳走上前："遥遥，我们走吧，别跟她废话。"

徐遥没动，眼里满是寒霜："不，我想听听她怎么说。"

众人顿住了。

明微抓紧衣领，迎上徐遥的目光。早已习惯了被揣测，她一向不屑解释，尤其面对一群烂人，更是没必要自证，但此刻徐遥的目光使她动摇。她犹豫片刻，镇定自若地开口："是他拦着不让我走，还说你今晚有事离开，让我七点后到'烟波里'找他。"

"你少胡说！"林皓淳气急败坏，"遥遥，你信她还是信我？"

徐遥转过头，用死灰般的眼神看着林皓淳："你被人纠缠，所以把房间号告诉对方，这合理吗？"

"她自己打听的！跟我没关系！"

"我七点之前走，只有你知道。"

林皓淳忽然无比烦躁："谁晓得她从哪里得到的消息……遥遥，这个女人就是个惯犯！上个月她在酒吧勾引我，大家都看见了的，不信你问王煜和刘集！"

王煜在旁边欲言又止："要不算了……"

这时徐遥却问："她邀你去酒店，是吗？"

"没错，而且明知道我快结婚了还贴上来……"

"所以你去了吗？宾馆。"

林皓淳张了张嘴，咬牙坚定地说："没有。"

徐遥猝然失笑："你去了。"

"我没有！"

"天鹅酒店。我亲眼看见你从里面出来的。"

林皓淳一时不明白自己听到了什么，茫然地张着嘴。

徐遥脸上看不出任何波澜，情绪稳定得像块石头。她知道自己为什么会这样，因为这场景早已在她脑海中重复过很多次，也许她心底深处根本没法儿原谅林皓淳的背叛，只是在等一个机会摊牌。

"明小姐在酒吧接近你，是受我的雇用。"徐遥慢慢开口，"那晚发生的事情我都清楚，没去宾馆的是她，你很失望，对吧？所以今天想补回来。"

"你……"林皓淳来回扫视她们二人，满脸不可置信地说，"你算计我呀，徐遥？"

"你觉得是就是吧。"徐遥惊人地平静，"不算计的话，我的后半辈子可能就毁了。其实那天我去宾馆是准备找你对峙的，但是眼看着你从里面走出来，走了半条街，排很久的队，给我买最喜欢的黄油膏蟹……你知道当时我有多痛苦吗？怎么会有人出轨之后还惦记着给未婚妻带夜宵？"

"遥遥……"

"明知道你是个渣滓，可我还总是被这些小动作迷惑，一次次地催眠自己，你终究是爱我的……那天也一样，我跟自己说，并没有实际的背叛行为发生，你喝了酒，根本不知道自己在做什么。我甚至检讨自己，不该去考验人性，没有几个人能经得起这种试探……我真的好蠢。"

"不！"林皓淳抓住徐遥的手，眼眶发红，"遥遥，你别胡思乱想，本来就无事发生，我没犯原则性的错误……"

"那是因为明小姐拒绝了你，要是换个人，那晚你早就乐不思蜀了吧？"

"不是的……"

明微听得头昏脑涨，不想掺和这些纠葛，转头发现邵臣从汤池那边走来，她忙跑过去，一头扑进他的怀中。

"怎么了？"

明微摇头，一声不吭。

邵臣望向那几个神色严峻的男女，缓步上前。王煜心虚地喊了一声"小叔"，他没搭理。

徐遥的话像鞭子一样劈头盖脸地甩过来，将林皓淳抽得认知崩塌，他已然语无伦次："你就为了一个陌生女人跟我吵？你凭什么用没发生的事情给我定罪……"

"昨天晚上，我就洗个澡的工夫，你都能和别人调情。今早她给我发聊天截图，还问我是不是很无趣，不符合你的喜好……"

林皓淳脸色惨白："疯了吧，我根本没把她放在眼里，她居然敢给你发信息？敷衍几句而已，我又没跟她做过什么！"

徐遥面若寒冰："如果你觉得做到最后一步才算出轨，那么你先前已经犯过两次了，至少两次！"

"你不要翻旧账，以前的事情你说过已经原谅我，我也保证过会改的！"

"你不会。"徐遥一字一顿地说，"低劣的基因决定了你的滥情和龌龊，婚前背叛成性的人怎么可能会被婚姻改造？我真的太蠢了，竟然还想为了孩子给你一次机会。"

"什么孩子？你怀孕了？"

"对，但我已经决定打掉了。"

林皓淳双腿虚软，跪下来抱着徐遥的腰："你怎么能这样对我……"

徐遥眼神冰冷地俯视林皓淳："手拿开，我嫌脏。"

林皓淳不动，徐遥便一把将他推开："以后再也不用忍受你这个巨婴和你那帮垃圾朋友，你们抱在一起烂死吧。"

徐遥转过身，看向明微，点了点头，然后大步离开。

林皓淳跪坐在原地失魂落魄。王煜和另外两个男的搀他起来，正要离开，却听见一个低沉的声音响起。

"站住。"

他们抬起头。

邵臣面色清冷，先问明微："他刚才骚扰你了吗？"

明微不语，只是嫌恶地别过脸。

邵臣了然，把手机交给明微，柔声说："你先回去，我一会儿就来。"

明微迟疑片刻，没作声，听邵臣的话独自离开。回到房间，她立刻换衣服，然后收拾行李。

收拾完没多久，邵臣进了院子，见明微坐在树下的躺椅里，旅行包搁在桌上。他一个字也没问，上前摸了摸她的脑袋。

"等我换衣服。"

明微看见邵臣右手骨节通红，心脏猛地跳了两下，低声应道："嗯。"

邵臣给王丰年发信息交代了两句，便带明微提前退房走了。

王丰年一家子不明所以，把王煜喊回来询问："是不是你又得罪了他，所以他才突然走的？"

王煜喊冤："不关我的事呀，他刚才把我朋友打了，可能没心思再度假了吧。"

"邵臣跟人打架？怎么可能？无缘无故的，干吗突然动手？"

王煜也不敢一五一十交代，只支支吾吾说了个大概。

王煜的母亲仿佛早有预料般地点头："为了那个漂亮姑娘打人，对吧？我就纳闷儿呢，邵臣平时多稳重啊，从来不和谁起争执，现在居然因为一个女孩儿变得那么暴躁。所以说长得漂亮有什么用，只会惹事，害人害己。"

王煜见王丰年脸上满是困惑和担忧，忍不住偷偷追问："爸，小叔为什么一直不结婚？先前我妈和奶奶都想给他介绍对象，你为什么总是阻拦反对？"

王丰年叹气："他不喜欢麻烦，让我推掉……再说他也不想耽误别人。"

"什么叫耽误？谈恋爱结婚不是很正常的事吗？"

王丰年心下焦躁，走来走去，回头见儿子紧跟不舍，纠结再三，终于松口，把邵臣患病的事情告诉了他。

王煜听完大惊："肺癌晚期……那他……你怎么不早说？！"

"邵臣自尊心很强，不希望被当成病人看待，他想平平静静地过正常生活……你说那个女孩子是你高中同学？她为人怎么样？"

王煜内心一片混乱："反正经常有男的为她发疯。"

王丰年摇头轻叹："那我找时间和邵臣聊一聊，看他是怎么想的。"

王煜脑子里翻起惊涛骇浪，无数疑惑涌现，强烈的冲动带来内心的焦灼，使他无法思考。他觉得自己必须做点儿什么，否则可能会活活憋死。

邵臣送明微回家。

到了紫山珺庭，明微说："你陪我上去。"

"好。"似乎无论明微开口提什么要求，邵臣都不会拒绝。

明微低着头走进电梯。她心里对这个住所已经没有留恋，进屋后找出行李箱，慢慢地收拾出一些衣物和日用品，将箱子塞得满满当当。

邵臣看着她，低声笑了笑："你这是准备和我私奔吗？"

明微把黑糖装进猫箱，问："你介意养猫吗？"

邵臣说"不介意"。

明微走到他面前，抬起下巴，面色清冷高傲，通知他说："你现在可以把我带走了。"

邵臣瞳孔里映着明微孤注一掷的神态，像破碎的水晶被重新粘贴起来，折射出绝艳颓靡的光。

邵臣拉起她的手，亲了亲手背。

她为什么要从一个宽敞舒适的环境搬到旧城区不足四十平方米的小破房子里呢？这年头儿还有人为了爱情抛弃物质吗？说出去都笑死个人。也许放在十年前、二十年前，会有人赞同理解，但现在只会被嘲讽幼稚。

没错，以前的明微也这么想，甚至更现实、更冷漠。她试过学那些聪明人断情绝爱，专注挣钱，恣意、洒脱、通透，别人分明都很快乐，她却越来越像具空壳。

接着在某个夜里，她诚实地面对自己的心，诘问自己究竟想要什么？或者不想要什么？

人在世上每天都戴着不同的面具，即便在与自己独处时也一样。今天流行这种观点，明天流行那种思想，像探照灯射来射去，人变成趋光的小飞虫，疲于奔命，被眼花缭乱的高级词汇唬得晕头转向。

所以，明微，你到底想要什么？

她不清楚，只知道自己不想孤独，不想虚情假意，更不想活得像具空壳。

此时此刻，她想和邵臣相互陪伴，不让对方孤单。

收拾完行李，下电梯时，明微发现邵臣有些失神："你在想什么？"

"我好像拐跑了一个大闺女。"邵臣说，"要是我有女儿，被人这么拐跑，我一定打断那个小子的腿。"

明微知道邵臣和自己在一起时始终被罪恶感包围，如幽灵般挥之不去。

"原来你喜欢女儿。"

"嗯？"话题转换得太突兀，邵臣愕然。

"你喜欢男孩儿还是女孩儿？我是指作为一个父亲来说。"

邵臣被问住了："我没想过这个问题。"

"那就现在想。"

邵臣不语。

明微笑了起来："我听过一个故事，一对年轻夫妇非常相爱，结婚第二年妻子怀孕，但丈夫因为执行救火任务受了重伤，弥留之际嘱咐妻子打掉小孩儿，免受拖累，后半生务必要过得幸福圆满，妻子答应了。但在丈夫去世后，妻子还是生下了遗腹子，并独自抚养孩子长大，而且始终没有再婚……你信吗，世上还有这种女人，是不是觉得她很傻？"

邵臣脸色不太好："她一定很辛苦，做单亲妈妈不是那么容易的，孩子生下来也没法儿塞回去。"

"她一定很爱她的丈夫。"

"可她的丈夫也许更希望她活得轻松一些，放下过去，组建新的家庭。"

"但人家自己不那么想呢。"

邵臣深呼吸了一下，神情越发低沉。

明微见状却笑了起来："放心，我从来没想过生孩子，不会成为单亲妈妈的。"

邵臣看着她，忍不住抬手摸了摸她的脑袋，脸色渐缓："你自己还像个孩子。"

明微扬起嘴角讥笑说："你知道自己刚才什么表情吗？痛苦个什么劲儿，当我那么纯情，要为你生孩子？我疯了吗？"

邵臣拧眉："那你说那些话吓我做什么？好玩吗？"

"还行。"

邵臣气结。

电梯门打开，明微把行李箱和猫一并塞给邵臣，自己两手空空地走出去，大步走出小区，径直坐上副驾驶座。

邵臣把行李放在后备厢，又将猫放在后座。明微看着窗外不说话，他也默然开车。

回到那栋旧楼下，邵臣解开安全带，这时却听明微开口："我觉得自己好轻浮，主动倒贴，没得到邀请就送上门，你是不是没见过脸皮这么厚的女人？"

邵臣胸膛重重地起伏："别这样，我知道你是什么样的人，不要贬低自己。"

永远不要！

"我的主动让你有压力吗？"

邵臣垂下眼帘："没有,我知道你想和我待在一起。"

一分钟都不愿浪费,因为没有时间可以浪费。

"那就收起你的忧虑,藏好它,就当演戏,让我们像普通情侣那样快快乐乐地在一起,别管以后,行吗?你知道吗,每次看见你犹豫退缩,我都得花更大的力气才能往前一步。"她咬牙控诉。

邵臣屏住呼吸,心里在说:你不知道我有多希望和你永远快快乐乐地在一起。

邵臣拉起明微的手,贴在唇边轻吻。

"对不起,别生气了。"他想她今天经历了不少事情,应该很累,"回去给你做好吃的,想吃什么?"

"吃你行吗?"

邵臣笑着说:"我皮糙肉厚,不好啃。"

"你也知道自己不好啃?"明微哼了一声。

邵臣将她拉近,亲了亲她的额角。

最后一道黄昏斜洒在窗台上,明微住进了邵臣的家。她在卧室整理行李,将衣物摆进掉漆的小木柜,和他的衣服放在一起。

黑糖从猫箱里出来,疑惑地打量新环境,这里嗅嗅,那边碰碰。

邵臣这个主人倒显得有点儿无措,抬手摸了摸眉骨:"要不明天我去另外租一套房子?"

明微嫌邵臣啰唆,放下豪言:"你不用特意为我改变什么,我喜欢这儿,也没那么娇生惯养。"

邵臣不理解,四下看看:"你喜欢这儿?"

"对呀。"她说,"到处都有你生活的痕迹,而且外面那棵苦楝树也深得我心。"

邵臣觉得明微有时候非常理想化,很多事情都考虑得比较简单,随心所欲。于是他也不讲那些烦人的大道理，让她自己慢慢体会。

果然，当天夜里明微便难以适应，躺在床上翻来覆去睡不着，喃喃哀叹："邵臣，你的床怎么这么小呀……"

明微之前在邵臣家睡过一次，当时因醉酒没什么感觉，但现在两个人挤在一张单人床上，翻身都成问题，可把她憋坏了。

第二天明微起不来，直到日上三竿才起。她迷迷糊糊下床，伸着懒腰走到客厅，发现哪里不太对。仔细瞧，沙发前面那张累赘的茶几不见了，多出一张羊毛地毯。

明微给邵臣打电话。

"你在哪儿？"

"买东西。"邵臣的嗓音略微带笑，"怎么样，还能坚持住多久？"

明微努了努嘴，哼了一声："我好得很，不知道住得多舒坦。"

邵臣又笑了笑，没再调侃她，只说："煮了鸡蛋和粥，应该还是热的，冰箱里有午餐肉和橄榄菜。"

明微应下，又问："你知道我喜欢坐地上呀？"

"猜的。"

她想他大概是在她家看见地毯上堆着乱七八糟的东西，知道那是她的活动区域。

"你什么时候回来？"

"一会儿。"

挂了电话，明微去看黑糖，发现猫也已经喂过了。她到厨房盛粥，水煮蛋还是温的。她在冰箱里找到一罐橄榄菜，配稀饭正好。

黑糖爬到明微腿上坐着。明微抚摸着猫猫的头，嘀咕说："他很好，对吧？"

猫儿眨了眨眼，打了个哈欠。

"你要觉得我说得对就叫一声呀。"

黑糖不叫，只是仰头蹭明微的胸。

明微嗤笑："当着你臣哥的面可别这样，小心他吃醋揍你。"

黑糖的白爪子也踩了上去。

中午邵臣回来，把新买的床单和被套塞进洗衣机清洗，又将猫粮和猫砂搁在阳台的空架子下，然后和明微出去吃饭。

下午家具城的师傅上门，拆走了那张逼仄的小床，把崭新的实木床架安置妥当。

"本来想换两米的，但是地方太小，放不下。"邵臣说。

明微站到垫子上跳了跳，里面的弹簧发出细微的挤压声。她高兴地蹦到邵臣面前，说："早说呀，带我一起去家具城，我肯定会选铁制的架子床。"

邵臣问："有栅栏那种吗？"

"嗯。"明微眯起促狭的眼睛，"知道为什么吗？"

他摇头。

"声音好听，摇起来咯吱咯吱的。"

邵臣沉默了一会儿，问："要不就换成你说的那种架子床？"

明微闻言，扑哧一声，笑得前俯后仰："我开玩笑的，你还当真了？"

他哑然愣怔。

"邵臣，你这么容易上当受骗，以前做生意没有亏钱吗？"明微捉弄得逞，狡黠地冲他眨眼睛。

他忘了这姑娘有多调皮。

"晚上你教我做饭吧。"明微忽然说。

邵臣觉得意外："怎么突然想下厨了？"

"基因觉醒。"她又开玩笑，"过日子嘛，怎么离得开柴米油盐？"

邵臣看着她默然许久，摇了摇头，轻声笑着说："你这双手什么都不用做，我喜欢看你养尊处优的样子，那才是明小姐。"

明微眨了眨眼："我只是做着玩。"

"可你以前从不下厨房，跟我在一起也不需要。"

明微有点儿无奈，澄澈的眸子里倒映着邵臣认真的模样，心也跟着柔软了几分。

"以前我对什么都提不起兴趣，很容易觉得烦躁和无聊。可是和你在一起后，这个世界变得顺眼不少，很多事情都让我有了兴趣，我想跟你一起尝试。别把我当成娇生惯养的小姐，我想学会怎么过日子。"

邵臣忍不住将明微抱进怀里，胸中溢满怜惜之情："好，我们一起。"

傍晚邵臣接到王丰年的电话，被叫出去见面谈事情，家里剩下明微一人。她刚刚学会新技能，玩得正投入，兴致勃勃地搜索菜单，打算靠自己完成晚饭。然后，她就被热油烫了个泡。

手指生疼，明微跳起来哇哇大叫，锅里还在噼里啪啦地响，不知道鲫鱼有没有煳。她不敢碰煤气灶的旋钮，只匆忙将锅盖丢过去阻止热油四溅，然后打开水龙头冲手。

经过这一折腾，明微烹饪的兴趣减了大半。她拍了张照片发给邵臣：待会儿回来顺便买一点儿烫伤药。

五分钟后邵臣回复信息：好。别碰灶台的东西了。

明微问：你还回来吃晚饭吗？

邵臣：不了，你先吃吧。

明微撇了撇嘴，倒掉失败的黑暗料理，点了份外卖。

天色渐沉，暮色四合。

晚饭后，明微将晒干的床单和被套收进来，铺在新买的双人床上，接着去洗澡。

明微刚洗完澡，裹着浴巾出来，就听见叩门声响起。她一下变得雀跃，穿着拖鞋跑去开门，嗲着嗓子嗔怪："你怎么才回来呀——"

下一刻她僵住了，撒娇的表情瞬间垮掉。

王煜显然也很震惊，尤其见明微头发半湿，身上只围着一张毛巾，神色慌乱："你……你怎么在这儿？我小叔呢？"

明微难掩反感，白了王煜一眼，扯了扯嘴角："你爸叫他出去谈事，你不知道？"

她说完也不听王煜回应，自顾自地走向地毯，踢掉拖鞋，倒进沙发里，双腿交叠。

王煜进门，像是为了避嫌而没有关门。

"你和小叔同居了？"

"跟你有关系吗？"

王煜不知哪儿来的一股火："你知不知道他是癌症病人？别玩了，你放过他，换个人折腾吧！"

真奇怪，这世上总有些人喜欢跑到别人的生活里指手画脚，好像他们的想法和建议有多重要似的。

以明微的脾气，不会与这些人争论，她另有办法对付。

"可我就喜欢折腾他。"明微挑起眉梢，一脸嚣张得意，毫不避讳地摆出恶女的姿态，"怎么办，你小叔明知道被我玩弄也心甘情愿呢，多有意思。我现在新鲜感还没过去，等腻了以后自然会换个人的。"

眼看王煜被气得脸色发青，明微满意极了。

"你真是个疯子……你还有良知吗？"

明微扑哧一声，笑得轻蔑张狂："什么玩意儿？我当然没有哇！"

王煜心脏突突乱跳，用力瞪着她，浑身僵硬。

明微眨了眨眼睛，好心好意地问："怎么了？你该不会被气哭了吧？"

"你想找人玩，可以找我，别欺负我小叔。他得了癌症，不该被这样对待……"

王煜不知道自己在说什么，强烈的羞耻感让他紧紧攥拳。但既然已经豁出去了，他也顾不上别的，愿意用面子和自尊换一个机会，也许……也许她感兴趣呢……

王煜屏住呼吸望向明微。

很遗憾，他在她脸上没有看到任何惊讶和兴致，她竟然连一点儿好奇和意外都没有，似乎他那点儿心思早就被她看穿，而且压根儿没放在眼里。

"你？"她轻飘飘地扫了他一眼，目光尤为轻蔑，"你连邵臣一根头发丝都比不上，乏味得让人难以下咽。"

明微说完，懒得再看他，起身走到阳台给黑糖倒猫粮。

王煜僵硬地站在客厅，正想着怎么挽回颜面，推翻刚才那番话。突然，他见明微朝楼下张望，不知看到什么，背影顿了顿，随即动作变得慌乱，二话不说转身跑向大门，就这么裹着一条浴巾跑了出去。

明微穿过昏暗的巷子，冲向混乱的街道，人来人往，光影错落。

明微四下搜寻邵臣的身影，一只手抓住身上的毛巾防止掉落，不管周遭的无数双眼睛，跑过水果店、眼镜店、寿司店、奶茶店……直到看见邵臣的车子停在路边，但人不见踪影。

明微觉得自己找错了方向，转身往回跑。经过一家药店时，一个声音忽然将她叫住。

邵臣拎着一袋东西从药店出来，见明微这副模样，眼里满是错愕。

"你……"

明微大口喘气，走到他面前，说："我刚才看见你在楼下，往外走……"

邵臣举起手中的塑料袋："想起膏药还没买。"

明微无语地说："我还以为你听见我跟王煜说的话，生气了。"

"王煜来了？"

"嗯。"

邵臣没有多问什么，默然脱下冲锋衣给她穿上，拉链拉好。

"就因为这个，像傻瓜一样裹着浴巾跑到大街上？"邵臣揽住明微，拨开她额前凌乱的湿发，眼里是很深很深的温柔。

明微低喃："我怕你误会嘛……你那远房侄子讨厌死了，我又管不住自己的嘴，每次不爽就会说出一些奇奇怪怪的话……"

邵臣垂眸看着明微气鼓鼓的脸，心软似水："别胡思乱想，不管你说什么、做什么，我都不会跟你生气。"

明微一时有点儿茫然，心跳杂乱无章，抬起眼睛看着邵臣："真的吗？可是，为什么？"她有些疑惑，"我是说，我没有为你付出过什么，也没有做过一件好事，而且还闯祸惹来纷争，你不觉得很糟糕吗？"

"一点儿也不糟糕。"

明微依旧茫然。

邵臣说："你不用做任何付出，你的存在本身就让我觉得……很满足。"

没有人对明微说过这种话，也没有人会告诉她：你什么都不用做，你的存在本身就是有价值的。

明微很震惊："我……我活着就行了吗？"

开什么玩笑！

可邵臣异常肯定："是的。"

明微摇头："对我要求这么低？"

邵臣说："你可以对自己有要求，但我没有资格要求你。"

明微垂眸沉默了一会儿，弯起嘴角："所以你也不想从我这里得到什么回报？"

"当然。"邵臣语气淡然，"如果有人对你好，但是计较回报，或者要你按照他的想法去做事，那他就只是为了自己，千万别信。"

明微笑着打量他："你真的很适合修道，和我表姐应该能聊得来。"

邵臣失笑，低头看她："你想让我去做道士吗？"

"不要。"太亏了！

明微说着左右瞅瞅，抓着邵臣小声嘀咕："快回去吧。"

"现在知道害臊了？"

明微抬手挡住眉眼："好想买个水桶把头罩住……"这样就没人认出她是那个裹着浴巾跑上街的笨蛋了。

两人上楼回家。王煜见他们如此亲密，颇不自在。明微当他不存在，径直回房间，关门穿衣服。

邵臣看了他一眼，漠然开口："你跟我下来。"

王煜紧张得大气不敢出，白着脸跟在邵臣身后。

邵臣出了单元楼也没有停下，走进幽暗的巷子，前面是嘈杂的街道，站住。他回头看着王煜，高大的身影极具压迫感。

"我不管你今天来干什么，但是以后别再来了。"邵臣面色冷淡，

186

"别再插手我的私人生活。"

王煜用力咽下一口唾沫："小叔，你清醒一点儿，明微知道你得了癌症吗？她安的什么心？"

"你觉得她能安什么心？"邵臣目光沉沉。

王煜咋舌："她……她就是个蛇蝎女人哪，玩弄男人取乐的，刚才她自己都承认了，玩腻了就抛弃你！她的脑子和正常人不一样，明知道你得了癌症还下手，就为了满足她病态的快感！"

"你这么不遗余力地把她妖魔化，又是为了满足什么快感？"邵臣冷声质问，"猎奇还是诬蔑？"

王煜瞪大眼睛沉默了好几秒："难道我说的不是事实吗？你为了她跟别人打架，现在还要跟我翻脸，不都是她祸害的？！"

邵臣揪住王煜的衣裳把人推向墙壁。王煜后背生疼。

"我就算为她下火海也是自己乐意的，用得着你来指手画脚？"

"你……"

"看在你爸的分儿上，我已经够客气了，如果你再诋毁她一句，别怪我不讲情面。"

Chapter 08

决裂

明微换了睡衣，拿出吹风机吹头发，快吹干的时候邵臣回来了。他关上门，脸上看不出什么异样。

"头发吹好了吗？"

"嗯。"

邵臣若无其事地坐到饭桌前："过来。"

明微放下电吹风走过去。邵臣打开塑料袋，拿出医用棉签、碘酊和烫伤膏。

"我看看。"邵臣轻轻托起明微的手，看见她的中指背面凸起一个黄豆那么大的水泡，"疼吗？"

"刚烫着的时候疼死了，现在还好。"

邵臣小心翼翼地帮她消毒，涂抹膏药。

明微另一只手托着下巴，一动不动地看着他低头专注的眉眼，如此静谧、深邃，像无人知晓的旷野，孤寂而迷人。

明微的呼吸声稍稍重了些。邵臣似乎知道她的所思所想，很轻地笑了笑。

明微的心跳更乱了，忙开口找了个话题："你和王煜他爸谈话顺利吗？"

"嗯。"

"是聊我吗？"

"对。"

明微有点儿泄气，努了努嘴，挑眉冷笑说："他们都觉得我会祸害你吧？"

邵臣稍稍抬眸看她："没有，三哥只是问了几句，没有干涉我的意思，之后主要是聊我妈的事。"

"你妈？"

邵臣脸色平淡地说："她想通过三哥联系我，三哥来询问我的意见。"

明微记得邵臣好像说过他父母都不在了，原来并不是都离世了的意思。

"那你怎么想呢？"

邵臣摇头："二十几年没见了，现在回来又能怎么样。"

明微柔声问："她走的时候你几岁？"

"两三岁吧。"

明微抿了抿嘴唇，忍不住伸手抚摸他的脸："两三岁……她怎么舍得呢？真狠心。"

邵臣却并不感到自怜或委屈："也许她有自己的难处，想摆脱旧环境，去过新的人生。"

明微好羡慕他的心态："你怎么能这么看得开？我就做不到。换作我，我会想，既然当初忍心丢下自己的孩子，那现在找来干吗？年纪大了需要亲情才记起有个骨肉？太可笑了，有的人根本不配生小孩儿。"

邵臣怕勾起明微的烦心事，思忖片刻，随意笑笑，转开话题："算了，我妈应该不会再找我，王煜也不会再来打扰你，那些人和我们的生活无关，不值得我们伤神。"

明微深深叹了一口气。

邵臣给明微上完药，回房间拿毛巾，接着去浴室洗漱。

邵臣洗完澡出来，穿着长裤。他擦了擦头发，见明微歪在椅子上，胳膊搭着椅背，一条长腿垂下来，荡啊荡，白得晃眼。

"怎么了？"他看明微神色不太对。

明微枕着胳膊，似笑非笑地睨他，然后扬起手中一盒东西："你是去买药还是买这个呀？"

安全套，在装药的袋子里发现的。

邵臣走近，拦腰将明微抱起："刚好看见，顺便买了。"

"我才不信。"明微咬唇，"为什么不多买几盒？"

"收银员是位老阿姨，一直盯着我，没好意思。"

明微闻言发出咯咯的笑声。

邵臣把她安放在床上："小心你的手。"

明微太喜欢到处乱摸乱挠了，像只野性难驯的猫科动物。

邵臣惦记着明微的伤，牢牢扣住那只手的手腕，悬在半空。他就是这样的人，即便在最意乱情迷的时刻也能保持几分理智和清醒，而这份克制对明微来说简直比毒药还致命。

"好想看你发疯失控。"

"刚才不算吗？"

明微摇头，垂眸看了看自己手腕上的红印子，心尖痒得厉害。

邵臣见明微有些失神，像是累蒙了，额头上沁着点点湿汗，食指勾着枕头无意识地抠着。于是他哑声问："想什么呢？"

"没什么。"

他哑然失笑。

明微脸红，眨巴眨巴眼睛，咬牙嘟囔："不许这样。"

"哪样？"

她瞧着他，趴过去，感觉两个人的呼吸渐渐一致，缓慢地沉浮。

"你不知道自己很会勾引人。"明微嘀咕，"常常无意间让我乱七八糟。"

邵臣的手掌抚摸着明微的背，没有说话。

"其实那天晚上第一次见到你，我就觉得自己完蛋了，因为我竟然不太敢看你。"

邵臣低声揶揄："我记得你明明很大胆，直接问我借打火机。"

明微想起这个，哼了一声："可是你都不理我，态度好冷漠。"

"我很冷漠吗？"他以为只是正常的陌生人的距离。

"嗯，有。"明微点头，"这么漂亮的姑娘主动搭讪，你竟然正眼都不瞧一眼，到底怎么想的？"

邵臣的手若有似无地缠绕她的头发："我习惯独来独往，对很多事情置身事外，当时应该没什么想法。"

可恶，居然真的没有想法。

明微用脚尖蹭着他的小腿："那些讨厌鬼说得没错，你的生活本来安安稳稳，要是没有我，你也不用遇到讨厌的事情，不用和人起冲突，还跟亲戚闹得不愉快。"

邵臣缄默许久，胸膛剧烈起伏："明微，要是没有你，我只是个麻木等死的行尸走肉。"

明微的动作僵住了，呼吸像海潮般跌宕，心下一阵酸涩。

你不是行尸走肉，是活生生、热滚滚的人。

明微不想让邵臣伤感，开启自己的耍赖技能，慢悠悠地笑着说："刚才明明就很生龙活虎，哪里麻木了？"

明微口无遮拦起来简直不顾人死活。

邵臣倒吸一口气，又想捂她嘴了。

明微缠着他："邵臣……"

不用说出口，撒娇耍赖，浑然天成的媚，谁能抵挡得了呢？

邵臣是个正常的男人，只是不会表达得过于露骨直接，而明微是今朝有酒今朝醉的脾气，不懂节制，只知尽情尽兴。

邵臣时常觉得她像一只野生动物，偶然闯入了他的荒原。

明微心血来潮的烹饪热情被热油炸没了之后，原本已经打消进厨房的念头，奈何只要邵臣做饭，她就忍不住黏过去，跟他一起择菜、洗菜、切肉……等到点火热锅准备下油的时候，她就溜得远远的了。

邵臣的作息对明微来说堪称魔鬼。

他每天早上六点半起床，出门慢跑半个小时后回来冲澡。

有几次夜里，明微下决心要和邵臣一起锻炼，并竖起三根手指信誓旦旦，可到了第二天清晨却死活离不开床。

邵臣笑话她："你说你有出息吗？"

出息是个什么东西，她不懂。

明微懒散惯了，起床气不小，清早起床或者午睡醒来的第一件事就要找邵臣，别的什么都不管，要他抱一会儿，安抚几分钟才会舒坦。如果睡醒找不到人，她就坐在床边自个儿生闷气，气个两分钟也就没事了。

某天邵臣跑完步回家，意外发现明微已经做好早餐，笑盈盈地催促他赶紧去洗手。

她煮了一锅紫米粥，还蒸了豆沙包。

邵臣平时不怎么吃这些甜甜腻腻的东西，但抵不住她殷切的目光，只能乖乖做小白鼠。

不偏袒地讲，并不算难吃。

邵臣捧场，想起她以前吃东西乱七八糟，什么时候醒了什么时候吃饭，毫无规律，胡乱折腾，于是忍不住督促了一两句。

"紫米补血益气，对脾胃有调养作用，你胃虚，早上喝这个比牛奶要好。"

他说着自然而然，记起让她做胃镜的事，正要开口，明微仿佛知道他的意图，立马舀了一小勺粥喂到他嘴边："乖，先吃饭，不说话了。"

邵臣目光淡淡地看着她。

明微吐了吐舌头。

接连煮了三天紫米粥，邵臣帮明微改良做法和步骤，卖相与口感都可以拿出去见人了。

他们住在一起，每天无非就是柴米油盐，相互做伴。

明微喜欢玩拼图，邵臣陪她坐在地毯上摸索拼凑，不用开电视，也不用听音乐，两人安安静静的，专注着，一个下午就过去了。

某天邵臣出门办事，明微想着中午随便应付一顿，于是烧水泡方便面，从电视柜下面找到一本书，拿来盖泡面。

很厚很厚的小说，分上中下三册，估计有上百万字。

明微不是阅读的料，也很久没有翻过实体书了，更别说这种能当凶器的"大砖头"。

她随意打开上册，瞥了两眼，没想到被开篇吸引，竟然看了进去。

故事开头讲到祖父埋怨初生的孙子长得丑。母亲忙把孩子抱过去，说，我的小乖乖，你多难看，我多疼你。接着祖父又说，丑也没关系，只希望他将来做个好人。

明微不知道为什么被这个吸引，慢慢沉入故事中。邵臣回来，见她躺在沙发上抱着书，乌黑的长发衬得巴掌脸更加白皙，薄被搭在腰下，文文静静的模样，神情投入。她认真的样子很美。

邵臣没有打扰明微，自顾自地回卧室换衣裳。

那天明微兴致盎然，许下豪言壮语，要用一周时间把三册书全部看完。邵臣觉得佩服。

话虽如此，但事实上她放下书以后就再也没拿起来了。

邵臣哭笑不得，三分钟热度，这才是她。

明崇晖的息肉手术很成功，人虽然在医院，但由于许芳仪的告状，他什么事情都没落下，出院之后就找时间给明微打了通电话。

"你那天是不是和你妈吵架了？"

明微以为父亲又要教训自己，眉头一拧，闷闷地不吭声。

明崇晖这次倒没有责备她，又问："你和傅哲云相处得怎么样？"

"我对他没什么感觉。"

"哲云是个好孩子，感情可以慢慢培养，别这么早下结论。"

明微沉默了一会儿，问："这么好的青年，你怎么不介绍给嘉宝呢？"

明崇晖笑了起来："很明显他喜欢你。"

"那你觉得他喜欢我什么？"明微冷静地开口，语气中带着好奇，"在你们眼里，我就是个不学无术、到处闯祸的'惹事精'，浑身上下找不出一个可称赞的地方。傅哲云只和我见过两三面，他喜欢我什么？"

明崇晖说："不可否认，外貌是一个因素，但更重要的是性格上的吸引和互补，哲云是可以包容你的。"

明微屏息数秒："爸，其实我有男朋友了。"

听完这话，明崇晖安静了许久："什么时候的事？"

"最近。"

"怎么没听你提过？"

明微不语。

明崇晖说："明微，你要是真不喜欢傅哲云，我和你妈也不会勉强，但不要为了叛逆而叛逆，这样很不负责任。你不是小孩子了。"

"不是这样的……"

明微想告诉父亲自己对邵臣很认真，不是为了跟父母作对，也不是因为一时的激情，她想和他长长久久地在一起，做什么都好，只要跟他在一起。如果他们认识邵臣，就会知道他有多好，也一定会喜欢他的。

明微心潮翻涌，想郑重地跟父亲谈一谈自己和邵臣的事，耳边却只听见明崇晖疲惫的叹息。于是她沉默下来，将珍爱的东西放在心底收着，不再轻易示人。

明崇晖也沉默了很久，方才开口："月底我要办酒席，你把他带过来吧，如果真有这个人。"

明微愣了愣，没想到明崇晖会忽然松口，一时不知道怎么接话，茫然地询问："办什么酒席？"

明崇晖似笑非笑地说："你爸五十岁生日你都不记得了？"

明微吐了吐舌："总觉得你才四十岁出头。"

"拍马屁没用。"

明微笑着说："往年也没办过呀。"

"你薛阿姨说整寿应该热闹一下。"

明微淡淡地应了一声。

明崇晖又说："过两天嘉宝回来，你们要不要约着吃个饭？"

明微没有犹豫："不用了，不熟。"

明崇晖说："嘉宝特意问我你喜欢什么，她想给你带一份礼物。"

明微对礼物和嘉宝没有兴趣，却问："所以你怎么回答的？"

"嗯？"

"我喜欢什么，你知道吗？"她轻笑。

明崇晖略微叹气："你小时候喜欢五颜六色的拼图、花花绿绿的指甲油，还有蓬起来的那种裙子，现在长大了，总不会还跟小时候一样。"

明微嘀咕："你还记得呀。"

明崇晖没有继续这个话题。他并不是一个喜欢沉浸在过去里感叹岁月的人，现在和未来更值得经营，于是他跟明微嘱托两句就挂了电话。

明微第一时间把这件事情告诉了邵臣，蹦蹦跳跳的，兴奋不已。

"我爸让我带你一起参加他的生日宴。"

邵臣有点儿诧异："我也要去吗？"

"不然呢？你不想见我父母？"

邵臣低眉思索，轻笑着说："见你父母做什么呢？他们知道你和我在一起，不会高兴的。"

明微认真地看着他，表情变得非常严肃地说："邵臣，你不是我的地下情人，我们光明正大地在一起，有什么见不得人的？他们高不

196

高兴有什么要紧，就算全世界都不高兴，我也不在乎，我就要带着你招摇过市。"

邵臣见她如宣誓一般坚定，仿佛要上战场，忍不住笑了。他将心里的顾虑都远远地踢开，没什么比得上让她开心重要，他不想扫她的兴。

"行，你爸生日，我们得送点儿什么？"

明微想啊想，最后说："去年我送了一支钢笔，前年送的领带，不晓得他平时有没有用过。"

邵臣问："他有兴趣爱好吗？"

"嗯……他喜欢养盆景，平时还会泡泡茶。"

邵臣说："那就送一套茶具，怎么样？"

明微拍手："好哇，你送茶具，我送茶饼，刚好配对。上次在竹青山的民宿，老板请我喝过一种茶，叫老什么峨……"

"老曼峨。"

"对，没错。"明微眼睛发亮，"那茶好苦好苦，让我爸也尝尝。"

邵臣摸了摸眉骨："因为太苦，所以送给爸爸尝一尝？明微，你真是孝顺。"

她乐了。

想到要带邵臣出席父亲的生日宴，明微兴奋了好几天，又想到到时候得上台致辞，必须认真准备一番，于是在网上找了许多范文。

"尊敬的来宾，各位亲朋好友，感谢大家光临家父五十岁生辰宴……"

明微念得牙酸："怎么这么别扭哇！"

她说不出口，这完全不是她的风格。

邵臣也很难想象明微站在台上一本正经发言的模样，一定非常滑稽。

"好久没买新衣服了。"明微对咬文嚼字失去耐心，转而投入另一件事，"我们逛街去吧。"

这是邵臣第一次陪女人逛服装店，他自认往日还算沉着淡定，但在店里百无聊赖地等待明微试衣服，然后被店员频频打量的时候，还是感觉到了一丝尴尬。

明微却如鱼得水，乐在其中。她对自己美貌的自信从不掩饰，这种高调的姿态常常会惹到旁人。这会儿她换了漂亮的新裙子，更是无所顾忌地展示美丽。她从更衣室出来，张开手臂转圈儿给邵臣看："邵臣，我快被自己迷倒了！"

偌大的商店，顾客与店员穿梭在货架之间，男男女女都被她吸引，纷纷转头望过去，眼神各异。有的人定睛观赏，表情仿佛在说"好漂亮的姑娘"；有的人则充满厌烦，好像在说"虚荣肤浅，这社会没救了"。

明微知道邵臣性格内敛，于是抿嘴询问："我是不是太浮夸了？"

邵臣反问："你开心吗？"

"嗯！"

"那就行了。"

他不在乎她是否浮夸、肤浅、虚荣、做作，只要她开心，是又如何？

"像不像大家闺秀？"明微挑中一件平时不会穿的修长连衣裙，圆弧方领，雾蓝色的绸缎面料，优雅简洁。

"我爸理想中的女儿肯定就是这个样子，大家闺秀。"明微照着镜子打量，撇了撇嘴，"看在他生日的分儿上，让他高兴一下吧。"说着她又暗暗嘀咕，"我可不要被嘉宝比下去。"

邵臣说："你现在像一颗掌上明珠。"

明微挑眉："当然，本小姐才是明教授的亲生女儿。"

邵臣笑着说："选这件？"

"嗯。"

但邵臣觉得明微先前试穿的那三条裙子也很好看，于是一并拿去买单。

明微瞅他，问："你为什么总爱穿这种冲锋衣？"

"方便，实用。"

她凝神琢磨："不行，我要送你一套西服。"

邵臣还没反应过来，就被她拉去逛男装店了。

女孩子喜欢打扮洋娃娃的基因苏醒，明微认真给他挑衣服的样子仿佛在批阅考卷。

邵臣不大自在，但见她如此投入，也就甘于被摆弄了。

"邵臣，为什么我不是富婆？"明微哀叹，"好想把整个商场打包送给你。"

柜台后的收银员被这话弄得忍俊不禁，垂下眸子微笑。

邵臣用眼神示意明微别胡说。

可明微满不在乎，端详着他穿上黑色高领毛衣的样子："你现在好像一个腹黑霸总，表面得体，私底下不太正经的那种。"

"挑好了吗？"

明微笑了一下，将一件雾蓝色衬衫递给他："试试这个。"

回到家，邵臣觉得逛商场比登山跑步还累。

明崇晖的生日在十月底，这天云淡风轻，太阳晒得人十分舒服。

明微好像很久没有这么认真地打扮过了。尽管她一直表现得像是为了要出风头，但邵臣心里清楚，她有多期待这天，可以带他去见父亲。

这段感情，她想得到长辈的认同和祝福。

明微与父母忽远忽近，充满对抗，其实是因为成长阶段被忽略，缺少关注，所以心底总有缺失，她与这世界的联结非常脆弱。

邵臣很清楚自己的身份和位置，他只是她生命中的一个过客，也许可以短暂地给予她一些陪伴，但终究不能长久。如果有一天自己离开，她会不会又缩回从前孤零零的世界，无人关心，无人疼爱……

他一想到这儿，心就会痛。

明微对邵臣的心思并无察觉。她捧着礼品盒细细打量："这么精致的茶具，我爸肯定喜欢。"

邵臣开着车，嗯了一声。

两人到达酒楼，挽着手走进宴会厅。

一群年轻学生正围着明崇晖在迎宾牌前面合影。大家平时不太敢和他亲近，好不容易在私人场合聚会，姿态随意了许多，也敢开他两句玩笑了。

邵臣感觉明微的手心有些出汗，心想她倒是难得紧张一回。

明崇晖拍完照，看见明微端端正正地立在那儿，十分得体大方。身旁的男子高大清瘦，气质沉稳舒展，没有任何浮躁或畏缩，第一眼印象不错。

明崇晖走过去，明微介绍说："爸，这是邵臣。"

明崇晖转头打量，男子平静地问候："你好，叔叔。"

明崇晖向来喜欢年轻人不卑不亢，于是点了点头。

明微递上茶具和茶饼："这是我们俩挑的，希望你喜欢。"

明崇晖说："你们先进去吧。"他的目光落在明微身上，提醒了一句，"好好跟大家相处，看着爷爷，别让他偷偷喝酒。"

明微"哦"了一声，牵着邵臣来到宴客厅。

今天来了很多明崇晖的学生，贵宾席坐着他的同事和朋友，傅哲云和他父母也在其中。

主桌除了明微的爷爷奶奶，剩下的三张陌生面孔是薛美霞的娘家人，明微完全不认识。

明微走过去跟祖父母打招呼。

爷爷说："有没有跟你堂姑和叔公他们问好？"

"刚才经过的时候问过好了。"

奶奶说："你最近在瞎忙什么？前段时间你爸住院你也不去陪护。"

明微蹙眉，有点儿莫名其妙地说："我去过呀，他不让我留在那儿。"

奶奶说："嘉宝在国外念书的时候每天都给你爸打电话，你呢，十天半个月不联系，这么大人了，也不懂事。"

爷爷说："这次宴席也是你薛阿姨和嘉宝张罗准备的，你倒是当甩手掌柜，轻松得很。"

明微张着嘴，被数落得愣了好几秒，反应过来后，她忍不住发笑："他们没给我插手的机会，我爸说生辰宴的事情交给薛阿姨，让我到时候来参加就行了。一边不让我负责，一边又怪我不负责，你们能不能统一一下口径啊？"

明微笑着，看上去很轻松的样子，仿佛只是在和长辈撒娇。但邵臣发现她眼尾微微跳了两下，于是他把手掌放在她后背，拇指轻轻抚了抚。

明微做了个深呼吸。

爷爷奶奶转移话题，介绍在座的另外三人。那对中年夫妻是薛美霞的姐姐和姐夫，另一个是她的母亲。

明微礼貌而客气地打招呼："你们好。"

爷爷奶奶又开始夸赞嘉宝有多贴心、多孝顺。

这时薛美霞笑盈盈地上前，喊明微一起商量待会儿的流程。明微随她去到台边。

嘉宝正和司仪说着什么，看见明微过来，立刻扬起微笑道："微微，好久不见。"

"是挺久了。"

薛美霞说："是这样，一会儿有致辞环节，你看你要说两句吗？"

明微用奇怪的表情看着薛美霞："不然呢？"

薛美霞愣了愣，似乎有点儿意外："我还以为你嫌麻烦，不喜欢这种环节。"

明微又反问："我不致辞，谁致？"

嘉宝手里明显拿着一张写满字的纸，边上的司仪面露尴尬，薛美霞也讪讪地说："嘉宝准备了很久……"

明微眯眼弯起嘴角。

司仪忙说："其实两位可以依次上台发言，不妨碍的。"

薛美霞沉默了几秒，说："嘉宝也是崇晖的女儿，她只是想尽一份孝心，你不会阻拦吧？"

明微笑了笑："不知道我爸什么时候又生了个女儿。"

她最烦薛美霞张口闭口说明崇晖是嘉宝的父亲，她自己的生父呢？忘得一干二净了？

邵臣见明微沉着脸回到座位，眼中压抑着阴郁的情绪，似乎随时准备爆发。

202

"怎么了？"

"没事。"她冷冷地吐出两个字。

宴会开始，明崇晖坐在明微她爷爷奶奶旁边，另一侧是薛美霞和嘉宝。司仪讲了一堆老掉牙的开场白，接着开始走流程，请子女上台致辞。

在薛美霞鼓励的目光下，嘉宝攥着发言稿先上去了。

明微抱胸屏息观赏。

嘉宝拿过话筒，深吸几口气，脸颊发红，清咳两声，笑着说："我准备了很久，没想到还是这么紧张。今天是我父亲的生日，他是我在这个世界上最感谢、最敬重的人。我想对爸爸说，您一直是我的榜样和灯塔，我以您为荣，也想成为像你一样正直、优秀的人。"

嘉宝说得真诚而动情，眼眶也渐渐泛红："在遇到您之前，我和妈妈相依为命，孤苦无依，是您给了我们栖身之所，给了我们遮风挡雨的家。您教我读书上进，供我留学深造，在我遇上困难和迷茫的时候为我指引方向，答疑解惑。我常常想，自己何德何能，可以成为您的女儿……"

薛美霞攥着纸巾抹眼泪，明微的爷爷奶奶则欣慰地点头，明崇晖也是难得动容。

"我还记得第一次进西餐厅，我和妈妈什么都不会，被旁边的客人嘲笑。是您站出来，让他给我们道歉，我才知道原来遭遇欺凌的时候可以不用忍耐，而是勇敢地抗争。以前我和妈妈习惯了省吃俭用，贫穷曾经让我非常自卑，在同学中抬不起头。后来您会给我买最新款的手机和电脑，作为考试的奖励，让我知道只要靠自己的努力就能够得到物质上的回报。

"高考那两天我非常紧张，妈妈甚至紧张得中暑病倒了。您亲自送我去考场，当我考完从学校出来，您等在那里，第一时间给我依靠和鼓舞。您是我和妈妈最坚实的后盾……我希望下辈子我们还能做亲人，让我报答您的恩情……"

嘉宝哽咽着念完稿子，在场的宾客无一不被感动，纷纷为她鼓掌。

嘉宝下台与明崇晖和薛美霞拥抱在一起。

邵臣完全没想到今天来这里会看到这一幕。他转过头，发现明微嘴唇紧绷，脸色发白，浑身都在发抖。

他握住她的手："我们先走吧。"

可她此刻什么都听不见。

嘉宝高考的时候，好巧不巧，明微也在高考。

她一直以为那两天明崇晖在家里吹空调，原来不是呀？

嘉宝成绩优异，而她成绩平庸，所以她的高考不值得被重视，对吧？

对，她整个人都不值得被重视，她不值一提，她是个笑话，她是块烂泥，她根本不该存在……

明微用力抽回自己的手，提着裙子，笔直地走上舞台。

刚才那段感人肺腑的发言已经吸引了所有宾客的目光，没有人注意到明微拿起了话筒。

当然，在情感如此浓烈的感恩发言之后，别的致辞都将成为寡淡的白开水，平庸无味。

但明微早就把感天动地的致辞抛到脑后了。她望向主桌："真感人，比悲剧电影还要煽情。"

清亮的声音淹没在嘈杂声里，众人都在关注满脸泪水的母女。

司仪也不理解明微为什么现在跑上台。大家正在享受亲情的余韵，按照正常的节奏，应该等这一幕圆满结束，由他安抚宾客，做一些串词，再顺理成章地邀请第二位发言人……

好吧，现在有点儿尴尬。

司仪犹豫着要不要上去解围。

底下有几个学生悄悄低语。

"那是谁？"

"不知道。明教授的女儿吗？"

"教授有两个女儿？"

"刚才那个是继女，现在这个是亲生的吧，长得有点儿像。"

……

明微攥着话筒，嘴唇紧抿。

邵臣不知何时站了起来，凝望着她。

明微的祖父母正顾着安慰嘉宝。

后面那桌亲戚纷纷感叹："嘉宝这孩子真懂事呀！"

傅哲云坐在人群里默然打量着台上的明微和台下的邵臣，心想，原来这就是她的男朋友，到底哪里比自己强？

邵臣的眼睛里只有悲悯。他知道她已经四分五裂了。

明微看着明崇晖温言安抚妻女的模样，不管旁人怎么感动，从她的角度看，只觉得无比滑稽和可笑。然后她就真的笑出了声。

"请问你们演完了吗？"明微认清现实，恶毒和刻薄苏醒，不计后果地发作，"又不是葬礼，哭个什么劲儿哪？"

轻蔑而戏谑的言语通过话筒与音响清清楚楚地响彻宴客厅，霎时震惊满堂。

"我天……"

"她在干什么？"

学生们难以置信。

贵宾席的知识分子们面面相觑，那几位商界的老总倒是十分镇定。

傅哲云的父母蹙眉，压下错愕与失望之色，摇了摇头。

明崇晖轻轻推开薛美霞和嘉宝，对上了明微的视线。

"我今天才知道，原来你是这么称职的父亲！原来当初我在学校被同学恐吓、被老师排挤的时候，你在给你的这位宝贝女儿遮风挡雨、答疑解惑呀？"明微面带微笑，"你今天叫我过来干什么？观看你们一家三口舐犊情深？当我是个透明的死人吗？"

明崇晖嘴唇动了动，喊她的名字："你先下来。"

她的眼睛一眨不眨地看着明崇晖："既然你已经有了这么优秀、孝顺，还知恩图报的女儿，应该心满意足了吧？我呢，是个多余的，是你明教授的污点和累赘，我有自知之明，一直都有。你放心，以后我不会再给你丢人了。"

明微的爷爷奶奶试图制止："微微，别闹脾气，这是什么场合，怎么能这么跟你爸说话？！"

"他不是我爸。"明微冷冷地、面无表情地告诉明崇晖："你安心去做别人的爹，从今以后我不再是你女儿，也不再是明家的人。"

说完，明微将话筒丢给司仪，提裙下台。她穿着高跟鞋，没留意脚下的台阶，险些崴脚，一双有力的手将她牢牢接住。

不用看也知道是邵臣，因为这里只有邵臣会站在她身边了。

邵臣什么也没说，紧紧搂住明微灵魂碎裂的躯体，大步离开。

可是明家的长辈和亲戚们不约而同地围上来，七嘴八舌。

明微听见一个声音，沉沉的，没有往常的严厉，放得很软："微微，有什么事回家再说。"

她在邵臣的臂弯里回过头，望着明崇晖端肃的脸，一字一顿地说："你的家早就跟我没关系了。"她歪了歪脑袋，问出一个困扰多年的问题，"其实我不明白，你和许芳仪生下我干吗呢？"

明崇晖愕然，还想说什么，可明微完全没有留恋，转身和邵臣大步离开。

明微经过礼品台时，看见茶具和茶饼跟其他礼物摆在一起。她笑了笑，将礼物抽出来，带离酒店，丢进路边的垃圾桶。

坐上车后，明微筋疲力竭。

邵臣问："还好吗？"

"好得很。"

解脱了。

二人一路无话。回到家后，明微愣愣地站在客厅，不知道在想什么。邵臣去厨房倒了杯水，出来见她一声不吭地脱掉身上的裙子，随手卷了卷，塞进塑料袋。接着她抬眸打量他，上上下下扫视一遍，面无波澜地靠近，伸手解他的扣子。

"怎么了？"

"脱掉。"明微看着碍眼，扒下他身上的雾蓝色衬衣，一并卷进塑料袋，然后丢在门边。

邵臣瞧她神态冷静得很不正常，想着要怎么逗她开心："明微。"

明微好像没有听见，走进狭窄的厨房，从冰箱里拎出一瓶啤酒，四下张望，跑到客厅的抽屉里找到起子，开了酒，半躺在沙发上灌了几口。

邵臣没有阻止她，回房间拿小被子，不管怎么样，别糟蹋身体。他抱着薄被走出来，没想到竟看见明微将啤酒从头淋下去，液体混着泡沫流向脸颊、脖子、胸膛。

邵臣立马上前夺过酒瓶："你疯了？"

明微抹了把脸，摇头哼笑："痛快。"

邵臣的心脏一下一下揪得发酸。他飞快地抽出六七张纸巾，蹲在沙发边，擦拭她的脸和身体。

"我不是疯子。"明微喃喃地解释，"刚才好像发高烧了，脑壳烫得厉害，降降温就舒坦了。"

邵臣明白她情绪有点儿失控："睡一觉吧。"

"还想喝。"明微伸手去拿酒瓶。

邵臣将酒瓶挪得远远的。明微拧眉轻笑："不发泄出来，我会憋吐血的。"

邵臣给她擦拭好，用被子裹住，然后起身去冰箱里又拿了瓶啤酒："我陪你。"

他坐在茶几边，垂眼看着她，酒喝完，再把人抱进房间。

"闭上眼睛，睡一觉就好了。"

"怎么老是让我睡觉！"明微揶揄，"又不是猪。"

明微的手机在包里不停地响，已经有好一会儿了。

"要接吗？"

明微缓缓摇头。

邵臣抚摸她的鬓发："还没吃午饭呢，饿不饿？我去弄点儿吃的。"

明微抱住他的胳膊，心不在焉，喃喃地说："别去，陪着我。"

邵臣拉起被子搭在她的腰间："不吃饭对胃不好。"

"那就叫外卖。"

他瞧她奄奄一息的模样，心里叹息，又问了一遍："你还好吗？"

明微的目光有些呆滞，视线不知落在何处。沉默许久之后，她才开口："以前我幻想过很多次和父母决裂的场景，我以为会很爽、很痛快，没想到竟然这么……"

空洞，厌倦，累极了。

邵臣在背后搂着她："别胡思乱想，休息会儿。"

明微缓缓转过身来，抱住他温热的身体，闭上眼："邵臣，你别离开我。"

他的心跳漏了一拍，不知牵动哪条神经，指尖也颤了颤，一时无言，没有回应。

明微抬起头，不解地望着他。

邵臣回避她的视线，喉结滚动，犹豫再三，才说："明微，别跟家里人决裂好吗？我不可能一直陪着你，如果以后你遇到什么困难和坎坷，至少身边有可以商量的人……"

他不想看到明微把自己弄到孤家寡人的地步，因为他会设想最坏的可能，假如她遭遇意外或者突发重大疾病，其实能拉她一把的只有亲人而已……

但他也深知明微的脾气，以为这番话会令她反感生气，可是竟然没有。

明微屏住呼吸，面无表情地看了他一会儿，心里知道他的忧虑，所以没有反驳，只是重新闭上眼，把脸埋进他的胸膛："好了，别说了。"

第二天下午，明微给手机充电，开机后不久，接到许芳仪的电话。

"你怎么不在家？猫也不在。"

显然，许芳仪去了紫山珺庭。

明微淡淡地说："我搬出来了。"

闻言许芳仪安静片刻："听说你交了男朋友，是搬到他家了吗？"

"嗯。"

"在哪儿？"

明微没打算隐瞒："灯台街。"

城北，老旧热闹的城市一隅。

许芳仪又沉默了许久："你今天有空吧，出来吃个晚饭，你爸……也来。"

明微毫无波澜地说："我跟他没什么好说的。"

许芳仪叹了口气："还赌气呢？你爸事先也不知道嘉宝准备了那段发言，你怪他做什么呢？那种环境，他的学生和同事都在，你就算看不顺眼，不能忍一忍吗？当众宣布和他断绝关系，你怎么想的，你爸不要面子呀？你又得到什么好处了？"

原来他们认为她又是在闹小孩子脾气。

明微轻声笑了一下，不知道自己为什么如此平心静气："行，晚上见。"

她挂了电话，想告诉邵臣，从房间出去，正好看见他在吃药。

明微发现药盒似乎不太对，拿起来查看："甲磺酸奥希替尼片……为什么换药了？"

他平时不是吃吉非替尼吗？

邵臣随意地说："耐药，医生换成了三代的。"

他的语气好像在说感冒药。

明微的心往下沉，轻声询问："有没有哪儿不舒服？"

邵臣朝她笑了笑："没有，我还好，你别担心。"

她怎么可能不担心呢？

明微抿了抿嘴唇，抬手轻抚他粗黑的头发："不管什么情况，都别瞒着我，让我知道。"

邵臣嗯了一声，转移话题："刚才是在和你妈妈通电话？"

"对，她让我晚上出去吃饭。你要不要一起？"

"不了，你们好好聊，把你心里的想法表达出来，很多矛盾都是缺乏沟通造成的，给他们一个机会了解你。"

明微垂眸看着那张沉静的脸，胸膛缓慢而沉重地起伏。她的脑中空空如也，什么情绪都没有。

这种时候，他还在担忧她和父母的关系。

明微忽然觉察自己发生了某种转变，以前她从不顾及别人的感受，轻狂，任性，想说什么、想做什么全凭心意，以自己为中心……可现在她一点儿也不在乎自己的真实想法，她只要邵臣能够放心。

于是她乖巧地回应："知道，我会和他们好好聊的。"

傍晚出门前，明微看见邵臣在厨房切菜，准备晚饭。他的生活很健康，饮食清淡而规律，每天坚持运动，锻炼身体，早睡早起，没有任何不良嗜好。他一直很努力地活着，只是想活下去而已。

明微忍不住走过去，搂住他的腰。

邵臣笑着说："干什么？你该出门了。"

"给我留碗汤。"

"嗯。"

明微踮起脚亲亲他的嘴唇："等我回来。"

"好。"

Chapter 09
北青萝

　　许芳仪约在上次的鱼头火锅店见面，只不过订了包房，环境更私密一些。

　　明微进去时发现许芳仪和明崇晖已经到了。她看着父母，好像在看两个陌生人。

　　明微落座，许芳仪递过菜单："你喜欢吃火锅，自己看看点什么。"

　　明微接过菜单，随手放到一旁："有什么话直接说吧。"

　　许芳仪愣了愣，随即笑着说："你这个孩子，气性怎么那么大？"

　　明崇晖神色如常地打量她，问："昨天那个年轻人没有陪你一起来吗？"

　　明微别过脸："没有，他在家。"

　　许芳仪忙问："你搬出去和他一起住……怎么也不和我们说一声呢？"

　　明微面色冷淡地说："这是我自己的事。"

　　许芳仪语塞，拧眉说："他是做什么的，多大年纪，家庭背景如何，人品习性如何，这些都弄清楚了吗，你就跑去和人家住在一起。"

明微不吭声。

明崇晖说："这样吧，找时间让他出来和我们吃顿饭，正式地见一面，你觉得怎么样？"

明微抬眸看着父亲，又转眼看了看母亲，不紧不慢地开口："他以前在 R 国做贸易，两年前回国，投资亲戚开了一家打包站，平时主要在家养病。"

前面的叙述还好，最后一句话让对面的二人直接愣住了。

"养病？什么病？"

"肺腺癌，晚期。"

许芳仪与明崇晖面面相觑，震惊之下头脑空白了许久，待回过神，无论怎么想都难以接受。

"微微，你没开玩笑吧？"

"没有。"

明崇晖问："你们认识多久了？"

这个问题让明微有些恍惚。她垂下双眸，眼神略显黯淡。

九月中旬第一次见面，到现在十月底，他们相处的时间太短，真的太短了。

"一个多月。"

闻言，许芳仪的脸色稍稍缓和："你……你为什么要和一个癌症晚期的病人谈恋爱？这样对你对他都不负责。"

明微说："我喜欢和他在一起。"

明崇晖问："你一早就知道他的病情，还是谈恋爱之后他才告诉你的？"

"早就知道。"

许芳仪皱眉："他怎么能跟你谈恋爱呢？不好好治病，还有精神招惹女孩子，这不是耽误人家吗？太坏了。"

明微说："不关他的事，他拒绝过我很多次，是我非逼着他和我在一起的。"

这下可好，许芳仪霎时又急又气："你到底怎么想的？啊？癌症不是开玩笑，也许他现在还能像正常人一样生活，可是一旦恶化，你一个小姑娘怎么应付得了……"

明微看着母亲："我没有开玩笑，我对邵臣是认真的，如果他愿意，我可以立刻跟他登记结婚。"

"绝对不可以！"许芳仪有些忍无可忍，"结什么婚？！我看你昏头了，脑子不清醒，才认识一个月，你发什么疯？赶紧断了！"

明微端起面前的玻璃杯，低头抿了一口，对母亲的恼怒没有反应。

"我真是不明白……傅哲云那么好的条件，你瞎了吗？居然不选他！本来薛美霞想要介绍给她女儿的，但是你爸认为嘉宝前途无量，以后有的是机会再认识优秀的男性，可你不一样，你没有自知之明吗？心智不成熟，做事冲动任性，也没有像样的事业，嫁给傅哲云是最好的出路，否则你以后怎么办？！"

明微看着他们，屏息好几秒，倏地失笑："我还真以为介绍傅哲云给我是偏爱……原来是瞧不起我呀？"

"我们是为你好！不然让你去嫁给一个癌症病人吗？"

"我乐意呀。"

明崇晖听了半天，思索再三："微微，你是不是为了打击父母，想让我们生气，所以故意这么做的？"

明微抬眸望着父亲严肃的脸，扯起嘴角笑了笑，轻快地说："对，以前我到处闯祸，惹你们生气，给你们丢脸，都是故意的，想引起你们的关注而已。但我现在已经知道，那么做不值得。我要和邵臣在一起，无论你们怎么想，我都不在乎。"

许芳仪无法理解："给我一个理由，到底为什么？"

明微垂下眼帘，维持着极淡的笑意，语气坚定而平静地说："因为他是这个世界上唯一爱我的人了。"

这时有人敲门，是服务生端着托盘进来送柠檬水。

"你好，请问需要点单吗？"

没有人回应。

包间内气氛不太正常，看似是一家三口，却楚河汉界泾渭分明，脸色也是各异。

明微拿起菜单随意勾选，然后递给服务生："谢谢。"

其实明微并没有控诉父母的意图，她一直记着邵臣的话，好好聊，好好沟通……她希望自己像他那样有一颗强大稳定的心脏。

可惜她没有做到，刚一开口，喉咙就堵住了。

明崇晖双手交握："明微，你怎么会这么想？你跟他才认识多久，这不是很可笑吗？"

哪里可笑？有什么可笑的？

许芳仪也从震惊中回过神来："女儿呀，不要'为赋新词强说愁'，我知道你怪我们当时离婚……"

"你知道什么？"明微冷声打断。

他们什么都不知道。

"你们只在乎自己的新家庭，迫不及待地去过新生活，把我像垃圾一样丢下。我在学校闯祸，你们只会高高在上地教训我，从不倾听我的想法，也不关心我为什么那么做。在你们眼里，我就是个仗着脸蛋儿到处惹事的'害人精'。你们没有担心过我会不会受到骚扰，也从没想过我在青春期会经历多少迷茫和无助，好像给了我生活费就心安理得了，比养猫、养狗还轻松。当然了，你们有一大堆理由和苦衷，比如需要照顾新的家庭，分身乏术。可那关我什么事？我对你们的二婚家庭充满厌恶，尤其每次被你们要求和他们和平相处的时候，我都忍着反胃在心里骂脏话。当然，我最讨厌的还是你们两个！"

明微一口气说完，胸口起伏，面色冷峻，眼尾甚至抽搐了两下。

明崇晖屏住呼吸看着她，许芳仪则避开了她的目光。

明微按捺住情绪，缓缓抬起下巴："不过以后不用再忍受了。你们就当没生过我这个大逆不道的女儿，安心享受你们美满的生活，我这个人从此和你们没有任何关系了。"

明微回到家时没有敲门，神情恍惚。她从包里掏出钥匙，开了门，一室灯火，黄澄澄的，暖烘烘的。她像是长途跋涉的旅人，迈着踉跄不堪的步子，终于进入安全的休憩地。

邵臣盘腿坐在沙发上，怀中是黑糖，一人一猫正在看电影。

"聊得怎么样？"他问。

"嗯，挺好的。"明微冲他笑了笑，踢掉拖鞋，扔下包，疲惫地倒在沙发上，和他挤在一起。

"黑糖这么乖？"

"刚才喂了猫条。"

"你能让它开口吗？"明微声音哑哑的。

邵臣用手指挠着猫头："有些猫本身就不爱叫唤。"

"可是它一声都没叫过。"

黑糖伸个懒腰，舔了舔爪子，给自己洗脸。

邵臣低眉一笑，轻声说了一句"好可爱"。

明微努了努嘴，挤走黑糖，自个儿钻进他怀里，问："有我可爱吗？"

邵臣乐了："猫咪的醋也吃？"

"嗯。"吃的。

邵臣抚摸着明微乌黑的鬓发。她那双深邃的眼睛里满是困倦，愣愣地望着电视机，手指搁在嘴唇前。

"和你爸妈聊什么了？"

"没什么。"

"明微，别瞒我。"

他能看出她心情很差。

明微抬头望向他，抿嘴笑了笑："行，不瞒你，他们知道我搬出来住，有点儿生气，想约你见面，但是被我推掉了。"

"吵架了吗？"

"没有，我都这么大人了，他们知道尊重我的意愿。"

邵臣还想继续询问，被她撒娇打断："哎呀，肚子好饿，你不是给我留了汤吗？顺便下碗面条吧。"

邵臣没有办法，只能放弃："好，你先去洗澡吧。"

明微起身回房间换衣服。天气变凉，她穿上长袖长裤，衣服上是一股松柏的清香味，和邵臣的衣物一样。

她没去洗澡，而是走进狭窄的厨房，从后面抱住邵臣的腰，脸颊贴着背心，严丝合缝。

"怎么了？"

"为什么对我这么好？"

邵臣低头用筷子搅动锅里热腾腾的面条，没有回应。

"说话呀。"明微催促。

"我……"邵臣哑然,"我不知道。"

这个答案出乎意料,明微愣住了。

邵臣大概也觉得有点儿傻:"就是想对你好,没什么特殊原因。"

"那……那你以前对别人这么无微不至过吗?"明微声音变小。

邵臣摇头笑着说:"其实除了你,没人觉得我好。我其实是一个挺自私的人,有时甚至显得冷漠、不近人情。只是遇到了你这个更不靠谱的,把生活过得一团糟,总让我放心不下,想照顾你……"

明微自嘲地说:"人道主义关怀吗?"

邵臣失笑。

明微闭上眼睛,心在发抖:"难道不觉得我是个废物吗?"

邵臣停顿片刻,声音低沉而清澈:"废物也没关系,我很喜欢,何况你并不是。"

明微在邵臣的后背上蹭了蹭,蹭掉泪痕。

"你哭了吗?"

"没有,不知道多开心。"

十一月中旬,明微上山,到善水宫烧香。

楚媛陪在她左右,问:"怎么有空到我这儿来?那位呢?"

"他今天去医院复查。"

楚媛轻叹一声:"你为了他和家里断绝关系,值得吗?会不会太冲动了?"

明微摇头笑了笑:"为了邵臣?谁告诉你的?"

楚媛愣了愣。

明微没有等她回答,自顾自地嘲弄地说:"要是没有邵臣,他们会找什么理由呢？难道我天生心理异常吗？"

楚媛默然许久，轻叹一声："我明白，人都是这样，会找各种理由说服自己一切都是别人的问题，何况你突然和一个癌症病人坠入爱河，这在他们看来很不理智，总有一天你会后悔的。"

明微不想再听了："哪位神仙管祛病消灾？我想上香，多磕几个头。"

楚媛领明微去药王殿朝拜："一会儿我送你几册宝诰，可以拿回家持诵。"

"好。"

明微以前虽然会不时上山小住，但楚媛知道她并非信奉神明，只是把宫观当作避世观光的地方，自然也没有见过她像今天这般虔诚。

明微净手上香，拿开蒲团，双膝直接跪在地上，闭眼默念。她的眉间攒起细微的纹路，苍白的侧脸像易碎的瓷器。

拜完神仙，明微又随楚媛拿了祈福带，一笔一画认真写下"邵臣"的名字，亲手挂上树梢。

"他去医院，你不用陪着吗？"

明微摇头："他从来不让我陪他去看病。"

"为什么？"

"大概不想让我看到他虚弱的样子。"

楚媛心下暗自叹息。其实她也不太理解明微的选择，一段注定不能长久的感情，明知对方身患癌症，为什么还要放任自己跳下去呢？白白伤心一场，平添一缕苦命魂。

邵臣复查完开车去了趟养老院。

老爷子瞧着比往常状况好了些，以前呆呆傻傻的，会捡地上的垃圾吃，烦躁起来还会骂人。今天他却笑眯眯的，盯着电视一个劲儿地乐。

护工说："邵爷爷的情况算是比较好的了，没有什么老年病，也不乱跑胡闹，现在就像两三岁的小孩儿，整天看电视，给什么吃什么，特别听话。"

邵臣心里酸涩，默然将新买的电动轮椅拆开，扶爷爷坐上去试用。

护工说："这款得两三万吧？我在养老院工作这么多年，你算很舍得给老人花钱的家属了。"

邵臣说："我除了花钱，别的什么也帮不上，还得麻烦你。"

"这是我的工作，应该的。"

邵臣又说："上次听你提起你儿子要上网课，正好我买了台电脑，现在也用不上了，崭新的，填你家地址送过去吧。"

"不用，不用，这怎么好意思！再说之前也收过你不少礼物了。"

"别客气，孩子上课重要，放我这儿也是浪费。"

晚上邵臣约王丰年吃饭，难得喝了两罐啤酒，他本来还想抽烟，担心身上染了烟味被明微发现，便打消了念头。

"今天去看爷爷了。"

"他老人家怎么样？"

"还是不认得我，但一直冲我笑。"

王丰年问："你复诊，医生怎么说？"

邵臣面色平淡地说："上次复查发现脑转移了，今天做了基因检测，等结果出来以后再确定治疗方案。"

王丰年虽然知道邵臣的病情，但没想到会急转直下。他平时看上去和正常人没什么两样，因此这事儿听上去显得那么不真实，很难让人接受。

"你放宽心，我认识的一个长辈也是肺癌，刚查出来就脑转移了，到现在是第五个年头儿，活得好好的呢。"

邵臣嗯了一声："我知道。"

王丰年又叹气："那你家那位……"

"还没告诉她。"

王丰年心想，一个二十来岁的年轻姑娘，看上去娇生惯养的，能扛什么事呢？两人才刚在一起，又能有多少感情，还不是"大难临头各自飞"。

"你有任何需要，随时跟我开口，千万别自己硬撑。亲戚不就是这种时候拿出来用的吗？再说你帮了我们家那么多忙，要我怎么回报都是应该的。"

邵臣这次没有回绝，想了想，说："养老院那边，以后我可能没法儿按时探望了，我爷爷……"

王丰年拍了拍邵臣的肩："放心，我会每周去看他的。"

邵臣点点头："我在爷爷的账户里存了笔钱，足够支付他未来十年在养老院的费用。如果他离世，账户里的钱就转给我妈吧……过几天你陪我去趟律所，把打包站的合同和材料都带上。"

"好。"

还有什么？

邵臣想，剩下最重要的事，除了明微，还有什么？

邵臣的头有些昏沉，隐隐作痛，阴郁的情绪凝结在心口，久久不散。从确诊到现在，他第一次这么挫败，就像被荒原上的幽魂扑上来撕咬。

邵臣回到家已是深夜，客厅留了一盏昏黄的小灯，明微在屋子里，似乎睡着了。

邵臣走进浴室，轻轻关上门。

他站在镜子前，抬眸看着瘦削的自己，现在还像个人，可是再过一段时间，病情恶化下去，他可能会偏瘫，可能会意识错乱，直到失去自理能力和尊严，变得不堪入目。

呵，真是个可怜虫。

他嘲笑自己。他走到花洒下，想洗掉那种令人厌恶的感觉。

明微听见邵臣回来就醒了。哗啦啦的水流声似噪声，她打开小台灯，不一会儿便看见一个影子。

邵臣从浴室出来，模糊的光线好似旧海报，浓郁陈腐。

可是水声并没有停，原来外面下起雨了。

明微望向窗外，苦楝树的枝叶在轻轻摇晃。她正想伸手推窗，灯忽然灭了，一室漆黑。

明微以为停电了，但下一秒就被一具温热的身体压住了背脊。

"邵臣……"

他没说话，脑子空白，心里也一片空荡，麻木的神经需要一些刺激，才能感受到自己还活着。

明微理解他，明白他，而且愿意无条件地承受和接纳，就像他平日里对待自己那样。

很幸福，不是吗？

她防备心那么重，现在却愿意包容另一个人，原来付出也有价值，也可以得到快乐。

窗外的雨越下越大，仿佛要淋到屋里来。

邵臣混乱地想自己和明微之间究竟算什么？喜欢？情趣？或是

每一次接触时无法自制的心动？一次次拒绝她、远离她时的酸涩？还是两人在暴风雨里共骑一辆摩托车、在破旧的小木屋里相顾无言的沉默？

想到这儿，邵臣心口剧烈疼痛。他觉得自己快疯了，埋下头去用力咬她的肩膀和颈脖。

为什么这么复杂、这么难？如果他和明微只是因为寂寞而纠缠，那他就不用承受这些牵肠挂肚，也不会舍不得，更不会心痛了。

过了很久，邵臣伏在明微背上重重喘气。她的手指揪住枕头，松开，然后又揪住。

意识到自己刚才有多浑蛋，邵臣哑声开口："对不起。"

明微周身酸软，脊梁麻得一塌糊涂，来不及思考，昏头昏脑地回了一句"没关系"。

说完才发觉这个对话很荒谬，她咬咬唇，问："你怎么了？"

邵臣缓缓从她身上下来，倒在旁边，拉起被子将她盖住。

"我……过几天可能得住院。"

话只说了一半，明微的心脏猛地跳了两下。她知道，他想让她回去，回自己家去。

"什么时候？"

"大概一周以后。"

一周，七天。明微在心里默念一遍，扯起嘴角笑着说："那还早，到时再说吧。"

到时再赶我也不迟。

邵臣没法儿对她讲什么狠心的话。

雷声轰鸣，闪电在房间劈开蓝色的影子，明微的巴掌脸若明若暗，脆弱而迷人。

邵臣抬手抚摸她的额角，喃喃地说："那天下大雨，你的头发淋湿了，很狼狈，气鼓鼓的，像一只可怜的小松鼠。"

"在竹青山后山那大吗？"

"嗯。"

明微心里酸楚，轻声低语："你也是，额头和脖子上好多的水，湿漉漉的。"

邵臣似乎困了，目光迷离。明微便将他揽到怀中，他第一次像个虚弱的病人那样依偎着她。

"我想去山里住几天。"

邵臣听见后，嗯了一声。

明微对他说："竹青山的云海可壮观了，你看过吗？"

"没有。"

"那我们去看云海和日出，住上次那家民宿，好不好？"

"好……"邵臣呼吸沉缓，几不可闻地应着她，下一刻便安稳地睡去。

明微抚摸他的头发，独自听着窗外永无休止的雨声，心也进入漫长又空旷的空间，无思无想。

第二天下午，两人简单收拾了一点儿行李，驱车前往竹青山。

"我来开车吧，拿了驾照后都没怎么开过。"

邵臣知道明微不想让自己劳累，接受了这份心意，只笑着问："我们能安全到达目的地吗？"

明微认真地说："系好安全带，别让我分心。"

邵臣笑了："好的，师傅。"

他们从后山上去，直接开到民宿门口。

明微上次只顾着看邵臣，没有仔细观察过民宿，这会儿才留意到这家民宿叫"北青萝"。

什么意思？

邵臣见她好奇，说："李商隐的诗。"

"哪首？"

他歪头思忖："我也只记得一句。"

明微转头看他。

"世界微尘里，吾宁爱与憎。"

明微张嘴默念了一遍，似乎意识到什么，心跳停了一拍。

邵臣觉察到她的目光，像暖阳下粼粼的秋水，荡着光。他忽然有点儿尴尬，平白无故念什么诗呢？太奇怪了。

明微见他耳朵发红，不由得笑了起来："难得看你害羞。"

邵臣不想继续沉浸在这个氛围，搂着她往民宿里走。

前台负责办理入住的是一位中年妇女。

邵臣问："戚老板在吗？"

对方回答："接孩子去了，晚上才回。"

他们拿着房卡去房间。邵臣放下行李，摸了摸明微的脸："累不累？"

明微摇了摇头："你呢？要不要休息一下？"

邵臣有点儿头晕，想逞强来着，但面对她清澈的目光，决定实话实说："嗯，躺会儿吧。"

"好。"

明微帮邵臣脱下冲锋衣，拉上窗帘。两人躺上宽敞的大床，能听见外面山林里的鸟叫。

"你认识这里的老板吗？"明微好奇地问。

"认识，但不算熟。"

"刚才那个是他老婆？"

"不是。"他用两只手抱她，"兄妹。"

明微点头琢磨："有兄弟姐妹也挺好的，如果感情融洽。"

"你有个弟弟，还有继妹？"

"算了吧。"她立刻否认，"跟他们相处不来。"

邵臣默然许久，轻声问："你是觉得他们抢走了你的父母吗？"

明微屏息片刻，喃喃地说："能被抢走的，可能根本就不该属于我。只是我以前很不甘心，也不理解，按理说父母应该是这个世界上最爱我的人，可结果看来并不是这样，现在知道是我太想当然了。不过也无所谓，我不需要他们的施舍。"

邵臣心脏微微收紧。他听得很难受，想对她说：别怕，明微，别着急，以后你会组建自己的家庭，你会有新的家人来爱你，丈夫、孩子……你不会是孤零零的一个人。

但他没有说出口，只是把人抱着，紧搂在怀中。

明微问："这间民宿是戚老板兄妹一起经营吗？"

"嗯。"

"那他老婆呢？"

"已经去世了。"

"啊？"明微觉得诧异，直起身看着他。

邵臣把她的脑袋按下去。

"他是鳏夫呀？"

"嗯，听说他们夫妻感情很深，戚太太去世以后，戚老板差点儿出家做和尚。"

"啊？"明微惊得坐了起来，心中哀悯与震动交织，她睁大眼睛，

226

"现在还有这种男人？真是稀有。"

邵臣淡淡地说："别那么悲观，其实这个世界上有情的男女很多，只是他们没那么幸运遇到对方。"

明微语气戏谑："是吗？我怎么很少见到？"

邵臣听出她言语中隐藏的悲观，不禁轻声问："你是怎么想的，告诉我。"

明微真的思考起来，却突然不知从何说起。她心中有一个混乱的自我在盲目地奔走，在迷雾中不辨方向。

"我……我不知道自己是怎样的。"明微低语，"你相信的那些感情和真心或许真的存在，但太容易弄脏了。我见过曾经相爱的人走向背叛，见过很多的谎言，浸淫其中久了，自己也戴上了玩世不恭的面具。面具戴久了，好像也忘记了自己到底是谁，这让我觉得很恐惧。"

邵臣默然凝神。

"我和我表姐有一个共同点，就是对社会上的很多世俗观念不认同。她选择避世，避开一些纷争，但是也进入另一种约束和规范，而我没有躲避的地方，不知道为什么而活。你说为自己吗？可我根本就不喜欢我自己，我也不明白为什么别人可以轻而易举过得那么充实、那么快乐？以前我试过跟几个关系不错的同学聊起这个话题，她们却像受到冒犯似的，让我不要无病呻吟。总有人说，明微，你知足吧，世界上有的是吃不起饭、上不起学的人，你已经够幸运了，有些人一毕业就得面临就业问题，焦虑竞争，焦虑婚恋，焦虑房子首付……而你已经拥有那么多，就算不工作也没关系，愿意养你的人那么多，你那些困扰跟他们的现实困境比起来，算什么……"

明微停了一会儿，继续说："有段时间我陷入了很深的迷茫之中，怀疑自己是不是真的在无病呻吟，每当觉得痛苦的时候，我立刻会自责，认为自己没资格痛苦……你明白那种感觉吗？"

邵臣呼吸加重，低声回答："我明白。但是，这个世界就是庸俗和高尚的结合体，它不会改变，你要活着，就得自己找乐子。"

明微问："乐子在哪儿？"

邵臣说："俗世的乐趣数不胜数，美酒、美食、美景、可爱的小动物、漂亮的衣服、旅行冒险，去看山川河流、异域风情，结交新朋友，体验其他民族的生活……这些不都是乐趣吗？"

明微点头："对，同时也要忍受它阴暗的部分，人人像骡子一样不停工作，只为赚钱，忍受层出不穷的社会新闻，杀人、强奸、暴力……忍受孤独和麻木，忍受他们把势利眼当作识时务，把勇敢和真诚踩在脚下沾沾自喜，然后眼看着自己成为其中的一员。"

邵臣觉得心惊："明微，你想要的那种乌托邦是不存在的，人活在世上，必须有忍耐和妥协，否则会付出很大的代价。"

明微不语。她心里想，付出什么不重要，重要的是确定自己是谁，以及到底要什么。

可惜她现在也没想清楚。

"好了，你快睡吧。"明微捂住邵臣的眼睛，"别费神陪我聊天了。"

邵臣熟睡后，明微仍无困意。她轻手轻脚下床，走到落地窗前，望着满目翠林，发了好一会儿呆。

她想出去走走，于是披上邵臣的外套，来到院子。这时，戚老板回来了。

一个十岁左右的男孩儿丢下书包向厨房跑去。男孩儿虎头虎脑，皮肤晒得黝黑。

戚老板认出了明微，笑着点点头："是你呀。"

戚老板收拾桌子摆好茶具，明微走上前，跟上次一样自顾自地落座。

"这次来住宿?"

"嗯,"明微点点头,"跟我男朋友一起。"

戚老板的眼睛亮了一下,笑着问:"邵臣小哥吗?你那天偷看的人?"

明微有点儿不好意思,也不知道自己那天是个什么状态,落在别人眼中大概有些痴傻吧。

"喝茶吗?"

她摇头:"老曼峨就算了。"太苦了。

"没有,只是普通的绿茶。"

"行。"

明微看戚老板烧开水,洗盖碗和杯子,从有锈迹的铁罐里拿出茶叶,并不讲究精细和程序,随性自在。

她尝试着开口:"我有个问题想问你,但可能有些冒昧。"

戚老板闻言有些诧异,但仍笑着:"说来听听,我不容易翻脸。"

明微十指交叉,抿了抿嘴:"听说你太太去世以后,你曾经想过出家,是吗?"

戚老板垂眼看着烧滚的水,拎起铁壶,手被烫了一下,才想起拿毛巾包住把手。

戚老板将开水倒进茶碗:"为什么会问这个?"

"我想知道,失去爱人,你是怎么熬过来的?"

戚老板摇头笑了笑:"你还真不怕得罪人。"

明微没有笑,认真看着他。

戚老板摆弄杯子:"当时不知道怎么才能缓解痛苦,每一分、每一秒都难以承受,我控制不了自己的思想,折腾到住院。后来我把头发给剃了，准备出家，不是都说佛家六根清净吗，我以为当了和尚就能消灭烦恼，可没想到人家根本不收我。"

明微脸色苍白："后来呢？"

"后来我妹妹把我儿子带来，痛骂了我一顿。当时我儿子才五岁。"

"所以是责任把你拉回现实生活的。"

戚老板长叹一声，颇为自嘲地说："是呀，孩子还得养，日子还得过。"

明微低头，没有接话。

戚老板知道邵臣的情况，心里那种压抑的感觉卷土重来，忍不住给明微忠告："我们能做的就是过好当下，尽情尽兴地陪伴对方，那些控制不了的事就别多想了。"

明微抿了一口茶，两盏过后，天色渐沉，民宿的灯笼亮起来。

一转眼，明微见邵臣不知何时走了出来。他立在廊檐下，仰头望着油纸灯笼，房屋一角之外是碧蓝色的天空，像夜幕下一棵清瘦笔直的树。

明微看得失神。

那灯笼是竹编纸糊的，上面绘着花鸟走兽，古朴幽静。邵臣抬手掂了掂灯笼底部，一只蛾子从里面逃了出来。

明微的心随着那只蛾子扇动翅膀，绕过他的手，翩然起舞。

他……前世一定也在这样的凉夜里放走过一只扑火的飞蛾。

不知何故，明微生出这样的想法。

晚饭过后，二人躺在庭院的躺椅上看星星。邵臣到一旁接电话，与互助群的管理员做简单的交接。

明微问戚老板："山里有萤火虫吗？"

"以前夏天很多，这两年少了。"

明微没再说话。戚老板顺着她的目光望去，笑着说："你们两个一样，人不在身边，视线却一直跟着。"

明微有点儿不好意思，笑了笑。

邵臣打完电话，看了一眼院子，没有过去，而是径直回到房间，大步走进浴室，猛地呕吐起来。

邵臣感觉到头痛欲裂，他从傍晚起一直不太舒服。他吞了两片止痛药，昏沉沉的，嗜睡的感觉又上来了。

邵臣不想承认，自己正在变得衰弱，不知道还能活多久。

病来如山倒，他真担心自己一觉之后就变成了一具"骷髅"，那画面应该挺可笑的。

邵臣想到床上歇一歇。

明微回房，见邵臣已经睡着了，于是她也早早洗漱休息。

不知沉睡了多久，明微被邵臣叫醒。她揉了揉眼睛，茫然地看着他："怎么了？"

"不是要看日出吗？"邵臣看上去精神不错，"该走了。"

明微迷迷糊糊地直起身："还以为你起不来呢。"

邵臣笑了："我什么时候赖床过？"

邵臣把她从被窝里捞出来，抱到浴室的盥洗台前，免得她贪恋被窝又倒下去。

此时天还黑着，四下静极了。

"现在几点？"

"五点半。我们慢慢上去，应该刚好。"

明微嘴里满是牙膏沫儿："我来竹青山住过那么多回，以前也想看日出，但每次都起不来。"

邵臣穿戴整齐："那你是什么时候看的云海？"

"傍晚。"

邵臣将明微的衣裤鞋袜准备妥当，明微出来换上。

两个人趁着夜色启程，先到前台，拿上戚老板留下的车钥匙，然后打开院门出去。

走到那辆摩托车前，他们看了一眼对方，忍不住笑了。

好在夜色深，明微得以掩饰脸颊上的红晕。

"上来。"

"哦。"

头顶是漫天繁星，四下漆黑，一盏摇晃的车灯穿行在山林间，似明似灭。萧瑟的秋风吹个满面，明微觉得神清气爽。

二人途中遇到夜爬的游客。他们不知走了多久，哀叹连连，男女几人相互调侃埋怨。

到了山顶，更是热闹，观云台的好位置早已架起相机，夜晚观星的天文爱好者整理着昂贵的天文望远镜。还有一些人是上来露营的，空地上散落着七八顶帐篷。

邵臣停好摩托车，找了个位置，从背包里拿出两张折叠椅。

山风吹得人很冷，明微像考拉似的抱住他的胳膊，整个人贴在他身上。

"万一饿了怎么办？"她担忧地问。

"待会儿下山回民宿吃早饭。"

"现在饿了呢？"她嘀咕。

邵臣从背包里拿出一盒酸奶、一盒三明治。

明微打趣地说："你是机器猫吗？"

他问："还想要什么？"

明微把三明治送到他嘴边。

邵臣摇头："我不饿，你吃吧。"

明微抿着吸管喝酸奶，想了想，笑着说："天上没有月亮，你可以变出来吗？"

邵臣听完想了想，低头翻找背包。

明微眼睛发亮，惊讶地看着，看他怎么把月亮找出来。

邵臣拿出一支手电筒，打开，射向不远处的一座小山丘，调整镜筒聚焦，一束小小的圆光映在漆黑的山丘上，倒是有点儿月亮的意思。

明微扑哧一下失笑："你也会这种哄人的把戏。"

邵臣往后靠着椅背，仰头望向夜空，将手电筒冲着夜空晃了晃，再强的光也被黑暗吞没。

"你在想什么？"

邵臣摇了摇头。

明微贴近："告诉我。"

邵臣淡淡地说："在想……我们遇见得太迟了，如果有时间，我会带你去天南地北，去各种地方看月亮、日出、云海、日落。"

明微慢慢屏住呼吸。

"别这么想。"她扯起嘴角笑了笑，"我们要是相处久了，说不定早就开始厌烦、吵架。"

邵臣关掉手电筒，低眉莞尔："我可吵不过你。"说着抬起胳膊揽住她的肩，"还困吗？眯一会儿，我叫你。"

明微打了个哈欠，却说不累，然后发起呆来。

这些日子住在一起，明微最喜欢听邵臣讲过往的经历，那些他二十来岁一个人走过的路、去过的地方。

他也曾沉迷户外运动，徒步、滑雪、骑马、攀岩、露营，晒得黝黑，比现在结实。

他后来在国外待了三年，工作、生活、赚钱、交友，时间倏忽而过。

他从不提过往的感情经历，觉得乏善可陈，明微连哄带骗地引诱他讲讲，但他不上当，知道她醋劲儿大，眼下虽然笑着，保不齐待会儿就会生气不理人，他又一向不懂得怎么哄人。

明微和邵臣相伴，总想起两个字——隽永。

有时她也伤感，躺在他的怀里咕哝："你怎么不早一点儿找到我呢？"

不说三五年，即便早个一两年，那他们也能让对方少承受一两年的孤单不是吗？

每当这时，邵臣都不会说话，只是收紧双臂，似乎要将她揉进自己的骨血，心跳搅在一起，慢慢变得同步。

挽回不了的遗憾，都是造化弄人。

他们只是凡间尘埃，没有力量抵挡命运的安排。

六点十分，太阳出来了。层峦起伏的山川尽头，橘红色的太阳缓缓探出头，霞光万丈，一时竟分不清这是朝阳还是落日。

几万年前的原始人也是这么看日出的吧？那光像从几万年前而来，寂静永恒。

明微的心好像飘向了虚无空旷之境，被眼前壮阔的美丽毁灭。她从来没有好好地看过日出，不知道太阳看着地上的人是什么滋味。

忽然，观景台一阵骚动，明微转眸望去，原来是有人求婚。

年轻的男子单膝下跪，向心爱的女孩儿掏出戒指，祈求与她结为连理，共度余生。女孩儿惊讶地捂住嘴，喜极而泣。

明微瞧着高兴，鼓掌欢呼，随周围的看客们一同起哄。

她看戏，邵臣看她。

"有情人终成眷属"的剧情，明微一向喜欢，仿佛世上多几个美好的结局，尽管是别人的，对她来说也是一种抚慰。

天渐渐亮起来，游客们还在拍照，邵臣和明微吹了一会儿风，收拾折叠椅下山。

摩托车在快抵达"北青萝"时减速，明微忽然说："别停，往前开。"

邵臣不解地问："不回民宿吃饭吗？"

她只说："兜兜风。"

邵臣骤然想到什么，心下一跳，没有再多问，继续将车子往山下开。几分钟后，看见路边山坡上的木屋，他停下来："过去看看？"

明微很轻地嗯了一声。

两人下了车。邵臣见明微略低着头，似乎有点儿害羞，双颊绯红。她觉察到他的视线，抬手摸了摸鼻子掩饰尴尬。

傻姑娘……

邵臣的心先是软了一下，随后疼了一下，他再也忍不住，俯下身与她接吻。

明微忽然眼眶发酸，她不想哭的。

"怎么了？"

"不知道。"

邵臣觉得自己的心脏快要四分五裂了。他叹了一口气，把她抱在怀里："好了，好了。"

明微抽噎了一会儿，眼泪在他的冲锋衣上晕开。

木屋看上去比上次来的时候像样些，天朗气清，没有夜雨里凄凉败落的景象。他们走进去，四下打量，地上有一堆熄灭的柴火。

明微问："那天你找耳钉找了多久？"

邵臣说："没多久，手电筒的电量用完之前就找到了。"

明微摇头笑了笑："做这种傻事。"

邵臣又看了一遍这间屋子，默然良久："走吧，当心蜘蛛又跑出来。"

明微努了努嘴，走到门口，回头又看了看。

邵臣的心疼了起来，垂眸望着她留恋的脸，伸手碰了碰，哑声说："很久没见你戴耳环了。"

"是吗？"她歪头想了想，自己也觉得诧异，笑起来，"我好像也很久没化过妆了。"

明微深邃的大眼睛俏皮地眨着。邵臣想抚一抚她蝶翼似的睫毛，但怕碰到她眼睛，于是收回手："走吧。"

木屋后面是一片杉木林。树木笔直挺拔，高耸入云。明微踏入林中，仰头遥望缝隙间洒落的阳光，近乎透明的白色，如烟如雾，从很高很高的地方斜落下来，穿过枯枝，抚过潮湿的棕色树皮和深秋染成橘红色的叶子，细小的尘埃在其间飞舞。

邵臣看见明微仰起脸，让古老的日光洒满周身。

她闭上眼睛深深地呼吸，然后回头朝他笑："这树真好看！"

邵臣将这一幕放进心里很深很深的地方，永志不忘。

Chapter 10
失魂

　　他们原本计划在山里住上一周，可第四天邵臣因为颅内高压被送进了医院。

　　输液室人头攒动，没有床位，邵臣坐在长椅一角闭目养神。

　　明微端着杯温水进来，远远瞧着角落里的邵臣。

　　邵臣的脸色苍白憔悴，眉宇间出现川字纹。他那么能忍耐的人，刚才疼得几乎不能言语，浑身冷汗淋淋。

　　明微深吸两口气，走过去递上一次性水杯，问："好些了吗？"

　　邵臣疲惫地睁开眼，接过水，抿了一口："嗯。"

　　明微摸着他的头发："冷不冷？"

　　"还好。"邵臣说着拉下她的手，贴在脸颊上蹭了蹭，然后又闭上了眼。

　　明微心软似水，挨着他坐下，轻声说："靠着我睡会儿吧。"

　　他低低地应了一声，脑袋枕在她肩头，呼吸轻得几乎感觉不到。

　　输完液，明微带邵臣去附近的餐厅吃午饭。四个小时后他还得回医院再打一次甘露醇。

可邵臣没有胃口。

明微端起碗，一勺一勺地喂他，轻言细语地哄："多少吃点儿，你这两天都没怎么进食。"

"我怕吃了会吐。"

"没关系，医生不是开了昂丹司琼吗？"

邵臣勉强喝下半碗粥。他看着明微专注体贴的样子，像一棵美丽又可靠的树。有那么一瞬间，他的心险些顺着本能滑向软弱——

就交给她吧，依赖她吧，你没有力气了，好好歇一歇……

但他很快遏制住这个想法。性格使然，他没法儿任由自己脆弱，那对他来说意味着放纵和堕落，即便对方愿意接纳他所有的模样。

傍晚，在邵臣输完液后二人回到家。

明微放下行李，先清点整理，把衣物拿出来塞进洗衣机，然后回复戚老板的信息。

邵臣坐在椅子上，看着明微走来走去。她又翻出从医院带回来的药，仔细阅读说明书。

"明天还要打甘露醇，你输液的时候疼吗？我看帖子，有的人输这个药时血管特别疼。"

邵臣没有回话。

明微奇怪地转头望去，发现邵臣正用一种寂静的目光看着她，似雾般朦胧。

"怎么了？"她没听过自己如此温柔的语调。

邵臣垂下眸子迟疑数秒，再抬起眼眸时，像是做了某种决定，告诉她说："我打算直接住院。"

明微呆呆地听着，走过去，坐在饭桌对面，屏息看着他。

"老实说……甘露醇作用不是很大，我现在双手发麻，眼睛和头都在发胀。"邵臣扯起嘴角，像在嘲弄自己。

明微浑身紧绷："明天跟医生商量一下，加贝伐单抗，或者甘油果糖。"

邵臣胸膛缓慢起伏，缓缓点头："好。"

明微觉得他有话要对自己说，但很难开口。

"你饿不饿？"明微眨了眨干涩的眼睛，"我去看看冰箱里有什么吃的……过了这么久，我还是一个菜都没学会，你将就吃点儿，好吗？"

明微说着起身往厨房走，经过他身边时，被握住了手腕。

邵臣仰头凝视她，声音放得无比轻缓："你走吧，明微。"

他就这么说了出来。

明微嘴唇紧抿，肩膀绷着，一时没法儿动弹。

"其实医生上次就建议我做化疗。接下来我会请一个护工，二十四小时陪护，很专业，你不用再陪我去医院，回自己家去吧。"

明微过了好半晌才回过神，脸颊微微抽搐，冷笑说："你住院，打发我走，什么意思？这种时候我能走吗？走哪儿去？！"

邵臣似乎早就预料到了她的激烈反应，无比理智地说："我们才认识两个月，就像一场美妙的短途旅行，现在旅行结束了，我回到现实，接下来的路我想自己去面对，而你的旅程还在继续，前方还有别的风景……你不要把时间耗在我身上，到此结束吧。"

"什么屁话！"明微眼眶湿红，"你在最需要人照顾的时候赶我走，不觉得这样对你自己、对我都很残忍吗？你犟个什么劲儿，是不是认为自己扛下一切很牛、很骄傲？别那么幼稚行不行？！"

邵臣感觉到手掌之下的她在颤抖："我不需要你的照顾，更不想让你看到我化疗的过程，我们之间只留下那些快乐干净的回忆不好吗？"

明微质问："你把我当什么？只能同甘，不能共苦？你到底把我当什么？！"

邵臣垂下头，握着她冰凉的手："你越这样，我越难受。明微，你想让我在你眼前咽气吗？我受不了那种场景，更没有理由让你承受那么大的冲击。我只想要你忘掉我，去过自由快乐的人生……否则，我怎么安心？"

明微用力闭上眼。

他说，我只是你人生的过客。

他又说，忘掉我，去过自由快乐的日子。

他和她都在用自己的方式为对方好，谁也说不通谁。

这是一个注定无解的问题。

"你不会死的。"明微放软声音，抚摸他乱糟糟的头发，"说不定化疗之后病情就控制住了呢。"

邵臣双眸低垂，瞳孔染上沉郁的蓝，朦朦胧胧。

"你不让我陪，我不陪就是了。现在天已经黑了，你不会立刻就要赶我出门吧？"

明微终究还是让步了。

邵臣嘴唇微动："不会。"

明微点点头："我去帮你收拾行李，你要在医院住多久？"

"至少半个月。"

她说"好"，然后装作无事发生一样，说："我在家等你。"

深夜，两人背对着侧躺在床上，谁也没有睡，也都没有言语。

不知过了多久，明微感觉到身旁的人轻轻翻动身子，她也转过身去。邵臣抬起胳膊，她便自然而然地依偎过去。

二人额头贴着额头，小腿缠着小腿。

明微的手缓缓抚摸邵臣清晰的肋骨，然后是消瘦的腰、微拱的背脊……她想将他的每一寸都牢牢刻在心里，融进血肉。

"快睡吧。"邵臣低声说，"别再胡闹了。"

邵臣的嗓音干涩，略微沙哑，脆弱敏感。

明微意识到什么，没有直接说出口，只是很轻地笑了笑："明明喜欢我胡闹，嘴上却不承认，口是心非。"

邵臣沉默无言。

明微望着月光投在墙上的幽影："其实我做过一个梦，梦里我们一起出去旅游，走了很多很多地方，后来结了婚，没有要小孩儿，因为不想分散对方的注意力。两个人陪伴了彼此几十年，你变成一个老头儿，我也变成一个老太太，漂亮的老太太，后半生特别美满……"

"别说了，明微。"邵臣闭上眼睛，"别再说了。"

晓得他难过，明微静默片刻，仰起头，亲了亲他的嘴角。

"喜欢吗？"

"嗯。"

"还舍得赶我走吗？"

邵臣探出的手顿住。

明微苦笑一声："你在担心什么呢？怕自己死了，我承受不了，太伤心，走不出来？还是怕我像戚老板那样，想不开出家？"

邵臣喉咙发紧。

夜色掩盖住了明微苍白的脸。她抬起尖尖的下巴，挑了一下眉，好似二人初识那会儿桀骜的模样："我们才在一起多久呀，能有多深的感情？我会为你伤心几天、几周、几个月？如你所说，我的人生还长呢，前面的风景美不胜收，要是你死了，我再找个喜欢的呗。这样你放心了吧？满意了吧？"

邵臣没有回应。

明微短促地笑了笑，俯下身去与他接吻。

邵臣轻轻抚摸着她的脸，哑声说："偶尔想我一下，好吗？"

明微戏谑地说："你那么讨厌，谁要想你。"

邵臣知道她在说反话，但仍然忍不住在她的肩膀上咬了一口。

明微笑了："用力点儿。"

邵臣倒在枕头上望着她。幽暗的月光下，她的脸明暗交错，美得不像凡人，长发垂腰，发丝起伏、摇曳。

"我看见月亮了。"明微的视线落向窗子。

邵臣压抑着喘息，哑着嗓子说："嗯，我也看见了。"

很美！

次日清晨，邵臣在头痛中醒来，身边空荡荡的，没有人在。他起身下床，走出卧室，发现桌上摆着早餐。

明微从阳台走进来，平静地告诉他："吃完早饭我送你去医院，办完住院手续我就走。"

邵臣神情平静，点了点头，手握住椅背："过几天我可能有事找你。"

明微诧异地问："什么事？"

邵臣犹豫片刻："到时候再说吧。"

明微不明所以，但没有继续追问。

早饭过后，二人拎着行李出门。明微负责开车，二人一路沉默无语。

邵臣转头看着明微冷淡的面容,是从未有过的理智与沉着,不再像昨天那样感情用事。

这就是他想要的结果,不是吗?

邵臣垂下眼帘,头依然在疼。

到了医院,明微井井有条地办理手续,将邵臣送到病房,打量了一下周遭环境,对他说:"有什么问题随时给我打电话。"

邵臣不置可否,只说:"你回去吧,护工一会儿就到了。"

明微笑了:"你不想抱抱我吗?"

邵臣愣怔一瞬,下意识地看了看邻床的病人和家属。

明微知道他的性子,当即摇摇头:"逗你的。"

明微说完转身离开。邵臣这时突然伸出手,将她拉到怀里紧紧抱住。

"回去和你爸妈好好相处。"

"嗯。"

"世界上糟糕的人很多,但可爱的人也不少,你不要悲观。"

"我知道。"

"爱惜自己的健康,早点儿去做个胃镜。"

他怎么还记得这个?

明微咋舌:"啊?不要吧……"

"一定要做。"

明微哭笑不得地说:"行,行,我做。"

邵臣像是要把她揉进血肉里。

"你自己在医院乖乖的,"明微摸着他的后脑勺儿,"积极治疗。"

"嗯。"邵臣松开她,再抱下去就舍不得放了,"你走吧。"

明微笑了笑,转身出了病房,扬起的嘴角瞬间僵硬。她低头看着自己的脚尖，麻木地乘电梯下楼。

明微开着邵臣的车子回到灯台街。她将车停在路边，先到便利店买了包烟和打火机，然后站在垃圾桶旁抽了两根。

明微上楼回家，把早上用过的碗筷收到厨房洗干净，然后扫地，拖地，擦桌柜，铲猫屎。搞完卫生，她下楼去对面的面馆吃午饭。

老板是一对中年夫妇，见明微今天一个人光顾，不禁问："你男朋友怎么没来？"

明微说："他有事。"

老板点点头。

明微突兀地说："他过几天就回来。"

"哦，好，到时多来店里坐坐。"

明微点头："行。"

下午明微返回医院，在住院部楼下的花园里坐着、守着。

待到天边彩霞满天，她的肚子饿了，于是出去吃了点儿东西。晚上继续留在花园，一直到她困了，哈欠连天，才开车回家洗澡睡觉。

一夜无梦。

次日清晨，明微早早起床，喂完黑糖，下楼去包子铺吃早饭，填饱肚子之后前往医院。

医院的花园风景单调，也没有种什么观赏性强的绿植，只有一棵偌大的榕树，枝叶茂盛。

明微坐在树下的长椅上，被大树遮挡，从楼上不太能看到。

明微没有任何计划和打算，只是想在医院陪着邵臣，离他近点儿，再近点儿。

可哪知傍晚时分明微突然收到邵臣的微信消息：明微，回去。

她不明白自己是怎么暴露的，隔着树枝和树叶的缝隙往上偷瞄，分明挡得很严实呀!

邵臣:*我看见你的脚了。*

啊?她当即缩起双腿,心中满是不可思议,只凭一双脚或者鞋子,他就认出自己了吗?

明微觉得神奇,不太敢信,她小心翼翼地挪了挪身子,探头张望,果然猝不及防地与站在窗边的邵臣打了个照面儿。她心猛地一跳,尴尬地咧嘴笑了笑。

邵臣低头打字:*回去吧。*

明微也没跟他较劲儿,挥了挥手,倒是很听劝地离开了。

但她只是离开花园,并没有回家。她换了个地方,待在车里,想着这样应该不会被他发现了。

又一日午后,明微坐在便利店里吃三角饭团。她给邵臣发信息,问:*治疗方案出来了吗?*

过了十几分钟,她收到回复:*出了,明天开始化疗。*

明微顿住,心口透不过气来,用力地深呼吸,想说点儿鼓励的话,但又觉得都是废话。

这时手机屏幕上弹出一条新信息:*你有按时吃饭吗?*

明微瞥了一眼手边的紫菜饭团:*有。*

她忽然间意识到怎样才能使邵臣开心,立刻驱车去到一家高档餐厅,点了几道招牌菜,然后拍照发给邵臣。

下午明微去电影院看电影。影院里没几个人,她坐在最后一排昏昏欲睡,一边看一边给邵臣发信息吐槽:*晚上要去我妈家吃饭。*

她没有去,看完电影就回了医院,把以前在许芳仪家发生过的事当作此刻的事讲给他听。

明微：你不知道我那个弟弟有多讨厌。

明微：我妈的小老公每次见我都一副倒霉相，假笑，摆姿态，比我弟还讨厌。

……

此后的每一天，明微真真假假地编造出充实热闹的生活景象，让邵臣知道她过得很好，真的很好，完全没有任何问题。

尽管邵臣再也没有回复过她。

半个月过去了，明微没有等到邵臣结束化疗出院，但是等到了他的信息：明微，你下午有空吗？

当时明微正在车里打瞌睡，收到微信消息差点儿跳起来：有，有，有！

邵臣：下午三点来医院一趟，可以吗？

明微：好的呀。

她激动得要命。

明微抓耳挠腮地等到约定的时间，立刻下车朝住院部走去。到了病房门口，她拿出手机，打开前置摄像头，照了照自己的样子，做了几个深呼吸，推门进去。

邵臣躺在病床上，旁边坐着两位西装革履的男士。

明微眼睛一眨不眨地望着邵臣，慢慢地走近。

他瘦了很多，看上去体重大概掉了有二十斤，手臂上青一块紫一块的，全是打留置针留下的瘀痕。

邵臣现在视线有点儿模糊，见明微进来，不敢认，眯眼认真辨认了一下，然后很淡地笑了笑。

明微险些认不出邵臣。她走到床边，伸手抚摸着他无比憔悴的脸，扯起嘴角："比我想象中好点儿，头发没掉。"

邵臣指了指旁边的人："这是彭经理和高律师。"

明微置若罔闻，眼睛只看着他，直到几份文件递到她的面前。

"本来打算做完第一次化疗，身体恢复一点儿，再跟你聊这件事。我给你买了三份保险，一份养老保险，一份重大疾病保险，还有一份医疗保险，都是趸交，合同高律师把关看过，没有问题，你可以放心签字。"

明微脑子一片空白。

"明天高律师会代我给你转一笔款，没多少钱，但是……可以让你在三十岁之前无忧无虑地享受生活，你想去什么地方，想做什么，都可以。只要看过世界好的那部分，你就不会再这么……厌世了。"邵臣的声音有些虚弱，但听得出来他是快乐的，"等到三十岁，人成熟些，你会有能力过好未来的人生……"

明微感觉浑身轻飘飘的，感受不到一点儿重量。她的心正在经历海啸和地震，可是她却异常冷静。

"你爷爷呢？"她看着邵臣。

"都安排好了。"

全都安排好了，说得多么轻巧哇。

明微点点头，忽然垂眸笑起来，每笑一下，心口都仿佛在颤抖。

怎么会有这种人呢？她想，世界上居然会有这样一个人，如此用尽心思地待她，替她着想，简直不可思议到了荒谬的地步。

明微拿起笔签合同："行，我听你的。"

都听他的吧，照着去做，只要他高兴，她什么都愿意配合。

保险经理人和律师似乎说了些什么，但明微一个字也没听进去。然后这两人一起走了，不知是出去回避，还是功成身退。

多余的外人离开，明微把帘子拉上，坐到床边，俯下身去亲邵臣的额头、鼻梁……

邵臣稍稍别过脸："你……"

明微轻嗤一声："才多久没见哪，不让亲了？"

邵臣噎住，不知道怎么应付她的无赖行为："我现在……不太好看。"

明微一下下地抚摸他的额头，柔声说："傻子，在情人眼里，怎么都好看的。"

邵臣薄薄的胸膛轻轻起伏。明微又低下头，亲他紧绷的嘴角。

邵臣的眼神渐渐变得无比留恋。

"你的护工呢？"

"在外面，很黑的那个。"

"我刚才都没留意。"

"回去吧。"

"我才来多久呀！"

邵臣笑了："待在医院做什么，都是病气。"

"我想见你的主治医师。"

他摇了摇头。

明微咬唇，又问："你三哥呢？"

"来过，想留下来陪护，我让他回去了。"

明微歪头看着他，无奈地笑了笑："邵臣，你是我见过最要强的人。"

要强到近乎顽固。

"以前你说我任性，其实你自己也挺任性的，不是吗？"

邵臣的嘴唇动了动："我一直就是这样的人。"

他从来如此，自尊自强，不麻烦任何人，即便与王丰年交好，也始终保持距离。生病之前，他的防备心和疏离感其实更加不可理喻。

但不知为什么，在明微眼里，他似乎是个很好很好的人，他都不知道自己有什么好的。

"你真的很讨厌。"明微依偎在枕边，像以往他们在家时那样亲昵，"把我叫过来，居然为了签保单。你把我几十年后养老的事情都安排好了，是不是特有成就感？"

邵臣没有否认。在能力范围之内为爱人做好打算，是他最后的价值了。

邵臣喜欢与明微耳鬓厮磨，和她亲昵地低语，一直很喜欢。

"知道我们现在像什么吗？"明微稍稍抬起脸，抿嘴调侃，"蛇蝎'捞女'和痴情汉子。三个月让你对我死心塌地，交出财产。取个标题去网上发帖子，肯定会红。"

邵臣却没笑，只望着她："让我看看你。"

明微双手捧着邵臣的头，用鼻尖蹭了蹭他的鼻尖，心里在说：邵臣，别离开我，我们永远在一起，好吗？

"明微，我想看你快快乐乐的，顺遂健康，有人疼，有人爱。将来想结婚的时候找个可靠的人，要对你很好，家庭和睦，美满幸福……然后，偶尔想起我，不会后悔这几个月的相处，我就很开心了。"

明微眼神微动，一眨不眨地凝视着他："邵臣，这几个月是我这辈子最快乐的时光，是你给我的。以后我会过得很好，你放心。"

他点头。

明微吻下去，吮吸他干燥的嘴唇，温柔绵长，如同亲吻一件易碎的珍宝。

后来的几天里，明微总想不起来那天具体发生了什么，她好像丧失了记忆。

邵臣的化疗结果并不理想，于是又开始局部放疗。

王丰年带着家人来医院看望，互助群的群友也来探视，但为了不打扰他休息，没一会儿就走了。

气温一天冷过一天，实习护士吴冰发现自己的"小太阳"不知被谁借了去，心里烦闷，但没敢发作。

吴冰披上医院发的毛衣外套，转头又看见那个很漂亮的女孩儿坐在病房外。她神情麻木地用后脑勺儿磕着墙壁，一下一下，仿佛没有意识。

女孩儿每天都来，守在病房外，有时一坐就是一整天，闭着眼睛，不知道在想什么。

吴冰刚踏入社会，没怎么见过这种情形，忍不住上前，用手掌挡住她的后脑勺儿，说："别撞了。"

明微睁开眼，目光茫然。

"不疼吗？"吴冰问。

明微摇了摇头。

"回去吧，很晚了，明天再来。"

明微还是摇头。

吴冰叹了口气，拿出一张小毯子给她盖上，然后听见她用极轻的声音说："谢谢。"

"不用。"

明微在椅子上坐了一个通宵。清晨，她去洗手间搓了把脸，脑子一阵眩晕。

回到走廊，她发现王丰年带着老婆、儿子赶来了病房。没一会儿，文婆婆和一个年轻人也一同赶来。

明微像幽魂似的走近，听见里边医生和护士正说着什么，然后有人开始啜泣。她猛地屏住呼吸，停住脚步，脑袋里仿佛有一口大钟在撞击，狠狠几下之后，她如梦初醒，没有选择进去，而是转头就走。

明微刚到楼下，正要离开住院部，忽然听到身后有人大喊。

"明微！"

她没有停留，置若罔闻。

王煜跑上前拦住明微的去路，双眼通红地质问："你为什么不去见他最后一面？刚才他说胡话……"

明微面无表情地看着王煜，吐出一个字："滚。"

"你……你还是不是人？小叔对你那么好，你良心被狗吃了？他死了，你都不肯去看一眼！"

明微冷冷地说："他没死，看什么最后一眼？有病。"

王煜惊愕地愣在原地，张着嘴，竟然如失语般说不出话。

明微大步走向停车场，上车后颤抖着手掏出手机，点开邵臣的微信，如常发送信息：邵臣，我有点儿累，先回去睡觉了。

明微开车回家，什么都不想，吃两颗安定片，立刻倒在床上。

快睡！快睡！睡醒就好了。不管什么事，睡一觉起来都会好的。

黑糖跳上床，挨着她趴下。

药效发作，明微的头脑昏沉无比，在陷入昏睡的前一秒，明微听见心里有个声音说——

世上只有一个邵臣，他死了，从此再也没有这个人了。

十二月底，明微计划着将便利店盘出去，思索一晚，最后决定转给阿云。

可阿云并没有那么多存款支付转让费。

明微对她说："分期慢慢还呗，赚了钱再还也行，不用有负担，反正我不缺钱。"

她现在可有钱了。

阿云的梦想就是拥有一间属于自己的店，但没想到这么快就实现了，她心里感谢明微，一时间红了眼眶，抹起了眼泪。

明微只是嘱咐阿云和丈夫好好生活。她希望真心相爱的人不要经历太多波折，有个好的结果。

明微处理完店铺，又将黑糖送上山，交给楚媛照看，然后拎一个行李箱，踏上漫长的旅程，开始去看各地的风光。

她没跟家里任何人交代，也没有联系他们。许芳仪和明崇晖只能通过微信定位知道她在什么地方。

由南到东，由东到北，再往西，一直出了国，明微沿途见识了迥然不同的风土人情，最后去了邵臣生活过的地方。

明微在外面晃荡了一整年，突然在某一天回来了。她给父母打电话报平安，然后请他们出去吃饭。

一年不见，明微瘦了许多，但是乐呵呵的，一副神采奕奕的样子。

明微给他们递上礼物，是当地集市的手工艺品，造型怪异的木雕和肥皂石。

"你这是从哪儿弄回来的？"

"R 国。"

"出去这么久也不跟我们说一声，万一在外面遇到危险怎么办？"许芳仪说。

明微却毫不在意，笑着耸了耸肩："我这不好好的吗？"

明崇晖说："你玩也玩够了，对将来有什么规划？"

"没有。"

"总不能一直这么不务正业吧？"明崇晖略感无奈，"学业、事业、婚姻，总得有一样经营起来，否则整天游手好闲，时间久了，人就玩废了。"

明微没接话。

许芳仪看着她叹气："你呀，什么时候才能长大，让我们少操心。"

明微笑了笑，脾气不像从前那么暴躁，一个字也没有反驳。

父母又提起傅哲云，说他相了几次亲都不满意，偶尔提起明微，依旧十分关心，显然心里还有情意。

"要不你们相处相处？反正都是单身，接触一下也不耽误什么。"许芳仪劝说道。

明微用力深吸一口气，扬起笑脸："好呀，接触接触呗。"

许芳仪和明崇晖总算满意地点点头。

明微开始和傅哲云约会，吃饭、逛街、看电影，还带他跟楚媛见了一面。

一个星期后，明微实在勉强不了自己，对傅哲云说："还是算了吧，我们俩不合适。"

傅哲云问她哪儿不合适，她也说不上来："你挺好的，但是……我真的没有感觉，抱歉。"

许芳仪和明崇晖得知以后自然失望。

明微上山，到善水宫找楚媛，住了一夜。她原本想去后山看看戚老板，但认真想了想，还是没去。

夜里无比寂静，明微睡不着，悄声下床，摸黑儿走到廊角，遥望山顶的方向，一时记起许多往事。她的嘴角轻轻扬了起来，转念又变得低落。

　　再也回不去了。

　　第二天一早，明微冒着大雨离开善水宫，没有带走黑糖。

　　她好不容易徒步走下山，搭上出租车。

　　师傅问："去哪儿？"

　　"灯台街。"

　　回到那片老城区时已经将近十点，街上的铺子都开着。她到甜品店点了一份紫米粥。

　　等待出餐的空当，明微坐在窗边，看着街道上狼狈的雨景。她犹豫许久，拿出手机，拨通了许芳仪的电话。

　　"难得一早给我打电话，啥事儿呀？"

　　"没什么，我昨天去山上看了楚媛，她挺好的，你跟姨妈、姨父说一声。"

　　许芳仪哀叹一声："你姐好端端地跑去当道姑，我这辈子都没法儿理解，你可别跟着学。你爸一直想让你考研，女孩子家多读点儿书也不错，反正家里也不需要你赚钱，你自己认真计划一下。"

　　明微回答说："知道了。"她想了想，接着问，"妈，董叔叔对你好吗？"

　　"挺好的呀……微微，你是不是还在怪我当初和你爸离婚？"

　　"没有……"

　　"我们当时真的过不下去了，勉强在一起有什么意思？天天吵架，对你也没有任何好处。我比你董叔叔大几岁，又是二婚，周围很多人不看好，我偏要把婚姻经营得漂漂亮亮的，打他们的脸，你知道吗？"

明微静静地听着。

"我们人到中年，有自己的困扰和麻烦要处理，你长大了，明微，别再让我们操心了，好吗？"

明微垂眸沉默了一会儿，轻轻地笑着说："好。"

挂了电话，明微安静地呆愣半晌，抽出纸巾擦了擦脸和下巴，接着又给明崇晖打电话。

"喂？"

"爸，你在忙吗？"

"没有，今天休息。"

明微看着玻璃窗上的雨痕，听见电话那头薛美霞和嘉宝的声音，像在讨论中午去哪家餐厅吃饭。

"今天要下馆子呀？"

"还没决定，你有空就过来一起去吧。"明崇晖说。

"不，我……我有事，下次吧。"明微笑了笑，"爸，以前我给您添了那么多乱，是不是很烦人？"

电话那头的人发出轻轻的叹息："也不知道你像谁……其实我和你妈只是担心你的前程，希望你走上正途，以免将来后悔。可你总是对我们敌意那么大，不肯听一句。"

明微自嘲地说："可能叛逆期比较长吧。"

明崇晖说："也是我疏于管教。"

明微沉默了一会儿，又听见那头母女俩的欢声笑语，于是忍不住说："爸，你替我向薛阿姨说声谢谢，她全心全意地照顾您，您和她结婚以后变得幸福了很多，我以前只顾自己，没想过父母幸不幸福……对薛阿姨的态度也不好，希望她别记仇。"

明崇晖听着，感叹着说："你能体谅父母，说明真的懂事了，我很欣慰。"

是呀，她终于懂事了。

明微喃喃地笑着说："你不怪我就行。好吧，我不打扰你们了。"

结束通话，外卖已经打包妥当，明微提着塑料袋往熟悉的居民楼走。

明微拐进巷子，发现眼前变得空旷，那棵茂盛的苦楝树竟然被砍掉了，只剩下一截光秃秃的矮墩。

明微的心脏骤然揪紧。

她从昏暗的楼道走上去，掏出钥匙开门。

一年前她租下这套房子，一口气交了两年的租金，临走前用防尘布把家具都遮了起来，此刻一件件掀开，房间恢复成以前的老样子，什么都没变。

窗外大雨倾盆，屋里亮着灯，她的心无比宁静。

走到卧室门边，看着那张与小房间格格不入的大床，明微觉得滑稽，忍不住一笑。

兴许是幻觉，明微仿佛看见去年秋天，一个阳光明媚的午后，邵臣枕着胳膊，刚刚午睡醒来。明微趴在他身旁，她的小腿跷着，晃啊晃，不知说了什么俏皮话，把邵臣也逗笑了，屈指轻轻敲她的脑门儿。

整个房间是落满心扉的秋色。

明微看呆了，久违的幸福感溢满周身，她沉浸其中。可下一秒幻象破灭，床上空空如也，暖阳被阴霾取代，什么都没有了。

明微眼里的光熄灭，垂头走向沙发，落座，然后拿出手机。

她点开了那个微信对话框，开始慢慢敲字。

　　邵臣，我回来了。你说得对，花花世界、异域美景，我都见过了，真的很美，但是都没有你。

　　我学着融入这个世界，学着开心、合群，如你期望的那样，每天都过得很充实。我听从父母的安排，去和他们看中的优秀青年约会，也答应他们继续读书，做个懂事体贴的女儿。所有人都想把我拉上正轨，可是没有人在乎我快不快乐。

　　我每天都在想你。

　　你孤独吗？还会疼吗？

　　有时我都怀疑你是否真的存在过，因为我已经记不清你的样子了。我们连一张合照都没有，可我每一分、每一秒都在想你。

　　你知道的，对吧？

　　……

今天天气真冷，明微打开热腾腾的紫米粥，搅拌一下，舀一勺送入口中。

嗯，外面餐厅卖的粥竟然也没有邵臣做的好吃。

一勺，两勺，三勺……

明微吃完粥，走到小沙发边躺下，掏出耳钉戴好，轻盈的"小绿蛇"趴在她柔软的耳垂上。她将一件宽大的黑色冲锋衣裹在身上，眷恋地蹭了蹭，好似回到爱人的怀抱。

然后，她累得一动也不想动。

空荡荡的阳台，连一片树叶都看不到了。以前她和邵臣说，想看看夏天苦楝树上满是紫花的模样……

可现在没有夏天，没有苦楝树，也没有邵臣。

再也看不到了。

End
尾声

明微下山后，狂风骤雨呼啸了一整日，宫观里养了不少猫，也不知是哪一只被吓得叫唤个不停。

傍晚，邱师兄忽然抱着黑糖来找我，惊讶地说："它怎么了？一直往雨里蹿，爬上栏杆，冲着山下不住地叫。"

我亦十分纳罕。我听明微提过，黑糖从来不会叫唤，来到善水宫一年也没叫过一声，怎么突然如此反常？

"是不是病了，不舒服？"邱师兄猜测。

"喵——喵——"黑糖表情慌乱，焦急地想要挣脱桎梏，叫声凄厉。

我不知道它想跟我说什么，可恨自己愚钝，只得摇了摇头："明天带它下山去宠物医院看看吧。"

师兄说"好"。

夜里我翻看记录本，恍然大悟，原来昨天是邵臣的忌日。他病逝后，肺癌互助群里的人为他烧香，是我亲手写的牌位。

难怪昨天明微的行为如此反常，她一定是想他了。

我问黑糖："你也想他了，对吗？"

黑糖无精打采地趴在桌边，没有回应。

屋外风雨飘摇，挂满祈福带的大树立在庭院，那上面有明微去年写下的祈祷：邵臣远离病痛，健康长寿。

可惜天不遂人愿。

其实去年邵臣也供奉了一盏吉祥灯。我翻看心愿簿，找到他当时留下的笔迹：愿明微平安喜乐。

总有一人能够得偿所愿吧？

我想：人生那么长，心里的伤总有被抚平的一天，刻骨铭心的感情就让它留在过去，往前走吧。

我亲爱的妹妹明微，一定要平安喜乐，度过余生。

（正文完）

梦魇

"明微，别这样好吗？求你！"

邵臣终于冲破心口沉重的压力，挣扎着从梦中惊醒。

一室清辉，窗外树影摇曳，模糊不清，这里是戚老板的民宿"北青萝"，不是梦里阴郁空荡的家。明微好好地躺在他身旁，呼吸清浅，睡得很香。

邵臣慢慢直起身靠在床头，胸膛的痛感还未消散。他用发颤的手指揉捏鼻梁，额头布满冷汗，呼吸粗重。

不知怎么回事，邵臣竟然梦见自己病情加重，化疗和放疗接连失败，最后死在了医院。而明微在一年后回到他们的家，吃下很多药片，躺在沙发上再也没有醒来。他想阻止，可惜发不出声，形同透明，只能眼睁睁地看着她做傻事。

那么残忍的梦，就像真的发生了一样。

邵臣的心脏痛得有些麻痹。

这时，一条纤长的胳膊从下面攀上来，身后的人软绵绵地伏在他的肩头，哑声问："怎么了？"

温热的触碰拉回他的思绪，邵臣低头亲了亲明微的手腕，一路往下，胳膊、肩膀，最后埋进她的颈窝，用力地闭上眼睛。

明微迷迷糊糊地将他揽入怀中："做噩梦了吗？"

"嗯。"

她笑了："这么大的人了，还怕这个呀？"

邵臣不语。

"梦见什么了？告诉我。"

邵臣呼吸沉缓，心里想着，不料嘴上也说了出来："梦见我们都死了……"

"呸、呸、呸。"明微手指插进他的头发里，轻轻搓揉，"你复查结果那么好，不会死的。我就更不会啦。"

邵臣抬起头看她："快睡吧，眼睛都睁不开了。"

"亲一下。"明微呢喃。

邵臣含住明微的嘴唇，吮吸舔舐。

明微渐渐没了力气，手臂滑下去，搭在枕边。她翻身蹭了蹭枕头，转眼又熟睡过去。

邵臣抚摸明微乌黑的鬓发，垂眸瞧着，二人相识以来发生的所有事情像走马灯一般在他脑海转动，浮光掠影。

那天晚上他在酒吧外躲雨，她走过来借打火机，未果，惊鸿一瞥的陌路人。没承想他们又在道观遇见，她站在半人高的陶缸前喂鱼，小壁虎爬上她的腿，她顿时花容失色，惊慌之下把鞋子踢了出去，臊得满脸通红，却还要假装镇定，从容不迫地把鞋子捡回去穿好。

那时的他怎么会想到有一天这个姑娘会毫无防备地躺在他的身边，和他肌肤相亲，交颈而眠。

邵臣没有试过跟谁羁绊这么深，心里有了牵挂，对许多事情的看法也发生改变，他不想死，至少别那么快死，十年八年，三年五年，多活一天都别具深意。

病灶消失，医生惊叹奇迹降临，明微比他还兴奋，笑着，叫着，把医生拽得东倒西歪。

邵臣望着明微，心里冒出"一生一世"之类的词。

真贪哪，他竟然敢想一辈子的事。

明微高兴完，莫名严肃起来，带他到善水宫拜药王殿还愿。

那么玩世不恭的姑娘，心甘情愿地跪在大殿里虔诚供奉香烛，感谢神明保佑她的爱人身体康健，长命百岁。

邵臣心下酸楚。

明微对这个世界的爱，她的真心，她作为一个完整的人，没有表达的渠道，无人问津，只在跟他相爱的时候，所有美好的一面才得以展现，有人欣赏，有人理解。他何等荣幸，成为她自我映照的镜子。

在"北青萝"小住几天后，二人下山。

当天晚上，明微正式带邵臣跟父母吃饭，用态度表明他们在一起的决心不会受任何人动摇。

上回糟糕的生日宴几乎让明崇晖和许芳仪失去这个女儿，如果没有邵臣从中斡旋，明微已经彻底放弃他们，这一点大家心知肚明。

许芳仪是初次见邵臣，左右打量，想挑出什么差错，却以失败告终。他沉稳内敛，不急不躁，无论是说话还是倾听，均平静地看着你的眼睛，没有怯懦殷勤，也不会冒失莽撞，待人接物尤为稳当。看得出来，他的秉性与明微互补，天生契合。

可惜患病，还是癌症。

明崇晖问他们接下来有什么计划。

明微说："可能要出趟远门。"

"去哪儿？"

"旅游。"

"去多久？"

"一两个月，或者一年半载，边走边看。"

明崇晖双手交叉，沉默着观察片刻，问邵臣："明微和你在一起，我可以放心吗？"

邵臣没有犹豫地说："您放心。"

明崇晖点点头，没有说话。

许芳仪始终缄默，有点儿不甘心。明微生得这么漂亮，明明可以有更好的选择，指不定哪天就醒悟过来，后悔了呢？

明微扫一眼就知道许芳仪在琢磨什么。无所谓，她并不需要父母的认可，也不想说服谁接受。她已经得到了最想要的，夫复何求？

"你什么时候把我介绍给亲戚朋友？"回家的路上，明微提出要求。

邵臣诧异地说："我以为你不喜欢和他们打交道。"

"以前觉得没有必要。"明微眨巴着眼睛，"可是现在不同了，今后还有很长的时间相处，我要一个名正言顺的身份，正牌女友，亲媳妇儿，不是乱七八糟的关系。"

邵臣好笑地抬手揉她的脑袋："哪有人认为我们乱七八糟！"

明微瞥了他一眼："你的远房侄子王煜，确实不算人哪。"

邵臣摇了摇头："还生他气呢？"

明微扬起下巴，眉梢轻挑："麻烦他以后喊我小婶婶，不许叫名字，没大没小。"

邵臣闻言又笑了："不怕把你喊老了？"

"我不怕老。"明微显然没有谦虚的品德，"长得太漂亮，到老也是仙女，不存在这个担忧。"

邵臣："……"

明微喜欢看邵臣笑。趁着等绿灯的时间，她倾身凑上前，用鼻尖蹭了蹭他的侧脸。

"怎么了？"邵臣低声问。

"好像在做梦。"她嘀咕说，"害怕突然梦醒，你不在我身边，一切都是假的。"

邵臣亲了亲她的额头和眼皮："跟我在一起，每天都在战战兢兢，对吗？"

明微微笑着："每天都觉得……好幸福。"

邵臣愣了一下，垂眸看着明微，喉结滚动。正要来个深吻，后面响起喇叭声，他这才发现绿灯已经亮起，只能放弃这个想法，专注开车。

明微抿嘴偷笑。

邵臣尴尬地清咳一声："以后不许在我开车的时候这样。"

"哪样啊？"明微眯眼装无辜，揶揄地说，"我怎么你了？"

"不要闹。"

明微笑出了声："人家什么都没干，还得挨你训，冤不冤？"

邵臣转头瞥了她一眼："回去再跟你算账。"

明微抿唇轻轻哼了一声，心想：他的自我认知似乎依旧不太清楚，威胁人的样子比调情时更加性感，隐而不露，引人遐想。

明微做了个深呼吸，转移话题："下个月出门，现在准备来得及吗？我有点儿担心，长途旅行会暴露我的缺点。"

"什么缺点？"

"懒、冲动、没耐心，还没什么自理能力。"

邵臣思忖片刻，奇怪地说："平时不也这样吗？"

明微眯起眼睛："哦？那我要改吗？"

他莞尔摇头："你改了，我就没有用武之地了。"

明微心弦荡漾，正想夸赞他是天使，忽然想到什么，努了努嘴，目光黯淡，心里漫上一丝酸溜溜的滋味。

到了城北灯台街，两人下车走进楼道，她忍不住说："邵臣，你那么周到，无微不至，要是换个女朋友也会这样吗？"

邵臣闻言，垂眸看她。

明微晓得自己有点儿无理取闹，想起以前好像问过类似的问题，于是换了一种说法："我是不是你的女朋友中最坏、对你最差的一个？"

邵臣保持沉默，牵着她的手走上三楼，掏出钥匙开门。

明微不等他回答，自个儿找台阶："但我也是最可爱、最招人稀罕的，对吧？"

邵臣反手关门，接着忽然将她抱起来，双手托住她的臀部，仰头亲她："全世界没有谁比你更招人稀罕了。"

"你发誓永远把我放在第一位。"

"我发誓。"

明微心潮翻涌，挂在他的身上，逐渐晕头转向。

"邵臣，为什么你可以稳得住？你心里没有过不确定的事情吗？"她偶尔会嫉妒他稳定的心理内核。

"有的。"只是不会像明微这样直接表露。

"比如什么？"

"比如你。"

明微不懂。但邵臣没有给她询问的机会，抱着人踢开浴室的门。

朝不保夕的感情炽热且强烈，分秒都珍贵。可现在时间多起来，漫长的生活终将沉入平淡，爱意会不会在琐碎中被消磨，她会不会有一天觉得无聊？

　　这些念头在邵臣的脑海中一闪而过。

　　邵臣能够想象到明微听见这些话的反应。她歪了一下脑袋，悠然地轻笑：你是对我没信心，还是对自己没信心？

　　邵臣不想瞻前顾后，所以只问她："我们的旅程，第一站你想去哪儿？"

　　"你想带我去哪儿？"

　　他思索片刻："乌鸦城，好吗？"

　　"好的呀。"她期待不已。

　　明微和邵臣的长途旅行持续了两年，漫长的日子并未使爱意褪色。

　　两年后，他们结婚，没有举办婚礼，也没摆席，只通知了亲友。

　　所谓夫妇，永结同心。

　　邵臣带瘤生存，活到老年。他和明微选择不要孩子，就他们两个，共度了后半生。

　　有时他会想起那年在"北青萝"做的噩梦，也许在另外的时空里他和明微早已死去，死在年华灿烂的时刻。他不敢细想，一想心就会痛。

　　好在只是个梦。

　　他和明微一生一世，没有再让对方孤单。

（全文完）

图书在版编目（CIP）数据

刻骨 / 僵尸嬷嬷著 . -- 南京：江苏凤凰文艺出版社，2024.7

ISBN 978-7-5594-8693-6

Ⅰ.①刻… Ⅱ.①僵… Ⅲ.①长篇小说－中国－当代 Ⅳ.① I247.5

中国国家版本馆 CIP 数据核字（2024）第 108426 号

刻骨

僵尸嬷嬷 著

责任编辑　白　涵
策划编辑　晗　光
特约编辑　阿　宅
封面设计　玖时柴
责任印制　杨　丹
出版发行　江苏凤凰文艺出版社
　　　　　南京市中央路 165 号，邮编：210009
网　　址　http://www.jswenyi.com
印　　刷　大厂回族自治县德诚印务有限公司
开　　本　880 毫米 ×1230 毫米 1/32
印　　张　8.5
字　　数　210 千字
版　　次　2024 年 7 月第 1 版
印　　次　2024 年 7 月第 1 次印刷
标准书号　ISBN 978-7-5594-8693-6
定　　价　45.80 元